Nach seinem hochgelobten Bestseller »Der Liebeswunsch« und dem berührenden Erzählungsband »Das normale Leben« erweist sich Dieter Wellershoff mit diesem Roman erneut als Meister der subtilen Einfühlung und der insistierenden Infragestellung von Üblichkeiten und Gewissheiten. Der Roman beginnt wie ein Krimi und entwickelt sich zu einem figurenreichen Gesellschaftsdrama. Hauptfigur ist ein junger Landpfarrer, der eines Nachts zu einem Unfallort gerufen wird. Ein Auto ist von der Straße abgekommen und in einen See gestürzt. Der Fahrer hat sich gerettet, seine Frau und sein Sohn werden leblos geborgen. Wie das geschehen konnte, ist unklar. Schon bald nimmt das angebliche Unglück unheimliche Züge an. Der Pfarrer hält trotzdem an der Unschuldsvermutung fest und bringt fast alle Gemeindemitglieder gegen sich auf.
Das ist der Ausgangspunkt einer sich ausweitenden Sinnkrise. Dieter Wellershoff erzählt mit ausgeprägtem Gespür für Stimmungen und Gefühle, wie ein Mann, der in der Gewissheit einer sinnstiftenden Ordnung gelebt hat, an Grenzen gerät – seine eigenen und die einer Institution, deren Anspruch es ist, Orientierung zu bieten und Halt zu gewähren.

DIETER WELLERSHOFF (1925–2018) schrieb Romane, Erzählungen und Essays, Filmdrehbücher und Hörspiele. Er wurde u.a.mit demHörspielpreis der Kriegsblinden, dem Heinrich-Böll-Preis, dem Hölderlin-Preis, dem Joseph-Breitbach-Preis und dem Ernst-Robert-Curtius-Preis für Essayistik ausgezeichnet. Seine Werke sind in 15 Sprachen übersetzt.

Dieter Wellershoff

Der Himmel ist kein Ort

Roman

btb

MIX
Papier | Fördert gute Waldnutzung
FSC® C014496
FSC www.fsc.org

Penguin Random House Verlagsgruppe FSC® N001967

7. Auflage
Genehmigte Taschenbuchausgabe Oktober 2012,
btb Verlag in der Penguin Random House Verlagsgruppe GmbH,
Neumarkter Straße 28, 81673 München
produktsicherheit@penguinrandomhouse.de
(Vorstehende Angaben sind zugleich
Pflichtinformationen nach GPSR.)

Umschlaggestaltung: semper smile, München
Umschlagfoto: plainpicture /Arcangel
Druck und Einband: GGP Media GmbH, Pößneck
MK · Herstellung: BB
Printed in Germany
ISBN 978-3-442-74116-8

www.btb-verlag.de
www.facebook.com/penguinbuecher

I

Es war das erste Mal in seiner anderthalbjährigen Amtszeit als Pfarrer, dass er nachts zu einer Unfallstelle gerufen wurde, weil jemand seelischen Beistand brauchte. Das entsprach einem kirchlichen Service, der sich eigentlich von selbst verstand, den er aber kurz nach seinem Amtsantritt, in der Absicht, die kirchliche Arbeit lebensnäher zu gestalten, zusammen mit vier Amtskollegen aus benachbarten Pfarreien zu einer Institution gemacht hatte. Sie stand unter dem etwas gewaltsam zusammengesetzten Namen »Notfallseelsorge« im Telefonbuch und war bei Feuerwehr und Polizei und den verschiedenen Rettungsdiensten als eine bei Unfällen abrufbare geistliche Hilfe notiert, inzwischen aber in Vergessenheit geraten, wenn man das überhaupt sagen konnte von einer Einrichtung, die noch nie jemand in Anspruch genommen hatte. Zwar gaben die fünf kooperierenden Pfarrämter halbjährlich eine Liste heraus, aus der hervorging, welcher Pfarrer des Bezirks Bereitschaftsdienst hatte, aber als der Anruf kam, hatte er weder die Termine noch überhaupt die Liste im Kopf. Und er zögerte, den Hörer abzuheben.

In letzter Zeit hatte er abends manchmal merkwürdige Anrufe bekommen: Geständnisse einer älteren verwitweten Frau mit unüberhörbaren sexuellen Untertönen und zweimal anonyme Anrufe einer jüngeren weiblichen Stimme, bei denen er sich nicht sicher war, ob sich da jemand, vielleicht sogar vor heimlichen Mithörern, über ihn lustig machte. Die Stimme hatte Formulierungen benutzt, die er als seine eigenen wiedererkannte und auf einmal als hohl und peinlich empfand. Gewohnt zuzuhören, hatte er die Gespräche zu spät abgebrochen und war in einer nervösen Verstörtheit zurückgeblieben, die es ihm den restlichen Abend schwer machte, sich noch auf irgendetwas zu konzentrieren.

Er lebte allein in dem großen Pfarrhaus, das seine Vorgänger während des größten Teils ihrer Amtszeit mit vielköpfigen Familien bewohnt hatten, und war ein Gefühl von Unangemessenheit und Fremdheit nicht losgeworden. Eigentlich hatte er vorgehabt, vor seinem Einzug zu heiraten. Doch Claudia, seine Freundin aus der Zeit seines Vikariats, war vor dem entscheidenden Schritt zurückgescheut und hatte sich von ihm getrennt. Sie war in eine andere Stadt gezogen und hatte ihm weder ihre neue Adresse noch ihre Telefonnummer mitgeteilt. Er hatte sie allerdings auch nicht darum gebeten, weil er annahm, dass sie zu einem anderen Mann gezogen war. Die vielen Gespräche, die sie in den Monaten vor ihrer Trennung geführt hatten, waren für ihn auf ihren Satz geschrumpft: »Wir passen eben nicht zusammen.« Das war ihr Angebot gewesen, die Trennung als eine vernünftige und notwendige gemeinsame Entscheidung zu betrachten. Aber es hatte auch andere Töne gegeben: Streit und kurze Versöhnungen und nicht mehr gutzumachende Worte.

Für ihn war die Trennung ein Schock, auch wenn er sich sagte, dass damit nicht allein seine Person gemeint war, sondern alles, was er für Claudia repräsentierte: das Leben auf dem Land, in einer Ortschaft, die ein nach allen Seiten ausgewuchertes Dorf, aber eben keine Stadt war, und das düstere, heruntergekommene Pfarrhaus, in das er dann allein eingezogen war.

Es war ihm schwergefallen, sich einzurichten. Ohne sie fehlte ihm die Phantasie und die Notwendigkeit, um im Haus viel zu verändern und zu verbessern. Wozu? Er kam auch so zurecht. Das Dachgeschoss, in dem ursprünglich die Kinder seines Vorgängers gewohnt hatten, hatte er ganz außer Acht gelassen. In den Räumen mit ihren stockfleckigen Tapeten waren kaputte Möbel und mehrere Kisten voller alter Gemeindeakten abgestellt, die er sichten musste, bevor er das ganze Geschoss entrümpeln ließ, was aus Gründen des Feuerschutzes längst fällig war. Aber da er für die Mansarden keine Verwendung hatte, war er dieser Arbeit bisher aus dem Weg gegangen. Für seine Wohnung im ersten Stock hatte er einige ausrangierte Möbel seines Vorgängers übernommen und sie mit seinen wenigen eigenen Möbeln zusammengestellt. Es wirkte zufällig und achtlos. Für einen Junggesellen, der Studienzeit, Vikariat und den anschließenden Hilfsdienst noch nicht lange hinter sich hatte, blieb es eine ungewohnt große Wohnung, in der er sich immer noch etwas verloren fühlte. Anfangs hatte er abends einmal in allen Räumen das Licht brennen lassen. Doch nachdem ihn am nächsten Tag eine Gemeindehelferin gefragt hatte, ob er gestern Abend eine Party gefeiert habe, hatte er das nicht wiederholt.

Immer noch war er der junge Pfarrer, der unter aller Augen mit dem Schatten seines Vorgängers zu kämpfen hatte, einem Mann, der in seiner ganzen Lebensart besser in die ländliche Umgebung gepasst hatte, schon deshalb, weil er verheiratet war, als er die Pfarrstelle angetreten hatte. Er dagegen galt als Modernist, obwohl er sich selbst nicht so sah, jedenfalls nicht in einem ausgeprägten Sinn. Im Seminar hatten sie oft über die neu sich stellende Aufgabe gesprochen, in der heutigen Welt christliche Glaubensinhalte zu vermitteln. Zeitgemäß und praxisnah sollte es geschehen. Das waren die Leitvorstellungen seiner Studienkollegen, die sich gerne als eine Generation von Neuerern verstanden hätten, aber natürlich wussten, dass vor Ort in den Gemeinden viele fortschrittliche Neuerungen und Aktivitäten auf sie warteten, sodass nicht mehr viel Spielraum für weitere Projekte blieb. Es gab Kindergärten und Altenbetreuung, Gesprächsgruppen und Singkreise, Vorträge und Theatergemeinschaften. Es war ein florierender Betrieb mit vielen ehrenamtlichen Helferinnen, neben denen der sonntägliche Gottesdienst eher als eine traditionelle Pflichtübung dahinkrankte.

Eigentlich war dies ja das Problem. Es ging nicht um Neuerungen, sondern um Erneuerung. Daran waren alle Neuerungen zu messen.

Die Neuerung, die er eingeführt hatte – dass sich die Gemeindemitglieder beim Segen zum Ende des Gottesdienstes die Hände reichten –, hatte anfangs die Gemeinde gespalten. Manche waren dem Gottesdienst ferngeblieben. Im Presbyterium hatte er das neue Ritual als anschauliches Bekenntnis zur Nächstenliebe verteidigt. Und als gemeinsame Erfahrung der Gleichheit vor Gott. Aber Kurt Rautenbach, ein pensionierter Oberstudienrat, der ihm häufig widersprach, hatte das abschließende Händereichen als sentimentalen Kitsch bezeichnet, der nicht in den Gottesdienst gehöre. »Wir wollen hier keinen Hippiekult«, hatte er gesagt. Und obwohl niemand ihm zustimmte, war sichtbar, dass diese Bemerkung Eindruck machte. Als er beim nächsten Gottesdienst vor dem abschließenden Segen sagte: »Und nun wollen wir uns alle die Hände reichen«, hatte er gebangt, ob die Gemeinde ihm folgen würde. Dann hatten fünf oder sechs Leute den Anfang gemacht, und alle hatten sich angeschlossen.

Inzwischen gab es kein Zögern mehr. Aber er fragte sich, was der Grund gewesen sei. Nur Gewohnheit? Oder vielleicht das Gefühl, dass das Händereichen eine Gemeinsamkeit vortäusche, die es überhaupt nicht gab? Sein Widersacher im Presbyterium schien es so gemeint zu haben, als er von sentimentalem Kitsch sprach. Aber das hieß doch, die moralische Kraft symbolischer Handlungen zu verkennen.

Er hatte darüber mit einem ehemaligen Studienkollegen zu sprechen versucht, der damals eine Pfarrstelle in der Nachbarschaft gehabt hatte. Aber der hatte im Gegensatz zu früher wenig Interesse an dem Gespräch gezeigt und es mit der Bemerkung abgeschlossen: »Mehr oder minder sind wir alle nur noch Entertainer und Animateure.«

Er war sprachlos gewesen, hatte sogar genickt. Wieder hatte er daran denken müssen, dass Claudia ihn auf dem Höhepunkt ihrer Auseinandersetzung einen Prediger genannt hatte. Es war einer jener Momente in seinem Leben, die ihn immer wieder bedrängten. Er konnte sich nur vor diesen Erinnerungen schützen, indem er irgendetwas Stärkendes, Aufbauendes dagegenstellte, für andere und für sich selbst. Morgen hatte er im Sonntagsgottesdienst eine gute Gelegenheit. Er musste die Predigt zu einer Trauung halten. Das war ein Thema, dem er sich immer wieder stellen musste. Und diesmal wollte er frei darüber sprechen, in der Sprache eines Zeugen.

Draußen fiel seit einer Stunde ein immer dichter werdender Regen, der in den Nachrichten als ein Tief aus Nordwesten angekündigt worden war. Es war noch kein Sturmtief, aber ein Rauschen, das ab und zu böig gegen die Fenster schlug. Eine Weile hörte er zu. Das Geräusch war beunruhigend. Aber vielleicht nur, weil er selbst voller Unruhe war. Ich sollte heute früh schlafen gehen, dachte er. Doch vielleicht war es noch zu früh, um gleich einzuschlafen, und dann begann die Quälerei des Wartens und nervösen Herumwälzens. Uneins mit sich selbst schaltete er das Fernsehen an und ließ mit der Fernbedienung die Programme über den Bildschirm rutschen. Er stoppte bei einem

Turnier von japanischen Sumoringern. Fettleibige Kolosse mit weibischen Brüsten, die windelartige Tücher um ihre Hüften geschlungen hatten, hockten am Rand des Kampfrings in einer froschartigen Haltung einander gegenüber, um auf ein Zeichen des Schiedsrichters hochzuschnellen und in der Mitte des Ringes mit der ganzen Wucht ihrer Riesenleiber aufeinanderzuklatschen. Sie stießen und schoben sich oder versuchten, einander auszuhebeln, und wer stürzte oder mit einem Fuß aus dem Ring geriet, hatte verloren. Manchmal dauerte es nur Sekunden. Ohne besonderes Interesse schaute er sich einige Paarungen an und schaltete aus.

Das Rauschen des Regens und die Windstöße schienen noch stärker geworden zu sein. Hinter den Fensterscheiben, an denen das Wasser in glasigen Strömen herunterlief, sah er nur verschwommene Dunkelheit. Aber die Fenster waren dicht. Er sagte sich, dass er nachschauen müsse, ob auch im Dachgeschoss alles in Ordnung sei, und stieg zum ersten Mal seit vielen Monaten wieder nach oben.

Als er in die erste Kammer trat, sah er im matten Licht der einzigen von der Decke herunterhängenden Glühbirne die aufeinandergestapelten Kisten und eine Reihe umgekippter Aktenordner. Einige hatten sich geöffnet, und die eingehefteten Briefe schauten wie ein schmutziges, obszönes Unterfutter aus den schwarzen Pappdeckeln heraus. Es roch modrig. Die dunklen Flecken an den Wänden waren Schimmelpilze. Die schmalen Fenster in den Dachgauben schienen allerdings dicht zu sein. Die Wind- und

Regengeräusche waren hier oben stärker als im ersten Stock. Gleich bei seinem Eintritt war es ihm so vorgekommen, als würde ihm eine Kappe aus Geräuschen über den Kopf gestülpt. Deshalb hatte er, während er durch die drei Kammern ging und hier und da ein loses Fußbodenbrett unter seinem Schritt knarrte, nicht bemerkt, dass im ersten Stock das Telefon klingelte. Erst als er schon wieder auf der Treppe nach unten war, hörte er in seinem Wohnzimmer, immer noch kaum lauter als ein Zirpen, die letzten Signale. Wer mochte das gewesen sein zu dieser außergewöhnlichen Zeit? Vielleicht doch die so lange verstummte Stimme Claudias, die leise fragte: »Wie geht es dir?« Nein, das musste er sich aus dem Kopf schlagen. Wahrscheinlich war es wieder eine dieser namenlosen aufdringlichen Anruferinnen, oder immer dieselbe. Er war gerade ins Zimmer getreten, als der Apparat wieder klingelte. Er zögerte, den Hörer abzunehmen, und sagte dann nur »Ja?«

Er hörte aufgeregte Stimmen und ein sich näherndes Martinshorn, dann ganz nah eine Männerstimme, die ihn fragte: »Sind Sie Pfarrer Ralf Henrichsen von der Notfallseelsorge?«

»Ja«, sagte er, »was ist los?«

Der Anrufer stellte sich als Polizeimeister von der Funkstreife vor.

»Wir haben hier einen schweren Unfall«, sagte er. »Es wäre gut, wenn Sie kämen. Soll ich Ihnen einen Streifenwagen schicken?«

»Nein, ich habe einen Wagen. Wo ist es denn?«

Der Polizist beschrieb die Lage des Unfallortes an der Landstraße zur Kreisstadt, etwa zweieinhalb Kilometer vom Ortsausgang entfernt, wo der Baggersee an die Straße grenzte.

»Und was ist passiert?«, fragte er.

»Jemand hat sein Auto mit Frau und Kind in den See gefahren.«

»Wie soll ich das verstehen?«, fragte er.

»Ja, das wissen wir auch nicht, Herr Pfarrer. Der Mann sagt, er sei von einem entgegenkommenden Fahrzeug geblendet worden. Er konnte noch rausspringen, bevor der Wagen versunken ist.«

»Sind Frau und Kind tot?«

»Das wissen wir nicht. Gerade ist die Feuerwehr gekommen, um den Wagen zu bergen. Ein Notarzt ist auch dabei. Oder sogar zwei.«

»Ich bin gleich da«, sagte er.

Er drückte die Austaste und ließ seine Fingerspitze einige Sekunden darauf ruhen, in dem Gefühl, die Nachricht festhalten zu müssen, die in seinem Kopf schon zu einem dunklen Klumpen schrumpfte. Ein plumpes Objekt versank in der Schwärze: – das Auto, lautlos eintauchend und verschwindend im nächtlichen See.

Es war ihm völlig entfallen, dass er in dieser Woche Bereitschaftsdienst bei der Notfallseelsorge hatte, obwohl er ein Mitbegründer dieser Einrichtung war. Glücklicherweise hatten sie zweimal bei ihm angerufen und hatten ihn erreicht.

Was brauchte er jetzt? Da die Polizei und die Rettungsdienste vor Ort waren, brauchte er nur seine Regenjacke. Es war eine unerwartete Situation. Aber es freute ihn, dass man ihn gerufen hatte.

Der Wind hatte nachgelassen, doch der Regen fiel unverändert dicht, sodass er die Wischer in den Schnellgang schaltete. Der rechte Wischer schrammte über die Scheibe, war wahrscheinlich verbogen. Und der Motor lief ziemlich rau. Aber das Auto fuhr immer noch zuverlässig. So alt es auch war – er mochte sich nicht von ihm trennen. Nicht das Haus, nicht seine Wohnung, auch nicht die Kirche – dieser enge, schäbige Kasten war für ihn der vertrauteste Ort. Besonders nachts auf leeren Landstraßen war der kleine dunkle Innenraum mit den matt beleuchteten Instrumententafeln hinter dem Lenkrad für ihn eine Art Mönchszelle, in der er sich geborgen und bei sich selbst fühlte. Auch jetzt genügte ihm die kurze Fahrt zum Unfallort, um sich zu sammeln und zu ordnen. Er war nicht mal gespannt, was er sehen würde, er fuhr nur, während die Scheibenwischer den Wasserschleier beiseiteräumten und im Licht seiner Scheinwerfer der Regen weißlich sprühend auf dem Asphalt tanzte. Jetzt begann die große Kurve, mit der die Straße an den See heranrückte, und nun sah er die kreisenden Blaulichter der Polizeiautos und der Feuerwehr, die mit einem Scheinwerfer die Unfallstelle beleuchtete. Zwischen den Fahrzeugen liefen Feuerwehrleute und weiß gekleidete Sanitäter oder Ärzte, verschwommen im dichten Regen. Ein Polizist winkte ihn mit einer Leuchtkelle an den Straßenrand und trat grüßend auf ihn zu, als er ausstieg. Es war der Polizeibeamte, der ihn angerufen hatte.

»Wie sieht's aus?«, fragte er.

»Sie haben den Wagen jetzt angekettet und werden ihn gleich rausziehen. Der Fahrer steht da vorne.«

Der Polizist zeigte auf einen Mann, der ein wenig abseits von den Sanitätern und Feuerwehrleuten am Ufer stand und auf den See starrte, wo jetzt Bewegung entstand, weil die Seilwinde des Feuerwehrwagens zu arbeiten begann.

»Ich kümmere mich um ihn«, sagte er und ging auf den Mann zu, ohne schon zu wissen, was er tun und was er sagen wollte. Der Mann stand regungslos da. Als er von der Seite an ihn herantrat, glaubte er spüren zu können, mit welcher unablenkbaren Konzentration der Mann den Punkt fixierte, wo das vor Spannung vibrierende Drahtseil in die Wasserfläche einschnitt und gleich, wenn die Befestigung nicht riss, das Auto zum Vorschein kommen musste.

»Kommen Sie hier weg«, sagte er zu dem Mann. »Bleiben Sie nicht hier stehen. Ich bin Pfarrer Henrichsen, ich kümmere mich um Sie.«

Der Mann schien nichts verstanden zu haben, wandte nicht einmal den Kopf. In diesem Augenblick tauchte das Wagenheck auf, das Rückfenster, das Wagendach, und durch die Seitenfenster, an denen das Wasser herunterströmte, sah man undeutlich zwei Menschen, die wie Dummys in den Gurten hingen. Der Mann neben ihm stöhnte auf, wehrte sich aber kaum, als er ihn an der Schulter fasste und fortdrehte. Über seine Schulter hinweg sah er, wie das Auto, ein roter Opel Astra, auf die Böschung gezogen wurde, wo Feuerwehrleute die anscheinend verklemmte

Beifahrertür aufbrachen und Sanitäter die zusammengesunkenen Körper von den Sitzen hoben, zuerst die Frau, dann den kleinen Jungen, beide mit schlaff herunterhängenden Gliedmaßen und wirren Haaren, in von Wasser triefenden Kleidern. Ihre Ohnmacht, oder war es der Tod, schien ihr Gewicht vergrößert zu haben. Trotz ihrer geübten Griffe hatten die Sanitäter Mühe, die leblosen Körper auf Tragen den glitschigen Abhang hochzuschleppen. Sie stellten sie am Straßenrand ab. Zwei Ärzte knieten bei ihnen, um nach Lebensresten zu suchen, umstellt von Menschen, die sich bereithielten für irgendwelche Hilfen oder auch nur, um zuzuschauen.

Der Mann in seinen Armen stöhnte, als sähe er, was hinter seinem Rücken geschah und wenig Hoffnung auf Rettung ließ. Die Ärzte waren nach kurzer Prüfung wieder aufgestanden, und sofort hoben die Sanitäter die Tragen auf und liefen damit quer über die Straße zu den beiden Rettungswagen, in denen jetzt wahrscheinlich Wiederbelebungsversuche begannen. Noch immer hielt er den Mann in seinen Armen, eine sperrige, dumpfe Körpermasse, in der er ein Beben spürte, das er zu beschwichtigen versuchte.

»Man hat sie in die Rettungswagen gebracht«, sagte er leise, denn er war sich bewusst, dass der Kopf des Mannes an seiner Schulter lehnte und er fast direkt in dessen Ohr sprach. Er bekam keine Antwort. Vorsichtig löste er seine Umarmung, hielt aber einen Oberarm fest, unsicher, ob er den Mann zu den Rettungswagen auf der anderen Seite der Straße führen sollte oder besser ein Stück von hier fort.

»Wollen Sie sich setzen?«, fragte er. »Mein Wagen steht gleich hier.«

Anscheinend hatte der Mann seinen Vorschlag nicht verstanden oder nicht zugehört. Er stand da und schaute unverwandt zur anderen Straßenseite hinüber, wo hinter den undurchsichtigen Milchglasscheiben der Rettungswagen die Ärzte um das Leben der Ertrunkenen kämpften. Plötzlich schüttelte er sich, als erschauere er, murmelte dann fast tonlos in sich hinein: »Mein Gott, mein Gott.«

Konnte er etwas Hilfreiches sagen? Sollte er ihn wieder umarmen? Etwas hinderte ihn daran, etwas in dem Mann selbst, eine Ausstrahlung von Unberührbarkeit, die ihn auf Abstand hielt.

Bisher hatte er nicht daran gezweifelt, dass es in solchen tragischen Situationen richtig sei, ein Gebet zu sprechen. Das erschien ihm jetzt unzumutbar formelhaft. Nein, er konnte es nicht. Vielleicht sollte er stattdessen zusammen mit dem Mann zu den Rettungswagen hinübergehen und fragen, ob die Ärzte Erfolg hatten. Aber er fürchtete sich, die endgültige Auskunft zu bekommen und es dem Mann sagen zu müssen. Er blickte ihn von der Seite an: das fahlblonde Haar, der schwere Kopf. Von irgendwoher kannte er diesen Menschen, hatte ihn jedenfalls schon mal gesehen, wusste aber nicht wo und bei welcher Gelegenheit. Und nur, um eine Verbindung zu ihm herzustellen, fragte er, wie der Unfall geschehen sei.

Der Mann wandte den Kopf und schaute ihn aufgestört an, als sähe er an seiner Stelle etwas anderes, einen wiederkehrenden Schrecken: »Bin geblendet worden. Ein Fahrzeug kam mir entgegen. Ich musste ausweichen.«

Er wagte nicht weiterzufragen. Es war das, was ihm schon der Polizist am Telefon gesagt hatte. Für den Mann schien es zu viel zu sein; denn er schlug die Hände vor sein Gesicht und stöhnte leise auf.

Inzwischen hatten die Feuerwehrleute den Opel bis zur Straße hochgezogen und machten Platz für den eben eingetroffenen Abschleppwagen, der seine Rampe herunterließ und langsam zurücksetzte. Seltsam, dass solche einfachen Vorgänge so beruhigend und erleichternd wirkten. Auch der Mann neben ihm hatte zugesehen. Vielleicht fragte er sich, ob sein Auto noch zu reparieren sei.

War jetzt hier alles zu Ende? Die Fahrer der Rettungswagen, die mit den Polizisten und einigen Feuerwehrleuten zusammengestanden hatten, mussten ein Zeichen bekommen haben, denn sie stiegen eilig in ihre Fahrzeuge und starteten die Motoren. Mit aufheulenden Martinshörnern fuhren die Wagen ab und entfernten sich mit schnellem Decrescendo in der lang gestreckten Kurve auf dem Weg zur Stadt. Die Fahrzeuge der Feuerwehr folgten, zuletzt der Abschleppwagen mit dem aufgebockten Unglücksauto. Die Lichter der Kolonne wurden kleiner und verschwanden in der regnerischen Dunkelheit.

Er überlegte, ob er sagen solle, dass der plötzliche Aufbruch ein gutes Zeichen sei. Doch er war gelähmt von dem Gefühl, Zeuge einer Katastrophe zu sein.

Ein Polizist trat auf sie zu, gewappnet mit amtlicher Höflichkeit.

»Herr Karbe, ich muss Sie bitten mitzukommen. Sie müssen zur Kontrolle ins Krankenhaus. Und wir müssen auch noch ein Protokoll aufnehmen.«

Der Mann nickte und schaute zu Boden. Plötzlich stieß er hervor: »Was ist eigentlich los? Warum sagt man mir nichts? Sind sie tot?«

»Genaues weiß ich leider nicht« sagte der Polizist. Und als wollte er so schnell wie möglich auf sicheren Boden zurück, fügte er hinzu: »Wir bringen Sie ja ins Krankenhaus, Herr Karbe. Dort können Sie mit den Ärzten sprechen und die Nacht über bleiben.«

Jetzt, da er den Namen gehört hatte, erinnerte er sich: Der Mann war Lehrer in der städtischen Realschule, an der er selbst eine Zeit lang aushilfsweise Religion unterrichtet hatte. Er hatte ihn dort einige Male gesehen. Sie hatten nie miteinander gesprochen.

In den nächsten Tagen wollte er den Mann besuchen und ein ruhiges Gespräch mit ihm führen. Die Adresse konnte er sich wohl in der Schule besorgen oder bei der Polizei. Damit brauchte er ihn jetzt nicht aufzuhalten, zumal Karbe wie abwesend wirkte, nicht ansprechbar. So sagte er nur kurz: »Ich rufe Sie an«, und schaute ihm nach, wie er, begleitet von dem Polizisten, in einen der beiden Streifenwagen einstieg. So müde und fügsam wie sich der Mann bewegte, konnte man meinen, er sei verhaftet worden. Offensichtlich war er am Ende seiner Kräfte.

Nun wurde er wohl nicht mehr gebraucht und konnte nach Hause fahren.

Als er zu seinem Wagen zurückging, traf er den Polizeimeister, der ihn angerufen hatte. Er hatte mit einer Stablampe bei der Unfallstelle die Böschung abgeleuchtet.

»Was haben Sie gesucht?«, fragte er.

»Eine Bremsspur. Da ist aber alles zerwühlt und zertrampelt. Und der Regen hat den Boden aufgeweicht. Es lässt sich nicht feststellen, ob es eine Bremsung gegeben hat.«

Es entstand eine Pause, in der sich etwas in ihm ausbreitete wie der Schatten eines Gedankens, den er von sich fernzuhalten versuchte, der aber doch von ihm Besitz ergriff, obwohl oder weil der Polizeibeamte es bei seiner Anmerkung beließ. Der Beamte hatte wohl nur seinen Frust ausdrücken wollen über eine Ermittlungspanne, die man der Polizei vielleicht vorwerfen würde. Er hatte ja auch gleich die Gründe genannt, die er zur Entschuldigung bereithielt: das schlechte Wetter, der Vorrang der Rettungsarbeiten. Offenbar beruhigte ihn das, denn er ging wie nach getaner Arbeit neben ihm her und begleitete ihn zu seinem Auto, das einige Schritte weiter am Straßenrand stand. »So«, sagte er und blickte auf seine Uhr, »vor genau einer halben Stunde habe ich Sie angerufen. Und jetzt ist hier alles schon vorbei. Soll man nicht glauben, was?«

»Nein, wirklich nicht. Wissen Sie etwas über die Frau und den Jungen?«

»Nein. Nicht mehr als Sie.«

»Wahrscheinlich sind sie beide tot. So sah es für mich jedenfalls aus.«

»Davon muss man ausgehen. Die Ärzte probieren natürlich alles.«

»Und was geschieht mit dem Mann?«

»Dem wird eine Blutprobe abgenommen. Und wir nehmen seine Aussage über den Unfallhergang zu Protokoll, falls er überhaupt vernehmungsfähig ist.«

»Meiner Meinung nach stand er unter Schock.«

»Wahrscheinlich«, sagte der Polizist und fügte hinzu: »Er wird diese Nacht im Krankenhaus bleiben müssen. Vielleicht auch länger. Möglicherweise hat er ja auch Schäden davongetragen. Man wird ihn jedenfalls gründlich untersuchen und medizinisch versorgen.«

»Beeindruckend zu sehen, wie der Rettungsapparat funktioniert.«

»Waren Sie zum ersten Mal dabei?«

»Ja, zum ersten Mal. Als Sie mich anriefen und nach der Notfallseelsorge fragten, wusste ich im Augenblick nicht, was gemeint war.«

»Das habe ich aber nicht gemerkt.«

Sie standen wie gute Bekannte in einem Augenblick von Vertrautheit beieinander, und es lag an ihm, »Gute Nacht« zu sagen und in sein Auto zu steigen. Doch er konnte es nicht lassen, die Frage zu stellen, die ihn irritierte: »Was würde es denn bedeuten, wenn es tatsächlich keine Bremsspur gäbe?«

»Zunächst einmal nur, dass der Fahrer nicht gebremst hat.«

»Natürlich«, sagte er erleichtert. »Es hätte ja auch gar keinen Sinn gehabt, da auf der Böschung.«

»Sinn nicht«, sagte der Polizeibeamte. »Aber in solchen Situationen bremst man instinktiv.«

»Und wenn er nicht gebremst hat?«

»Dann stehen wir vor der Frage: Warum nicht?«

»Aber Sie haben doch gesagt, man kann nicht mehr feststellen, ob es eine Bremsspur gab.«

»Das ist die Schwierigkeit, die wir haben.«

»Das unterscheidet uns«, sagte er. »Ich habe damit keine Schwierigkeiten. Ich finde, man muss den Menschen erst einmal vertrauen.«

»Erst einmal?«

Er ärgerte sich, dass er das gesagt hatte, und korrigierte sich: »Nein, ich meine grundsätzlich.«

Auch das war nicht ganz richtig. Er wusste das schon, als er es sagte. Und nun musste er sich anhören, wie der Polizeibeamte sagte: »Es ist Ihr gutes Recht, Herr Pfarrer, die Sache so zu sehen. Doch wir müssen allen Spuren nachgehen. Auch der Tatsache, dass es keine Spur gibt.«

Der Polizeibeamte sagte das freundlich lächelnd, wie ein Angebot, die kleine Debatte zu beenden. Doch er hörte eine Zurechtweisung heraus. Wahrscheinlich hatte er den Beamten mit der moralischen Belehrung gekränkt. Es war eine jener Phrasen gewesen, die ihm manchmal unterliefen, wenn er sich unsicher fühlte und sich gleichzeitig im Recht glaubte. Wenn er an den Mann dachte, den er umarmt und zu beruhigen versucht hatte, kamen ihm die Andeutungen des Polizeibeamten noch immer voreilig und unerlaubt vor.

»Vielleicht reden wir noch einmal miteinander«, sagte er.

»Gerne.«

Der Polizeibeamte war jetzt kurz angebunden,

vermutlich weil er das Gespräch für sinnlos hielt und endlich nach Hause wollte. Auch für ihn wurde es höchste Zeit. Doch das Gefühl, Fragen stellen zu müssen, die er noch nicht einmal in Gedanken formuliert hatte, ließ ihn zögern.

»Ja«, sagte er, »das alles wird mich noch beschäftigen.«

»Kann ich mir denken«, sagte der Polizeibeamte. »Schon wegen der Beerdigungen.«

Er nickte, blickte vor sich auf den Boden. Dann sagte er: »Geben Sie mir doch bitte Ihre Adresse. Vielleicht ergibt sich einmal eine Gelegenheit.«

»Gerne«, sagte der Polizeibeamte wieder, zog einen Notizblock und einen Kugelschreiber aus der Brusttasche seiner Uniformjacke und schrieb die Adresse auf.

»Und die Adresse von Herrn Karbe bitte.«

»Die habe ich leider nicht. Er wohnt in einem Nachbarort.«

Der Beamte riss das Blatt aus dem Block und reichte es ihm. Er las den Namen, den er schon gehört hatte, als er hier eintraf, aber gleich wieder vergessen hatte. Der Mann hieß Pfeiffer. Arnold Pfeiffer, Polizeimeister. Darunter standen Telefonnummer und Anschrift eines Polizeireviers in der Kreisstadt. Er dankte. Sie gaben sich zum Abschied die Hand, und der Polizist wünschte ihm gute Heimfahrt und Gute Nacht.

Während er nach Hause fuhr, versuchte er, sich an die Bergung der Ertrunkenen und die Reaktionen Karbes zu erinnern, war aber wohl zu erschöpft. Es blieb bei schwachen, verwaschenen Bildern. Karbe war eine leblose, unbewegliche Figur, die er festhielt und stützte. Plötzlich durchfuhr es ihn, dass er etwas Auffälliges gesehen hatte, ohne es wahrzunehmen. Karbe war lehmbeschmutzt und durchnässt vom Regen, doch seine Hose und seine Schuhe, seine ganze Kleidung hatten nicht so ausgesehen, als wäre er bei einem Versuch, seine Frau und sein Kind zu retten, in das Wasser gewatet. Was bedeutete das? Lähmung? Aussichtslosigkeit? Musste er das melden? Oder konnte er es den Polizisten überlassen, diesen Fragen nachzugehen? Und wenn nicht, war es dann seine Aufgabe, ohne zu wissen, ob er sich vielleicht in seiner Erinnerung getäuscht hatte, einen Verdacht zu schüren? Nein, das wollte er nicht. Er wollte abwarten. Er musste es aushalten, abzuwarten, wie die Dinge sich entwickelten.

Morgen war Sonntag. Er musste Gottesdienst halten, predigen, ein Brautpaar trauen, anschließend noch am Hochzeitsessen teilnehmen.

Ich muss schlafen, tief schlafen, dachte er, während er die Haustür aufschloss und wie ein Schlafwandler die Treppe zu seiner Wohnung hochstieg. Vor einer Stunde bin ich hier aufgebrochen, dachte er, als er in sein Wohnzimmer trat und die beiden Sessel, die Kissen und eine verrutschte Decke wahrnahm: eine stehen gebliebene Momentaufnahme, fremd in ihrer Selbstverständlichkeit. Noch etwas trinken, dachte er, trinken und durchatmen und dann schlafen. Ja, ich muss schlafen. Am besten nehme ich eine Tablette.

Als er im Bett lag und die Augen schloss, merkte er, dass sein Herz viel zu schnell schlug. Das konnte er besser aushalten, wenn er sich auf den Rücken legte und ruhig zu atmen versuchte. Wieder sah er die Körper der Ertrunkenen, die von den Sanitätern aus dem Auto gezogen und auf die Bahren gelegt wurden.

Ich sollte für sie beten, dachte er. Und um ihr Leben bitten.

Aber wahrscheinlich waren sie beide tot. Und es schien ihm verstiegen und barbarisch, Gott zu bitten, Verstorbene zum Leben zu erwecken. Es missachtete das Heilsversprechen der Auferstehung aller Toten am Jüngsten Tag, das dem Tod einen großen Platz im Leben einräumte, nur nicht den endgültigen. Bei Bittgebeten, die nicht bloß allgemeine Bitten um Beistand waren, hatte er immer das Gefühl, dass sich in der Tiefe der Welt nichts rührte.

Als Kind hatte er nicht so empfunden, sondern sich vorgestellt oder blind vorausgesetzt, dass jemand ihm zuhörte, der unsichtbar blieb, aber trotzdem bei ihm war, bereit, ihm zu helfen, und es hatte sein Gefühl nicht beeinträchtigt, dass keiner seiner Wünsche in Erfüllung gegangen war. Wenn er jetzt betete, musste er vermeiden, allzu genau an Gott zu denken, denn er konnte ihn sich dann nur als eine schwindelerregende Ferne vorstellen, die seine Worte stocken ließ. Die Mystiker hatten so gebetet. Er konnte das nicht. Er brauchte einen unangefochtenen Rest seiner kindlichen Frömmigkeit. Und Rituale, vorgegebene Texte.

Im theologischen Seminar war damals viel über

»selbstreflexive Frömmigkeit« gesprochen worden. Er hatte sich an diesen Gesprächen nicht beteiligt, weil er nicht richtig verstanden hatte, was gemeint war. War das nicht eigentlich eine Form des Zweifelns? Er hatte damals nicht gewagt, seinen Einwand zu formulieren. Seine vaterlose Kindheit haftete ihm an, das enge Zusammenleben mit seiner Mutter, die nach seiner Geburt von seinem Vater verlassen worden war und später Verhältnisse mit zwei anderen Männern gehabt hatte, die anscheinend auf die gleiche Weise gescheitert waren. Damals hatte er angefangen zu beten, wenn er im Nebenzimmer Streit und die verzweifelte Stimme seiner Mutter hörte. Er hatte sich in sein Gebet eingehüllt wie in einen wärmenden Mantel. Und zweifellos war es die Erinnerung an seine damaligen Gefühle gewesen, die ihn später veranlasst hatte, Theologie zu studieren. Seine Mutter hätte ihn lieber als Architekten, Arzt oder Wissenschaftler gesehen. Doch schließlich hatte sie sich mit seinem Wunsch abgefunden.

Jetzt hatte er sein Amt. Er konnte sich nicht immer klarmachen, was das hieß. Die Modernisten sagten, man muss den Beruf des Pfarrers neu erfinden. Das hatte er früher auch einmal so geäußert. Jetzt war er nicht mehr dieser Auffassung. Eigentlich hatte er keine klare Auffassung mehr.

Er stand auf und ging ins Badezimmer, um Wasser zu trinken. Es beruhigte ihn zu spüren, wie das kalte Wasser durch seine Kehle lief. Wie spät mochte es sein? Zwischen zwei und drei? Er wollte kein Licht machen. Dann würde er nur noch wacher werden. Im

Dunkeln ging er zu seinem Bett zurück und legte sich mit vorsichtigen Bewegungen hinein. Um sich herum spürte er das Haus mit seinen vielen dunklen Zimmern. Morgen musste er sich um Karbe kümmern und um die beiden Unfallopfer im Krankenhaus. Nein, nicht morgen. Es ist ja schon heute, dachte er noch.

2

Obwohl er als Pfarrer durch seine häufigen Krankenbesuche im Kreiskrankenhaus gut bekannt war, konnte er am frühen Sonntagvormittag keine Auskunft bekommen, wie es um die Unfallopfer stand. Kurz bevor er zum Gottesdienst aufbrechen musste, versuchte er es ein zweites Mal und wurde mehrfach weiterverbunden. Keiner der ihm bekannten Ärzte schien im Haus zu sein. Er geriet an eine Krankenschwester von der Intensivstation, die ihn kannte, aber zögerte, seine Fragen zu beantworten. Schließlich sagte sie, wie sie gehört habe, sei die Frau vergangene Nacht tot eingeliefert worden. Über den Zustand des Jungen wollte sie sich nicht äußern. Es war ihr aber anzumerken, dass die Dinge nicht gut standen. Über Karbe wusste sie nichts, denn sie hatte keinen Nachtdienst gehabt. Falls er die Nacht im Krankenhaus verbracht habe, sei er jetzt wahrscheinlich nach Hause gefahren. Sie bot ihm an, ihn mit der Aufnahme zu verbinden, wo man ihm Genaueres sagen könne. Sie schien in Eile zu sein oder tat nur so, um sich weiteren Fragen zu entziehen.

In der Aufnahme erfuhr er, dass Karbe vor etwa zwei Stunden das Krankenhaus verlassen hatte. Die junge Frau, mit der er redete, gab ihm auch die Adresse. Karbe wohnte im Nachbarort Imhoven, der zu seiner Gemeinde gehörte. In der Kirche hatte er ihn allerdings noch nie gesehen. Es war jetzt zu spät, ihn noch anzurufen, um einen Besuchstermin mit ihm zu verabreden. Karbe war sicher noch verstört. Vermutlich auch ein verschlossener, misstrauischer Mensch, der so schnell niemanden an sich heranließ. Gerade deshalb durfte er ihn jetzt nicht allein lassen.

Die Glocken begannen zu läuten, für ihn das Zeichen, sich auf den Weg zu machen. Bis zur Kirche waren es kaum hundert Meter. Er konnte langsam gehen, dem ruhigen Rhythmus des Läutens entgegen. Sich einstimmen, im Einklang sein. Es schien ein schöner Tag zu werden. Der Regen hatte wohl gegen Morgen aufgehört. Als er frühmorgens wach geworden war und den Vorhang ein Stück zur Seite gezogen hatte, um aus dem Fenster zu blicken, war draußen alles in Nebel gehüllt gewesen. Das hatte es ihm leicht gemacht, gleich wieder einzuschlafen. Jetzt hatten sich große Wolkenlöcher gebildet, in denen sich ein hellblauer Himmel zeigte, und das Licht glänzte auf dem nassen Laub der Bäume. Auf dem Parkplatz bei der Kirche standen dicht nebeneinander die Autos der Hochzeitsgesellschaft.

Die Tochter eines reichen hiesigen Bauunternehmers heiratete einen Juristen. Die beiden kannten sich schon lange und lebten seit einiger Zeit zusammen, wie sie ihm beiläufig erzählt hatten, als sie sich ihm vorstellten. Sie war eine lebhafte junge Frau mit kurz geschnittenen braunen Haaren, die im Immobiliengeschäft arbeitete. Er, wenig älter als sie, war Rechtsanwalt und Juniorpartner einer bekannten Sozietät und strahlte die Selbstsicherheit eines erfolgsgewohnten Menschen aus. Als Student war er Feldhockeyspieler gewesen und hatte an etlichen internationalen Turnieren teilgenommen. Sie hatte ihn dazu gebracht, mit ihr Tennis zu spielen. Und inzwischen war er besser als sie. Außerdem hatten sie beide den Segelschein gemacht. Im Urlaub segelten sie.

Er hatte sich bemüht, locker mit dem Brautpaar zu sprechen, und es half ihm, dass er sich dank des Fernsehens im Sport oberflächlich auskannte. Die beiden drückten auf ihn. Sie waren ein eingespieltes Paar mit ausgeprägtem Geschmack und starken gemeinsamen Überzeugungen, und er fürchtete, dass sie spürten, wie lebensunkundig er war. Andererseits brauchte er nicht anzunehmen, dass sie sich besonders für ihn interessierten. Vermutlich heirateten sie nur, weil sich die Familie der Braut aus Tradition und aus Gründen der gesellschaftlichen Repräsentation hier an ihrem Stammsitz ein großes Hochzeitsfest wünschte.

Für ihn stellte das eine Herausforderung dar. Er hatte sich vorgenommen, dem Gottesdienst und der Trauung eine strenge sakrale Form zu geben. Das entsprach wohl auch dem Wunsch der Familie, vor allem dem Wunsch des Brautvaters.

Er war jetzt so nah, dass er glaubte, die Schwingungen der Luft spüren zu können. Der vibrierende Klang, der aus den Schallfenstern des Turmes kam und sich nach allen Seiten ausbreitete, umgab die Kirche wie ein Schutzraum.

Einige verspätete Kirchgänger aus dem Ort grüßten ihn, und er grüßte freundlich zurück. In der Sakristei empfing ihn der Küster mit der Nachricht, die Kirche sei brechend voll.

»Der Parkplatz auch«, sagte er. »Viele auswärtige Gäste.«

»Da wird heute im Bellevue ein großes Fest steigen.«

»Muss ich anschließend auch noch hin.«

Er streifte den Talar über, zupfte, in den Spiegel blickend, den Stoff an den Schultern zurecht und sagte, weil es ihm plötzlich einfiel: »Ich bin heute Nacht zu einem schweren Unfall gerufen worden.«

»Hab ich gehört. Das war der Lehrer Karbe aus Imhoven mit seiner Familie.«

»Wer hat Ihnen das erzählt?«

»Meine älteste Tochter hatte Nachtdienst im Krankenhaus. Die Frau sei tot, hat sie gesagt.«

»Ja, ich habe heute Morgen angerufen. Wissen Sie etwas über den Jungen?«

»Der soll einen schweren Hirnschaden haben. Meine Tochter meint, das Auto sei nicht gleich ganz gesunken und er habe hinten auf dem Rücksitz noch länger atmen können.«

Er nickte, konnte jetzt nicht weiter darüber nachdenken, denn das Läuten hatte aufgehört, und im Kirchenraum begann die Orgel ihr Vorspiel. Gleich musste er der Gemeinde gegenübertreten und vielen unbekannten Gesichtern. Er blickte in den Spiegel, überprüfte seine Haare, sah sein bleiches, übernächtigtes Gesicht.

Er trat von der Seite in den Kirchenraum, wo auf dem Altar die Kerzen brannten und alle Bänke bis zur letzten Reihe besetzt waren, vorne Braut und Bräutigam und die Brauteltern und dahinter viele unbekannte Gesichter, auswärtige Hochzeitsgäste und Leute aus dem Ort, die er sonst nie in der Kirche sah. Auf den Pulten der Bänke lagen die neuen, rot eingebundenen Gesangbücher, eine Spende des Brautvaters zum heutigen Tag, und dazu die Zettel mit der fotokopierten Ordnung des Gottesdienstes.

Er streifte das alles mit einem Blick und wartete das Ende der Musik ab.

Als das Orgelspiel verklungen war, hob er den Kopf und sprach langsam den Satz, den er als Eingangsspruch gewählt hatte, mächtige Worte, die ihm das Gefühl gaben, dass sie den Raum weiteten und alle Anwesenden im gemeinsamen Glauben versammelten.

»Unsere Hilfe steht im Namen des Herrn, der Himmel und Erde gemacht hat.«

Er lauschte dem Satz nach und sagte: »Amen.« Unterstützt von der Orgel sang die Gemeinde, meist nur die Frauenstimmen, die Antwort: ein in hoher Tonlage schwebendes und verfliegendes Amen. Er wartete einen Augenblick und sagte, indem er ungewollt die altertümliche Sprachform wählte: »Lasset uns beten.« Dann sprach er mit fester Stimme den Psalm »Der Herr ist mein Hirte« und hörte das gedämpfte, immer um eine halbe Sekunde verzögerte Gemurmel der Mitbeter, die bis zum Schluss des Textes nicht zu seiner Stimme aufschlossen und ihm manchmal das Gefühl gaben, eine graue Schar murmelnder Gespenster schlurfe gehorsam hinter ihm her. Anfangs hatte er versucht, langsamer zu sprechen, um mit den anderen Stimmen in einen gemeinsamen Takt zu kommen. Das hatte aber nichts geändert. Sie hatten sich weiter von ihm mitziehen lassen, als brauchten sie einen Vorbeter, um den Widerstand zu überwinden, der für sie von dem Schweigen ihrer Banknachbarn ausgehen mochte. Es war der lahmende Rhythmus der Halbherzigkeit. Sie beteten, als ob sie beteten, wie gefesselt von einer vagen Beschämung, die sie veranlasste, ihre Stimmen in undeutlichem Gemurmel verschwimmen zu lassen.

Er konnte sie deswegen nicht verurteilen, denn er konnte die wachsende Kluft nicht leugnen, die zwischen dem Alltag der Menschen und dem Glauben lag, und musste froh sein, dass sie überhaupt noch zum Gottesdienst kamen. Mehr litt er, wenn der Gesang der Gemeinde dünn und zaghaft blieb. Doch heute hatte er, dank der großzügigen Unterstützung durch den Brautvater, einen besseren Chor aus der Kreisstadt bekommen und war nicht angewiesen auf die schüchternen und ungeübten Stimmen aus dem Singkreis, die verstreut zwischen den meist stummen Kirchgängern saßen.

Als Eingangslied hatte er Paul Gerhardts »Befiehl du deine Wege« ausgesucht, dessen Melodie, ruhig und unbeirrbar fortschreitend, in ihrer Einfachheit und Klarheit dem unerschütterlichen Gottvertrauen des Liedtextes entsprach. Vor allem liebte er die erste Strophe, die mit den Worten des 37. Psalms begann und ohne Umschweife die Verbindung vom einzelnen Menschen zur Allmacht Gottes schuf.

»Befiehl du deine Wege und was dein Herze kränkt der allertreuesten Pflege des, der den Himmel lenkt. Der Wolken, Luft und Winden gibt Wege, Lauf und Bahn, der wird auch Wege finden, da dein Fuß gehen kann.«

Was für ein Sprung von der Natur zum menschlichen Leben! Was für ein Versprechen! Doch viele sangen nicht oder taten nur so. Die Braut schaute ins Gesangbuch und bewegte die Lippen. Der Bräutigam blickte schweigend vor sich hin. Dies war möglicherweise das letzte Mal in ihrem Leben, dass die beiden an einem Gottesdienst teilnahmen. Und wie er sie dort vor sich sitzen sah – die Braut in einem eleganten hellen Sommerkostüm, der Bräutigam in seinem vermutlich maßgeschneiderten Anzug mit weißem Hemd und sorgfältig ausgewählter Krawatte –, fand er es völlig verständlich, dass sie sich innerlich abgrenzten. Das waren Menschen, die gewohnt waren, ihr Leben selbst zu gestalten und zu verantworten. Wenn man sie mit der Gottergebenheit und den Demutsgesten der alten Kirchenlieder traktierte, konnte man eigentlich nichts anderes als höfliche Zurückhaltung von ihnen erwarten.

Er dagegen musste eine Festigkeit zeigen, die er nicht hatte. Sein eigener Ort war im Unbestimmten, nicht dort, wo er zu sein vorgab, während er hier stand und wie ein geübter Schauspieler im Tonfall innerer Gewissheit die Glaubensgeheimnisse von Tod und Auferstehung und ewigem Leben vortrug, die er immer in eine unantastbare Ferne rücken musste, um sie nicht anzuzweifeln. Für viele ältere Kollegen war das offensichtlich kein Problem. Sie lebten mit den Glaubenssätzen wie mit alten Nachbarn, die man jeden Tag grüßte und hinnahm mit allen ihren Seltsamkeiten.

Die Orgel leitete das nächste Lied ein: Paul Flemings »In allen meinen Taten lass ich den Höchsten raten«, auch einer jener frommen Texte aus der Zeit des Dreißigjährigen Krieges, den er ausgewählt hatte, um das Thema seiner Predigt einzuleiten. Er wollte über Vertrauen sprechen – Vertrauen als Zukunftsstiftung, gestützt durch eine Vertrauensordnung wie es die Ehe war. Nach der Predigt musste er die Trauformel sprechen, die noch belastet war mit den Bildern der vergangenen Nacht. »Bis dass der Tod euch scheidet.« Bis zu der Höhe dieses Anspruchs musste er mit seiner Predigt gelangen. Er musste ihn glaubhaft, wünschenswert und realistisch erscheinen lassen, obwohl er mit seiner eigenen Erfahrung nicht dafür einstehen konnte. Gesang und Orgelmusik schwemmten um ihn herum wie das Rauschen einer kommenden Ohnmacht. Die sämtliche Bankreihen füllende, festlich gekleidete Menge blickte in die Gesangbücher. Gleich würden alle ihn anschauen. Was ist, wenn ich versage?, dachte er. Es würde gerecht sein, denn ich kann ihnen nicht geben, was sie erwarten. Ich muss es vortäuschen mit meinen Worten, mit meiner Stimme. Was anderes habe ich nicht.

Er schaute zu dem Paar hinüber. Die junge Frau hatte gerade noch mitgesungen und hielt jetzt das aufgeschlagene Gesangbuch auf dem Schoß, während sie sich ihrem Mann zuneigte, damit er ihr etwas ins Ohr sagen konnte. Sie lächelte, nickte. Dann schauten beide wieder geradeaus. Nach der nächsten Strophe musste er auf die Kanzel.

Um sich zu konzentrieren, blickte er über die Köpfe der singenden Menge hinweg und sah in dem leeren Raum unter der gewölbten Decke eine kleine taumelige Bewegung. Es war ein Schmetterling. Er musste sich beim Hereinkommen der Leute in die Kirche verflogen haben und suchte vergeblich einen Weg ins Freie. Jetzt flog er zu einem der Seitenfenster hinüber, flatterte daran auf und ab.

Das Lied war zu Ende. Er schritt zur Kanzel und stieg die Stufen hinauf, langsam, als ginge er durch ein dämmriges Dunkel, während er in seinem Kopf Worte zu versammeln versuchte, die wieder auseinanderstrebten: Trauung, Vertrauen, sich selbst trauen, einander trauen. Er hatte einen Zettel mit Stichworten in der Tasche seines Talars, aber es erschien ihm unzulässig, danach zu greifen. Vor ihm, auf der Brüstung der Kanzel, saß der Schmetterling, schlug die Flügel auf und zeigte auf samtbraunem Grund das Schreckmuster hell umrandeter, dunkler Augenflecken. Dann schloss er die Flügel, die sich kurz zu einem weißlichen Segel zusammenlegten, und als habe er den Lufthauch seiner Annäherung gespürt, flog er weg. Er tastete in der Tasche nach dem Stichwortzettel und knüllte ihn mit festem Griff zusammen.

»Liebes Brautpaar, liebe Gemeinde«, hörte er sich sagen, und eine unbestimmte lange Pause trennte ihn von seinem ersten Satz, den er oft vorausgedacht hatte und nun wieder finden musste. Er räusperte sich und spürte, wie die Spannung wuchs und alles unausweichlich wurde. Gott hilf mir!, dachte er. Und immer noch etwas heiser sagte er: »Lassen Sie uns über das Wort nachdenken, das den Vorgang bezeichnet, den wir gleich vollziehen wollen – das Wort: Trauung. Zwei Menschen geben sich gegenseitig das Versprechen, einen Lebensbund zu gründen, in dem einer dem anderen vertrauen kann. Das ist, wie das Leben zeigt, ein kühnes Unterfangen.«

Ja, er war angekommen bei seinem Thema und fühlte seine Sicherheit wachsen. Er würde eine gute Predigt halten.

Nach dem Gottesdienst lehnte er das Angebot des Brautvaters und Gastgebers, ihn in seinem Wagen mitzunehmen, dankend ab und ging erst einmal nach Hause. Er wollte im eigenen Auto ins Bellevue fahren, um unabhängig zu sein und aufbrechen zu können, wenn das Festessen in ein Familienfest überging. Vor allem aber hatte er das Bedürfnis, sich der Hochzeitsgesellschaft vorübergehend zu entziehen und eine Weile mit sich allein zu sein. Er ging gar nicht erst nach oben in seine Wohnung, sondern setzte sich in seinem Büro in seinen Schreibtischsessel und schloss die Augen. Deutlich erinnerte er sich an die kalte und feuchte Hand der Braut und die warme und trockene des Bräutigams. Er hatte die Hände zusammengefügt und einen Augenblick mit seiner Hand bedeckt, als müsste er sie aneinander gewöhnen. Dann hatte er das Paar aufgefordert, auf der Altarstufe niederzuknien, und zum Segen seine Hände auf die beiden Köpfe gelegt. Vorher hatte er sich vergewissert, dass dort die zwei flachen Lederkissen bereitlagen. Ja, der Küster hatte daran gedacht, und alles war gut gegangen. So konnte er jetzt getrost zum Hochzeitsessen fahren.

Ja, so hatte er es gedacht, mit diesem seelsorgerischen Wort »getrost«, das er immer zu vermeiden suchte, seit es im Predigtseminar als protestantische Brustwickel-Rhetorik bezeichnet worden war. Hinterrücks hatte es sich wieder in seine Gedanken eingeschlichen. Getrost sollte der Christ sein. Getrost in jeder Lebenslage. Getrost am Morgen und am Abend. Er verbot sich, zugespitztere Formulierungen zu suchen. Er musste aufbrechen.

Er kam zu spät ins Hotel. Wahrscheinlich war er der letzte Gast. Denn als er den großen Speisesaal betrat, in den ihn die Empfangsdame weitergewiesen hatte, waren die Kellner dabei, die letzten Gedecke der Vorspeise abzuräumen und die Suppe aufzutragen. Er blieb in der zweiflügeligen Eingangstür stehen, um sich zu orientieren, da stand an der Kopfseite der Festtafel der Gastgeber und Brautvater auf und kam mit ausgestreckten Armen auf ihn zugeeilt.

»Da ist ja auch unser Ehrengast! Schön, dass Sie da sind, Herr Pfarrer. Wir haben Sie schon vermisst. Wie Sie sehen, haben wir schon mit dem Essen begonnen. Kommen Sie! Sie sitzen hier zwischen meiner Frau und mir.«

Er wurde mit den in der Nähe sitzenden Leuten bekannt gemacht und blickte in lauter Gesichter, die ihn wohlwollend anlächelten. Es sah aus, als hätten sich vor allem die älteren Frauen geeinigt, ihn, den zu spät gekommenen Gast und Fremdling in ihrem Kreise, mit Nachsicht und freundlicher Zuwendung zu empfangen. Eine von ihnen, die ihm schräg gegenübersaß, eine Frau um die fünfzig, wie er schätzte, die die gleichen dunkelbraunen Haare wie Claudia hatte, allerdings sorgfältiger frisiert und geschminkt war, hatte ihn mit einem seltsamen versunkenen Blick betrachtet, den er noch auf sich ruhen fühlte. Als er sich ihr wieder zuwandte, hatte sie leise, offenbar nur für ihn bestimmt, gesagt: »Sie haben eine wunderbare Predigt gehalten.«

Von mehreren Seiten bekam sie Zustimmung.

»Ja, das war wirklich etwas zum Nachdenken. Das erlebt man ja so selten.«

»Und Sie haben so sympathisch gesprochen, sympathisch bescheiden.«

»Danke«, sagte er.

Erneut suchte er den Blick der Frau, die ihn nicht losgelassen hatte und sofort wieder an sich band, mit einem begütigenden Lächeln, das zu sagen schien: »Ich weiß ja, alle wollen mit Ihnen reden. Da muss ich mich zurückhalten. Aber ich sehe Sie auch gerne an.«

Wieder sprach eine andere Frau quer über den Tisch hinweg, diesmal mit einer Beimischung von Koketterie: »Der Schmetterling hat Sie anscheinend überhaupt nicht gestört.«

»Im Gegenteil. Ich fand es schön, dass er mich besucht hat.«

Die Antwort löste um ihn herum beifälliges Lächeln und Nicken aus. Und einer der jüngeren Männer – wenn er sich richtig erinnerte, ein Jurist und Kollege des frisch vermählten Ehemanns – wagte sich mit der Frage vor, ob der Heilige Geist nicht auch in Gestalt eines Schmetterlings erscheinen könne.

»Warum nicht?«, sagte er. »Ich glaube, er kann viele Gestalten annehmen.«

»Dann sind der Phantasie ja keine Grenzen gesetzt.«

»Nein«, sagte er kurz. »Der Geist ist unendlich. Er weht wie und wo er will.«

Die Frau schräg gegenüber, die ihn fortwährend angesehen hatte, wollte ihm anscheinend beistehen, indem sie das Gespräch an sich zog.

»Sie haben etwas sehr Wichtiges gesagt. Ich weiß nicht, ob ich es noch zusammenbekomme: Selbstvertrauen fördert Vertrauen und Vertrauen fördert Selbstvertrauen. Habe ich das richtig in Erinnerung?«

»Ja, das ist der Gedanke. Es ist ein lebendiger Zusammenhang.«

»Sie haben das großartig formuliert.«

»Aber ja«, stimmte der Jurist ihr zu, »Theologen sind bekanntlich noch größere Formulierungskünstler als Juristen.«

Sein Lächeln zeigte einen unverfrorenen, selbstgefälligen Charme und schien ihn zu einem weiteren Wortwechsel herauszufordern. Der Gastgeber beendete diesen Moment, indem er mit seiner ruhigen, fülligen Stimme sagte: »Für mich erscheint der Heilige Geist jetzt in der Gestalt des Obers, der uns die Suppe bringt.«

»Entschuldigen Sie den dummen Scherz, Herr Pfarrer«, sagte er, sich ihm zuneigend und legte ihm fürsorglich seine Hand auf den Unterarm:

»Sie bekommen ja auch erst noch die Vorspeise.«

»Nein, bitte auch gleich die Suppe«, sagte er.

Um sich einen Augenblick aus dem Gespräch zurückzuziehen, blickte er in die gedruckte Doppelkarte, die in geschwungener Schreibschrift rechts die Speisenfolge und links die dazu gereichten Weine aufführte. »Schottische Hirtensuppe« las er. Was auch immer das sein mochte, ihm war es recht. Er war hungrig und sowieso ein wahlloser Allesesser, der seine Mahlzeiten nicht selten im Stehen einnahm, immer in dem Grundgefühl, dass er ein vorläufiges Leben führte, in dem nahezu alles provisorisch war. Umgeben von fremden Stimmen und Blicken löffelte er seine Suppe. Die Ober kamen wie auf ein Zeichen durch die Seitentür in den Saal und räumten die leeren Suppentassen ab, und der Gastgeber klopfte mit dem Dessertlöffel gegen sein Weinglas, als Ankündigung, dass er reden wolle. Ringsum verstummten die Gespräche, zuletzt am unteren Ende der Tafel, wo nicht alle das Klingen des Glases gehört hatten. Der Gastgeber versicherte, er wolle nur kurz reden. Niemand schien ihm das zu glauben, und ein älterer Herr, offenbar ein Familienmitglied oder ein alter Freund, rief dem Gastgeber zu: »Dafür bist du ja berüchtigt!«

Neben dem Redner zu sitzen war unangenehm, weil man sich dort im Zentrum der Blicke befand, und um sich dagegen abzuschirmen, schaute er auf die Tischdecke, die dort, wo der Platz für sein Gedeck an den des Nachbarn grenzte, einen Bügelknick hatte, der in der Mitte des Tisches unter einer Blumenschale verschwand. Kleine Krümel von den Käsestangen, die zur Suppe gereicht worden waren, lagen auf der immer noch schneeweißen Decke, dicht daneben seine linke Hand mit den weißen Halbmonden der Fingernägel und den Hautfalten über den Gelenken. Was für ein seltsames Gebilde war eine menschliche Hand.

Wie die meisten, die den Gastgeber kannten, wohl vorausgesehen hatten, dauerte die Tischrede an, was allen, aber vor allem ihm, der direkt neben dem Redner saß, die Rolle nachdenklicher Zuhörer auferlegte. Als er einmal aufschaute, um einen anderen Ruhepunkt für seine Augen zu finden, begegnete er dem Blick der schräg gegenübersitzenden Frau, die ihn wohl schon längere Zeit angeschaut hatte, denn dies war kein zufälliger, flüchtiger Blick, der gleich wieder von ihm abgeglitten wäre.

Offenbar im Vertrauen darauf, dass alle der Rede lauschten und keiner ihren Blickwechsel beobachtete, oder sogar vollkommen gleichgültig gegen solche Bedenken, hielten ihre Augen seine Augen fest. Als er sich schließlich abwandte, wusste er, sie hatte ihm eine Botschaft geschickt. Sie hatte ihm zu verstehen gegeben: Du bist hier der einzige Mensch, der mich interessiert.

Aber er konnte es nicht verstehen. Es war unglaubhaft wie ein Hirngespinst. Diese Frau war nicht nur viel älter als er. Sie passten auch überhaupt nicht zusammen. Er musste etwas missverstanden haben. Er, der ortsansässige Pfarrer, saß hier in einer Hochzeitsgesellschaft. Vor ihm stand sein fast leeres Weinglas auf dem Tisch. Er trank es aus, stellte es wieder vor sich auf den Tisch und lehnte sich zurück. Der Gastgeber beendete seine Rede und wurde beklatscht. Die Frau des Gastgebers stellte ihm Fragen, die er höflich beantwortete. Der Gastgeber sprach zu ihm über die wirtschaftlichen Probleme des Baugewerbes. Er zwang sich zuzuhören, obwohl er sofort alles wieder vergaß. Auch die Frau gegenüber sprach mit ihrem Nachbarn. Während er vorgab, seinem Nachbarn zuzuhören, beobachtete er sie von der Seite.

Als habe sie seinen Blick gespürt, drehte sie den Kopf, und für eine kurze gegenseitige Vergewisserung trafen sich ihre Augen. Es war derselbe unverhüllte Blick wie vorhin, ein rasches Zeichen verschwörerischen Einverständnisses, bevor sie sich ihrem Nachbarn wieder zuwandte.

Danach wiederholte es sich nicht mehr. Unter dem Vorwand, er müsse noch einen wichtigen Besuch machen, verließ er die Gesellschaft vorzeitig. Er kannte sich mit diesen Menschen nicht aus.

Missmutig fuhr er nach Hause und stieg in seine Wohnung hoch, die hinter den zugezogenen Vorhängen dämmrig und verödet wirkte.

Ja, so war sein Leben, so sah es aus. Es hatte ihn

wieder einmal zum Narren gehalten, ihn, einen Phantasten, der sich so leicht täuschen ließ.

Manchmal glaubte er, alle anderen lebten, nur er nicht. Er wusste nicht, ob das seine Schuld war oder ein Verhängnis, das unauffällig gegenwärtig war in den Umständen und Verhinderungen, die man das alltägliche Leben nannte. Was hatte sich diese Frau gedacht, als sie ihn so beharrlich angeschaut hatte? Hatte er sie völlig missverstanden? Er hätte es gerne gewusst, würde es aber nie erfahren.

Vor allem musste er jetzt Karbe anrufen. Das war im Augenblick seine dringendste Aufgabe. Doch Karbe meldete sich nicht. Vielleicht war er ins Krankenhaus gefahren, um nach dem Jungen zu sehen. Möglicherweise war der Junge auch gestorben, und man hatte Karbe angerufen.

Er versuchte sich vorzustellen, wie Karbe an das Bett des toten Jungen trat. In seiner Vorstellung sah er ihn als Rückenfigur, wie er ihn in der Nacht, gleich nachdem er aus dem Auto gestiegen war, am Seeufer gesehen hatte, eine dunkle, gedrungene Gestalt, die unbeweglich auf die Stelle starrte, wo das Auto mit den beiden Ertrunkenen von der Seilwinde aus dem Wasser gezogen wurde. Jetzt sah er diese Gestalt am Fußende eines weiß bezogenen und hell beleuchteten Bettes stehen, in dem aufgebahrt das Kind lag, im Schwarz-Weiß-Kontrast dieser unheimlichen Konfrontation.

Er beschloss, ins Krankenhaus der Kreisstadt zu fahren, erleichtert, dass er jetzt ein Ziel hatte. Am

Eingang der Intensivstation wurde er von dem diensttuenden Arzt Dr. Kühne empfangen, einem dünnen, etwas vorgebeugt gehenden, blonden Mann, den er von seinen regelmäßigen Krankenbesuchen gut kannte und bei dem er sich telefonisch angesagt hatte. Sie gingen zuerst ins Arztzimmer, wo Kühne ihn über die aktuelle Situation unterrichtete.

Der Junge lag im Wachkoma und wurde künstlich beatmet. Offenbar hatte er in einer Luftblase im Heck des Autos noch längere Zeit atmen können, aber die Hirnschäden schienen wegen des langen Sauerstoffmangels beträchtlich zu sein. Genaueres konnte man erst in einigen Tagen sagen. Der Leichnam der Mutter sollte morgen oder übermorgen obduziert werden. Sie war gestern schon tot eingeliefert worden. Karbe war nach seiner Entlassung am Vormittag nicht wieder im Krankenhaus erschienen und hatte sich auch telefonisch nicht gemeldet. Der Alkoholtest hatte keine relevanten Ergebnisse gebracht, und sein Kreislauf war stabil gewesen. Man hatte ihn natürlich sediert und die Nacht über unter Beobachtung gehalten, aber es wäre vielleicht gar nicht nötig gewesen. Vom Verhalten her war er nicht auffällig, außer dass er kaum etwas gesagt hatte. Das Protokoll seiner Aussagen, das die Polizei aufgenommen hatte, war anscheinend auch unergiebig gewesen, wie einer der Polizeibeamten seinen Kollegen Dr. Reichel habe wissen lassen, der als Notarzt am Unfallort gewesen war. Natürlich konnte man die Unergiebigkeit von Karbes Aussagen auch mit Gedächtnisausfällen erklären. Das sei bei Schockzuständen normal.

Aber nicht normal war vielleicht dieser Unfall selbst, sofern Unfälle überhaupt jemals normal waren. Dieser hier war in hohem Grade unwahrscheinlich. Karbe kannte schließlich die Strecke. Er war sie fast täglich gefahren, bei Tag und bei Nacht.

»Ja, es war seine Pendlerstrecke.«

»Was die Kurven angeht, eigentlich eine harmlose Strecke.«

»Stimmt. Ich bin sie gerade wieder gefahren und habe mich auch gefragt, wie das passieren konnte.«

»Falls man nicht total betrunken ist oder einen Infarkt hat, kommt man auf einer so vertrauten Strecke doch nicht plötzlich von der Straße ab und fährt die Karre in den See.«

War hier im Krankenhaus ein Vorurteil gegen Karbe entstanden? Er musste wohl sehr unsympathisch und undurchschaubar gewirkt haben. Jedenfalls hatte er kein Mitleid erregt. Oder war das nur ein Gedankenspiel von Dr. Kühne, der Karbe überhaupt nicht gesehen hatte? Und war er es nicht selbst gewesen, der Kühne angeregt hatte, einen solchen schrecklichen Verdacht anzudeuten?

»Sie meinen also«, fragte er, »ohne ein Motiv oder eine besondere Beeinträchtigung des Fahrers sei der Unfall nicht zu erklären?«

»Das will ich so nicht behaupten. Aber das Ganze ist eben reichlich obskur.«

»Wenn Sie mir erlauben, noch einen Augenblick bei dieser Vermutung zu bleiben: Kann man denn vernünftigerweise annehmen, dass jemand, der einen solchen Unfall, aus welchen Gründen auch immer, plant, sich dafür so unglaubwürdige Umstände aussucht?«

»Was heißt hier unglaubwürdig?«, sagte Kühne. »Das Unglaubwürdige ist manchmal das Wirkliche. Es könnte sogar das kalkulierte Alibi eines Täters sein.«

»Eine unglaubwürdige Tat zu planen?«

»Ja, genau. Etwas, das niemand für wahrscheinlich hält.«

»Jetzt geraten Sie aber in den Kriminalroman.«

»Das gebe ich zu. Ich bin süchtiger Krimileser. Eigentlich wollte ich etwas anderes sagen. Das genaue Gegenteil.«

»Was meinen Sie damit?«

»Es kann ja auch ein spontaner Entschluss gewesen sein. Oder auch nur ein Blackout. Vielleicht aus einem Streit heraus. Eine sekundenschnelle Reaktion nach langen zermürbenden Auseinandersetzungen.«

Es entstand eine Pause, so als erwögen sie beide diese Möglichkeit.

Er sah es vor sich: zwei Hände, die mit einem Ruck das Lenkrad herumrissen, und den Wagen, der in der Dunkelheit die Böschung hinabschoss, begleitet von Schreien aus seinem Innenraum. Wie bei einem Filmstreifen, den man zum zweiten Mal abspult, um einzelne Momente des Vorgangs zu betrachten, versuchte er das Vorstellungsbild schärfer einzustellen.

Bockte und sprang der Wagen über Unebenheiten hinweg? Schlugen die Insassen mit den Köpfen gegen die Decke und die Seitenholme? War die Frau ohnmächtig oder sekundenlang betäubt? Sprang die

Tür auf der Fahrerseite auf? Oder wurde sie von innen aufgestoßen? Er starrte noch auf diese turbulente schattenhafte Szene, als er hörte, dass Dr. Kühne ein neues Argument nachschob.

»Es kann durchaus sein«, sagte er, »dass auch die Vertrautheit mit dem Gelände eine Rolle gespielt hat. Vielleicht hatte er, wenn er täglich an der Stelle vorbeifuhr, schon oft gedacht, hier könnte es geschehen. Aber er hatte sich immer sogleich gesagt, es sei natürlich ein ganz abwegiger Gedanke. Und dann plötzlich, ohne dass er es geplant hatte, war es Wirklichkeit. Und nicht mehr zu widerrufen.«

Wieder entstand eine Pause.

»Möglich«, hörte er sich sagen. Es klang wie ein Eingeständnis, zu dem er genötigt worden war. Das er aber unbedingt abschütteln wollte.

»Das sind doch alles nur Konstruktionen«, sagte er.

»Klar«, stimmte Kühne zu. »Es kann völlig anders gewesen sein.«

War das ein sachliches Zugeständnis oder pure Beliebigkeit?

»Mir«, sagte er mit einem Werben um Zustimmung in der Stimme, »mir erscheinen alle die Überlegungen viel unwahrscheinlicher als Karbes eigene Version, er sei von einem entgegenkommenden Fahrzeug geblendet worden, habe versucht auszuweichen und sei von der Straße abgekommen. Das hat er kurz nach dem Unfall der Polizei und mir erzählt. Ich sehe keinen Grund, ihm nicht zu glauben.«

»Nun ja«, sagte Kühne, »wir sind ja davon ausgegangen, dass das nicht alles erklärt. Ich frage mich zum Beispiel, warum der Fahrer des anderen Wagens nicht gehalten hat. Er muss den Unfall doch gesehen haben. Falls es diesen Fahrer gegeben hat.«

»Das war Panik und Fahrerflucht. Oder er war schon an Karbes Wagen vorbei, als es passierte.«

Kühne nickte mit einer Nachdenklichkeit, die alles offenließ.

Schließlich sagte er: »Man wird nie einen Zeugen haben.«

»Auch nicht den Jungen?«, fragte er.

»Nein, das ist ausgeschlossen. Wir müssen mit schwersten Hirnschäden rechnen.«

Beide schwiegen sie. Sollte er jetzt sagen, was ihm eingefallen war, als er vom Unfallort nach Hause fuhr: dass Karbes Kleidung nicht nach einem Rettungsversuch ausgesehen hatte. Aber das war ja nur die Erinnerung an einen nachträglichen Einfall. Beschwören konnte er das nicht. Worüber redeten sie überhaupt? Alles waren nur Vermutungen, bloße Beliebigkeiten. Das durfte man nicht zum Selbstzweck machen.

»Kann ich den Jungen sehen?«, fragte er.

»Selbstverständlich«, sagte Kühne, der anscheinend auch froh war, das Gespräch zu beenden, denn er stand sofort auf.

Im Flur der Intensivstation war keine der roten Alarmleuchten über den Zimmertüren eingeschaltet, und außer einer Putzfrau, vermutlich eine Türkin, die die Linoleumfliesen mit der üblichen Desinfektionslösung wischte, war niemand zu sehen. Seitlich an der

Wand standen zwei abgezogene Krankenbetten wie leere Karren auf einem Gepäckbahnsteig. Die Putzfrau unterbrach ihre Arbeit, zog den Schrubber mit dem umgelegten Wischtuch an sich heran und ließ sie vorbei.

»Danke«, sagte Dr. Kühne.

Das Licht aus dem hinteren Flurfenster legte eine matte Glanzspur über den Flurboden, der frisch nach Lysol oder etwas Ähnlichem roch. Es war der Grundgeruch des Krankenhauses, an den er sich nicht gewöhnen konnte. Hinter der breiten Glasscheibe, die das Dienstzimmer der Station vom Flur trennte, saß eine ältere Krankenschwester und studierte eine Akte. Sie blickte kurz auf, als sie vorbeikamen, und wandte sich wieder ihrer Arbeit zu.

»So, hier sind wir«, sagte Dr. Kühne und wies auf eine Zimmertür. »Wir haben den Jungen in ein Einzelzimmer gelegt. Nicht seinetwegen – er merkt nichts von seiner Umgebung. Aber für die anderen Patienten ist ein solcher Fall doch ziemlich bedrückend.«

Schon als sie den Vorraum betraten, der ohne Zwischentür in das Krankenzimmer überging, hörte er das leise Doppelgeräusch der Beatmungsmaschine, einen seufzenden Sog und ein gleichmäßiges Blasen. Es klang fremdartig in seiner Regelmäßigkeit, sodass er sich im ersten Augenblick wie ein unfreiwilliger Zeuge eines unheimlichen und intimen Vorgangs fühlte und zögerte. Dr. Kühne forderte ihn auf, wegen der strengen Hygienevorschriften einen der blauen Kittel überzuziehen, die auf einem kleinen Tisch für Besucher bereitlagen, und ging dann mit ihm nach nebenan.

Der Junge, dessen Kopf rundum bandagiert war, lag mit offenen, blicklosen Augen auf dem Rücken, wie gefesselt und unterworfen von einem blauen Plastikschlauch, der von einem neben dem Bett stehenden Beatmungsgerät, fixiert durch den Kopfverband, in seinen geöffneten Mund und in die Luftröhre führte. Kaum merklich hob und senkte sich seine Brust in dem langsamen Rhythmus, den die Maschine diktierte: Ein schwarzer Faltenbalg in einem Gehäuse aus Plexiglas, der sich zusammenpresste und wieder ausdehnte, blies und saugte mit der unermüdlichen und gleichmäßigen Energie eines mechanischen Pumpwerkes, während an der Wand, über dem Kopf des Jungen, die grüne Zackenlinie seines Herzschlages über den Monitor lief. Er lebte, wurde gelebt. Dieser schmächtige, mit Kathetern und Kanülen gespickte Körper eines siebenjährigen Kindes, dessen mageres, schweißiges Gesicht von zwei Augen beherrscht wurde, deren verschwimmender Blick nirgendwo einen Halt fand, war zu einem Anhängsel der Apparatur geworden, die ihn gefangen hielt.

Der Arzt leuchtete mit einer kleinen Taschenlampe in beide Augen.

»Die Pupillen reagieren noch auf Lichtreize«, sagte er, »aber sehen tut er nichts.«

»Wie meinen Sie das?«

»Die Worte, die Erinnerungen sind ausgelöscht, weil die entsprechenden Hirnregionen abgestorben sind.«

»Aber wenn die Augen auf Lichtreize reagieren, dann nehmen sie doch etwas wahr.«

»Vielleicht Nebel, Lichter, Bewegungen, aber alles ohne Sinn.«

»Und daraus kann nie wieder eine Welt werden?«

»Manchmal gibt es teilweise Restitutionen. Ich fürchte aber, er wird zum Apalliker werden.«

»Zum was?«

»Zu einem Menschen ohne Großhirn. Das ist ein rein vegetatives Leben, ohne Bewusstsein, ohne Willen, ohne Bedeutungen. Die sogenannte unsterbliche Seele gibt es dann auch nicht mehr.«

Darauf wusste er nichts zu antworten. Er nickte.

Zu Hause versuchte er erneut, Karbe anzurufen, legte aber sofort wieder auf, als das Rufzeichen kam. Er hatte plötzlich Angst bekommen, Karbes erstickte Stimme dicht an seinem Ohr zu hören. Und in den Sekunden, in denen der andere vermutlich aufstand, um zum Telefon zu gehen, hatte ihm Panik die Kehle zugeschnürt. Er hatte befürchtet, unter einem unausweichlichen Zwang sagen zu müssen: »Warum hast du es getan?«

Er musste tief durchatmen, um sich wieder in den Griff zu bekommen. Wie war das möglich, diese plötzliche Überrumpelung? War er, ohne es sich einzugestehen, davon ausgegangen, dass Karbe ein Mörder war? Das war ein Gedanke, den er sich verbieten musste. Karbe war ein Mensch in Seelennot, der ihm anvertraut war und um den er sich kümmern musste. Um sich zu korrigieren, rief er sofort wieder an und wartete. Zweimal kam das Rufzeichen, dann ein scharfer Piepton, und eine weibliche Tonbandstimme sagte in regelmäßiger Wiederholung: »Dieser Anschluss ist vorübergehend nicht erreichbar. Bitte rufen Sie später wieder an.« Einen Augenblick hörte er der Stimme zu, bevor er ausschaltete. Obwohl die Stimme nicht verriet, was sich hinter ihrer Ansage verbarg, fühlte er sich beruhigt. Karbe hatte vermutlich anonyme Anrufe bekommen und war von fremden Leuten beschimpft oder bedroht worden. Er selbst wäre ja beinahe eine dieser Verfolgerstimmen geworden. Auch die Frage, die sich ihm plötzlich aufgedrängt hatte, unterstellte den Mord als Tatsache mit einer seltsamen zielstrebigen Energie, die ein Geständnis erzwingen wollte. Es war ein plötzlicher Wunsch nach Einfachheit und Klarheit gewesen, der eine quälende Ungewissheit beseitigen sollte. Das hatte er auch bei Dr. Kühne gespürt, der wie besessen gegen alle Zweifel mit immer neuen Konstruktionen die Möglichkeit des Mordes umkreist und festgehalten hatte. Es war wie ein Sog gewesen. Er hatte sich kaum dagegen wehren können. Erst Kühnes abschließende Äußerung »Man wird nie einen Zeugen haben« hatte ihm wieder Luft verschafft. Aber war das nicht eine fragwürdige, kompromissbereite Erleichterung?

Wahrscheinlich fanden jetzt überall solche Gespräche statt, durch die sich die Gesellschaft trotz aller Zweifel neu festigte. Natürlich auf Kosten von Karbe, an dem ein Verdacht haftete, von dem er sich nicht befreien konnte. Es war durchaus verständlich, dass er sein Telefon abgeschaltet hatte, um Ruhe zu finden.

Es war eine Schutzmaßnahme, konnte aber auch das Anzeichen eines endgültigen Rückzugs sein. Musste er darauf reagieren? War das schon wieder eine neue Hypothese? Er hatte keine Erfahrungen, auf die er sich stützen konnte. Sein Vorgänger hätte möglicherweise gelassener reagiert. Aber ihm war bestimmt in seiner langen Amtszeit nichts Vergleichbares passiert. Nicht ein solcher Mensch wie Karbe, nicht ein solches Unglück.

Er beschloss, spazieren zu gehen. Er brauchte Bewegung und Distanz. So groß die Wohnung auch war, sie bedrückte ihn. Noch in der Generation seines Vorgängers waren nahezu alle protestantischen Pfarrer verheiratet gewesen. Heutzutage entschlossen sich die Frauen nicht mehr so leicht, einen Landpfarrer wie ihn zu heiraten, schon weil sie Berufe hatten, die sie nur in der Stadt ausüben konnten. Aber das war nicht der einzige Grund gewesen. Nicht der entscheidende. Claudia war vor einem Leben mit ihm zurückgeschreckt.

Manchmal, wenn er an sie dachte, sah er sie beunruhigend nah und deutlich vor sich: ihr schmales, irgendwie unfertiges Gesicht, das nicht besonders vital, aber zäh und eigensinnig wirkte. Ihr braunes Haar hatte sie nach hinten gebürstet und im Nacken mit einem Samtband zusammengefasst, aus dem es wie eine dicke Quaste zwischen ihren Schultern hing. Sie war nicht hübsch, aber sie hatte etwas an sich, was Männer anzog. Vielleicht war es der Widerspruch zwischen Zartheit und Willensstärke, der in der Zeit ihrer Bekanntschaft immer deutlicher hervorgetreten war.

Als er sie kennenlernte, bei einer Demonstration, war sie noch Studentin der Fachhochschule für Design gewesen, beschäftigt mit einer Abschlussarbeit für die Fotoklasse. Er hatte den Begleittext ihrer Arbeit durchgesehen und stilistisch überarbeitet. Dieses letzte halbe Jahr bis zu ihrem Examen war die beste Zeit ihrer Beziehung gewesen. Ihr Praktikum in einer Werbeagentur hatte sie mit anderen Menschen in Verbindung gebracht. Und obwohl sie anschließend keinen Job gefunden hatte, war sie immer weiter von ihm abgerückt.

Nein, sie hätte nicht in dieses ländliche Pfarrhaus gepasst. Noch weniger als er. Aber es war ja seine Wahl gewesen. Sie dagegen war frei. Sie hatte sich umgeschaut und eine eigene Wahl getroffen. Vielleicht hatte sie inzwischen ja auch Erfolg. Er wusste es nicht, würde es auch nicht erfahren. Abgesehen davon wäre es für sie beide keine Perspektive gewesen, wenn Claudia sich aus sozialer Not von ihm hätte überreden lassen, seine Frau zu werden. Nein, so weit brauchte er gar nicht zu denken. Das war absurd. Merkwürdig war allerdings die Heftigkeit, mit der sie in ihren letzten Gesprächen die Existenz eines Landpfarrers entwertet hatte. Das war eine Hinterlassenschaft, an die er nicht denken mochte.

Draußen im Freien fühlte er sich weniger beengt. Im Gehen konnte er leichter denken, beiläufiger. Ja, das war der Sinn dieses Wortes. Man bewegte sich, und die Gedanken bewegten sich von selbst, als wäre man nicht für sie verantwortlich. Neue Gedanken hatte er meistens, wenn er sich bewegte.

Er schlug den Fußweg zum Baggersee ein, der zu dem anderen, der Landstraße gegenüberliegenden Waldufer führte. Man kam in dieser Richtung schneller aus dem Ort heraus, durchquerte allerdings vorher ein Neubaugebiet aus weiß getünchten Einfamilienhäusern mit Haustüren von beklemmender Geschmacklosigkeit. In den Vorgärten standen junge Blautannen und Thujabäume, dazwischen manchmal als dekoratives Element Wagenräder mit rot gestrichenen Speichen oder eine als Geranienbeet benutzte Schubkarre. Ein kleiner Springbrunnen spie wie die Munddusche eines Zahnarztes einen dünnen Wasserstrahl aus. Auf dem Rand des Auffangbeckens saß ein Keramikfrosch. Der Nachbar dieses Arrangements hatte eine Keramikwindmühle auf einen bemoosten Hügel gestellt, auf den ein von weißen Kieseln gesäumter Weg führte.

Er konnte an diesen Vorgärten nicht ohne das Gefühl stellvertretender Beschämung vorbeigehen. Was sollte er Leuten predigen, deren Innenleben aussah wie diese Inszenierung von gemüthaftem Kitsch? Ein Gespräch fiel ihm ein, das er vor Jahren aus einem ähnlichen Anlass mit seinem Studienfreund Patrik Graefe geführt hatte. Patrik, der immer gut für überraschende Formulierungen war, hatte im Handumdrehen eine Theorie über die Paradiesunfähigkeit des Menschen entwickelt. Das Biedere und Idyllische, das immer beanspruchte, auch das Moralische zu sein, war demnach stets das Symptom der Verleugnung eines fundamentalen menschlichen Mangels. Patrik hätte diese Vorgärten als heruntergekommene Paradiesbilder bezeichnet. Hinter ihrer Unechtheit verbarg sich das falsche Leben und gab sich zugleich ungewollt zu erkennen. Sollte man die Leute dahin führen, das zu erkennen? Oder tat man das besser nicht? War er befugt, an ihrer Art zu leben zu rütteln? Die meisten Leute, die hier wohnten, sah er nie im Gottesdienst. Sie glaubten nicht, dass ihnen die Kirche etwas zu bieten hatte, außer vielleicht einen festlichen Hintergrund für Familienfeiern. Immer wenn er das denken musste, wandte er sich ab und ließ es liegen wie ein verschnürtes Paket, das er nicht öffnen mochte.

Er fühlte sich immer erleichtert, wenn er das Neubauviertel hinter sich gelassen hatte und sich im offenen Gelände befand. Zuerst kam noch die Baumschule, in der die Leute die Blautannen und Lebensbäume für ihre Gärten kauften, dann hörte die asphaltierte Straße auf und ging in einen mit Gras überwachsenen Lehmweg über, der an Maisplantagen, danach an leeren Viehweiden vorbeiführte. Die Kühe standen meistens im Stall. Spaziergänger traf man hier selten. Bei schönem Wetter saßen die Leute auf ihren Terrassen und in ihren Gärten. Die Jugendlichen fuhren am Wochenende in die Stadt, um in die Diskothek zu gehen. Im Keller des Gemeindehauses war auch eine Musikanlage installiert worden. Doch von dem Raum wurde wenig Gebrauch gemacht, außer von einer Band, die dort zweimal im Monat geprobt hatte, anscheinend ohne je weiterzukommen. Er hatte sich schon oft gesagt, er müsse sich etwas einfallen lassen, um den Raum attraktiver zu machen. Vielleicht sollte er die Jugendlichen anregen, ihn nach eigenem Geschmack auszumalen, damit sie sich dort zu Hause fühlten. Vor allem musste er einen Anlass schaffen, dass sie überhaupt ins Gemeindehaus kamen. Jedes Mal, wenn er sich das gesagt hatte, war er zu keinem Entschluss gekommen. Er hatte keine brauchbaren Einfälle gehabt, vermutlich weil er keinen Zugang zu den Jugendlichen hatte. Sie waren ihm fremd, und zwar nicht als einzelne Menschen, die so oder so waren, sondern weil er sie als eine Gruppe empfand. Er selbst war als Schüler ein Einzelgänger gewesen, der die Unterrichtsstunden den Pausen vorgezogen hatte und der Gemeinschaft der Gleichaltrigen ausgewichen war, weil er in der Gruppe immer das Gefühl gehabt hatte, sein eigenes Leben werde erdrückt. Im Seminar war das anders geworden. Dort hatte es gemeinsame Themen gegeben und eine entwickelte Sprache, in der er sich auszudrücken lernte. Seitdem er Pfarrer war, fehlten ihm allerdings diese Gespräche. Trotz seiner Geschäftigkeit und der vielen Begegnungen, die ihm sein Amt einbrachte oder aufnötigte, fühlte er sich oft zurückfallen in sein altes Laster der Grübelei.

Die Hauptschwierigkeiten lagen bei ihm selbst. Vielleicht war er nie ein richtiges Kind gewesen. Seine spärlichen Erinnerungen an die Kindheit waren fast alle vage. Und er war auch nicht erwachsen. Aber er stellte Ansprüche an sich und die anderen Menschen, denen keiner genügen konnte. Du willst ja im Grunde allein bleiben, hatte ihm Patrik gesagt. Und mit seinem Sinn für Widersprüche hatte er hinzugefügt: Aber du magst dich nicht daran gewöhnen.

Wahrscheinlich war es so. Wahrscheinlich hatte Patrik recht.

Er war jetzt bei den Weidenbüschen angelangt, die entlang eines gradlinigen schmalen Wassergrabens zwei leere Viehweiden trennten. Auf dem Weg standen noch Wasserlachen vom nächtlichen Regen. Vögel, die darin gebadet hatten, flogen vor ihm auf. Der Himmel war wolkenlos blau, leer geräumt durch den sanften Wind, der inzwischen abgeflaut war. Im Westen zeigte sich das beginnende Abendlicht in blassen, vanillefarbenen und zartrosa Streifen, wohl ein Gut-Wetter-Zeichen. Er atmete die weiche Abendluft und sah, dass sich in dem dichten Gebüsch, das an den Wegrand herangerückt war, kein Blatt regte. Hinter der grünen Blätterwand waren leise Vogelstimmen zu hören. Er konnte sie nicht unterscheiden, hatte es nie gelernt. Als er zu einer vom Gebüsch eingerahmten, grün vermoderten Bank kam, entschied er sich, nicht bis zum See weiterzugehen, sondern hier eine Weile ruhig sitzen zu bleiben. Hier attackierte ihn nichts. Eigentlich, dachte er, sollte so das Leben sein.

Den Abend verbrachte er, wie viele Abende in letzter Zeit, in seiner Wohnung. Und mit der Neigung des Einzelgängers, die alltäglichen Notwendigkeiten möglichst zu vereinfachen, machte er sich ein Wurst- und ein Käsebrot, legte eine in Scheiben geschnittene Tomate dazu, goss sich ein Glas Kefir ein und setzte sich damit vor den Fernseher, um die Tagesschau anzusehen. Nach dem Wetterbericht schaute er noch den Anfang eines Kriminalfilms an, bis ihm einfiel, Patrik anzurufen. Aber das war nicht üblich zwischen ihnen. Für einen unerwarteten Anruf am späteren Abend brauchte er inzwischen einen sachlichen Grund. Es fiel ihm nichts Glaubhaftes ein, außer Patriks Bitte, einen Redebeitrag für eine vom ihm mitbetreute Akademietagung zu liefern, zu dem er sich bisher nicht entschließen konnte. Vielleicht hatte Patrik das schon wieder vergessen.

Das Problem erledigte sich, da der Anrufbeantworter eingeschaltet war und die korrekte Tonbandstimme seines alten Freundes ihn aufforderte, nach dem Signalton seine Nachricht, seinen Namen und seine Telefonnummer zu hinterlassen. Wortlos legte er auf, trug die Reste seines Abendessens in die Küche und ließ in der Spüle Wasser in das Glas und über den Teller laufen. Was nun? Der Vorgang war abgeschlossen.

Er blickte sich um. Auf dem Schrank stand eine angebrochene Flasche Rotwein, auf dem Abstelltisch neben dem Fernseher lagen ungelesene Zeitschriften. Ein ganzer Stoß. Immer sammelte sich etwas an, was auf einen zu warten schien. Lebenszeichen außerhalb der Pflichten, eine Art Fluchtangebot. Im Augenblick kam ihm das alles unberührbar vor. Sollte er vielleicht noch einmal versuchen, Karbe anzurufen? Nein, dazu war es schon zu spät. Doch morgen wollte er auf jeden Fall zu ihm vordringen. Sie mussten über die Beerdigung seiner Frau reden. Wegen des Ablaufs der Feier, aber auch über möglicherweise zu erwartende Reaktionen der Trauergäste. Wie Karbe die Beerdigung überstehen würde, war schwer vorstellbar, denn er würde von allen Leuten beobachtet werden, ob irgendetwas Auffälliges an ihm war. Aber er musste sich stellen. Er durfte nicht ausweichen. Noch allerdings gab es keinen Termin. Der zur Obduktion beschlagnahmte Leichnam der Frau war noch nicht wieder freigegeben. Jedenfalls hatte er noch nichts gehört.

Es war schon gegen Morgen, als er, kurz erwachend, begriff, dass er immer wieder in denselben Traum geriet. Ein unsichtbarer Feind jagte ihn durch dunkle Raumfluchten, die sich allmählich verengten und keinen Ausgang mehr hatten oder, was noch schlimmer war, keinen, den er finden konnte. Mehrfach entkam er, wenn er keine Chance mehr hatte, weil sich in ihm ein Nein zusammenballte, das die Regeln oder Umstände der Verfolgungsjagd für einen Augenblick außer Kraft setzte. Schließlich war er auf die Straße gelangt, eine menschenleere, dämmerige Straße, gesäumt von einer Wand verschlossener Häuser, an der er entlanglief, in der Hoffnung zu entkommen. Hinter ihm verdichtete sich etwas. Es war zunächst nur ein wachsender Schatten. Aber er wusste schon, es war wieder der Feind, der in einem großen schwarzen Fahrzeug hinter ihm herfuhr, während er lief und seinen jagenden Herzschlag spürte, sodass er einen Moment denken konnte: Der Herzschlag lässt mich das träumen, mein Herz schlägt viel zu schnell. Aber er konnte den Traum nicht anhalten und nicht aus ihm hinausfinden. Der schwarze kastenartige Wagen rollte jetzt lautlos neben ihm her und drängte ihn langsam gegen die Häuserfront. Das Fenster der Beifahrertür glitt herunter, und heraus streckte sich ein behaarter Männerarm, der ihm, mit der Öffnung nach oben, einen schwarzen Zylinder hinhielt, als erwartete er eine Spende und zugleich als grüße er ihn.

Diese Geste erschreckte ihn so, dass er im Bett hochfuhr und erst im Sitzen wieder zu sich kam. Minutenlang wagte er nicht, sich wieder hinzulegen.

3

Der Montag und der Dienstag vergingen wie in einer anhaltenden Windstille. Frau Meschnik, seine Halbtagssekretärin, hatte sich freigenommen, um zu einem Familienfest zu fahren. Ihr Patenkind, die jüngste Tochter ihrer Schwester, heiratete in Bad Zwischenahn bei Oldenburg. Das hatte sich ihm eingeprägt, weil ihm gerade die Hochzeitsfeier im Hotel Bellevue bevorgestanden hatte, als sie es ihm erzählte, und weil ihm der Ortsname merkwürdig erschienen war. »Da bin ich noch nie gewesen«, hatte er gesagt. Frau Meschnik hatte daraufhin einen Prospekt aus ihrer Handtasche gezogen und ihm ein Foto des Hotels gezeigt, das dem Bellevue ziemlich ähnlich sah. Es hatte fast zutraulich gewirkt, jedenfalls ungewohnt. Denn eigentlich war Frau Meschnik eine kritische und streitbare Person, die ihn immer noch mit seinem Vorgänger verglich. Was für sie sprach, waren ihre Zuverlässigkeit und ihre langjährige praktische Erfahrung. Die Unterlagen für die Presbyteriumssitzung am Mittwochabend hatte sie noch vor ihrer Abreise zusammengestellt und ordentlich abgeheftet.

Es war wichtig, dass die Mitglieder des Kirchenvorstandes bei den Sitzungen eine Informationsmappe in die Hand bekamen, damit das Gespräch nicht auseinanderlief. Diesmal war zu erwarten, dass der katastrophale Unfall in der Nacht von Samstag auf Sonntag zum Hauptthema der Sitzung wurde und die sachlichen Themen in den Hintergrund gerieten. Das wollte er nach Möglichkeit verhindern. In der Zeitung hatte heute zwar nur eine Meldung gestanden. Doch die Formulierung, dass wegen des ungeklärten Unfallverlaufs umfangreiche polizeiliche Ermittlungen eingeleitet worden seien, schuf Platz für jede Art von Phantasie. Umso wichtiger war es, dass er vorher noch mit Karbe sprach, am besten sofort.

Aber als er Karbes Nummer wählte, sprach wieder die weibliche Tonbandstimme ihre Litanei. Das hatte er schon so erwartet. Der Mann musste erst einmal zu sich kommen. Besorgniserregend war das noch nicht. Möglicherweise wurde er noch einmal von der Polizei vernommen, weil er in der Unglücksnacht nicht vernehmungsfähig gewesen war. Oder er war ins Krankenhaus gefahren, um nach dem Jungen zu sehen.

Vorstellen konnte er sich das nicht. Für ihn war Karbe eine verschlossene Person, in die er nicht hineinblicken konnte.

Eigentlich wollte er es auch nicht. Das Gespräch, das er mit Dr. Kühne geführt hatte, war schon viel zu weit gegangen. Noch aufgewühlt von seinen nächtlichen Eindrücken hatte er sich der eigenen Neugier nicht widersetzen können. Nein, Neugier konnte man es nicht nennen. Es war etwas Fremdes, Unheimliches, fast so etwas wie ein unerwartet in ihm aufgetauchter Wunsch, die schlimmste Möglichkeit solle zum Vorschein kommen. Er hatte sich sofort gegen diesen Impuls gesträubt und Kühnes Spekulationen abgewiesen, anscheinend so heftig, dass er sich erst jetzt wieder daran erinnerte. Das war ich nicht, dachte er. Das ganze Geschehen hat mich einfach überrumpelt.

Es klingelte. Das war der Postbote. Vorhin, als er die Zeitung heraufgeholt hatte, war die Post noch nicht da gewesen. Sie kam immer später in der letzten Zeit und war immer dürftiger. Auch dieses Mal waren es vor allem Werbeschriften. Darunter ein weiteres Angebot für die neue Bestuhlung des Gemeindesaals, über die sie am Mittwoch sprechen wollten. Er schaute es flüchtig an und legte es zu den Unterlagen.

Im Augenblick gab es nichts Dringendes mehr zu tun. Nun konnte er sich, wie geplant, mit dem Thema seiner nächsten Predigt beschäftigen und sich dabei auch Gedanken über ein Statement für die bevorstehende Akademietagung machen, um das Patrik ihn schon vor längerer Zeit gebeten hatte. Sie hatten mehrmals darüber telefoniert, und er hatte zunächst gesagt, er sei gegenwärtig zu sehr in Widersprüche und Unklarheiten verstrickt, um etwas Perspektivisches formulieren zu können. Patrik hatte geantwortet: »Aber dann hast du ja ein Thema. Ein sehr aktuelles sogar.« Und er hatte auch gleich einen Titel vorgeschlagen: »Das Leben als Widerspruch und die Einheit des Glaubens.«

»Schönes Plakat«, hatte er gesagt. »Aber das sind doch nur Worte.«

»So wie sie dastehen, ja«, hatte Patrik geantwortet. »Du musst sie natürlich auf ihren verborgenen Sinn abhorchen. Das ist doch unser Job.«

»Das sind ja gerade meine Schwierigkeiten«, hatte er geantwortet.

Prompt wie ein perfekter Vorhandschlag war Patriks Return gekommen: »Dann sprich doch darüber. Sprich über deine Schwierigkeiten. Das ist es doch!«

»Na ja, wenn es keine echten Schwierigkeiten wären.«

»Sei nicht so spitzfindig«, hatte Patrik geantwortet. »Du bist kein Sonderfall, sondern ein Beispiel für viele. Und das verpflichtet dich.«

Schließlich hatte er halbwegs zugestimmt und gesagt, er wolle darüber nachdenken. Das hatte er sich für heute und für morgen vorgenommen. Zunächst einmal wollte er sich Notizen für eine seiner nächsten Predigten machen und dabei gleichzeitig und sozusagen beiläufig ein mögliches Statement vorbereiten. Doch als er sich einen Schreibblock und einen Bleistift zurechtlegte und den von Patrik improvisierten Titel oben auf das Blatt schrieb, wurde er von einem totalen Gedankenstillstand ergriffen, sodass er nur noch wie durch einen milchigen Nebel auf die geschriebenen Worte starrte. Es war ein Schwindelgefühl, eine ansteigende Übelkeit, gegen die er sich wehrte, indem er den Schreibblock mit einem schnellen Griff umdrehte, sodass die graue Pappe der Rückseite oben lag. Gleich danach war er ruckartig aufgestanden, um rauszugehen.

Schon auf der Treppe beschloss er, in die Stadt zu fahren. Er hatte auch einen praktischen Grund. Er musste eine neue Leuchtröhre für die Küche kaufen, weil die alte über dem Spülbecken vor einigen Tagen erloschen war.

Vor allem aber wollte er noch einmal die Autostraße am Baggersee entlangfahren, zunächst einmal in der Richtung, aus der angeblich das Auto gekommen war, das Karbe geblendet hatte, und auf der Rückfahrt in Karbes Spur. Im Voraus wusste er, dass ihm die Fahrt keine neuen Erkenntnisse bringen würde. Er kannte ja die sanfte Weiträumigkeit der Kurve, in der das Unglück passiert war. Wie auch immer es geschehen sein mochte – im hellen Tageslicht sah alles ungefährlich und banal aus. Die Schreckbilder der Nacht schienen einer völlig anderen Geschichte anzugehören. Ja, so begann das Vergessen. Das war es, was die Menschen so robust machte. Sie kehrten immer so schnell wie möglich zu ihren Gewohnheiten und Gewissheiten zurück. Autostraßen konnten Schlachtfelder elementarer Gewalt sein. So jedenfalls hatte er es in der Nacht empfunden. Im Augenblick war das nur noch eine Floskel. Sogar der bandagierte Kopf des Jungen und seine umherirrenden Augen erschienen ihm im Augenblick wie ein Zitat einer anderen, abgerückten Erfahrung. So wie die Dinge standen, würde der Junge wohl noch ziemlich lange beatmet werden, bevor man beschloss, die Maschine abzustellen. Dazu brauchte man die Einwilligung von Karbe, weil er der Vater war. Aber konnte ausgerechnet er einen solchen Entschluss fassen? Und wie würde das wohl gedeutet werden? Vielen würde das wahrscheinlich als Vertuschung erscheinen.

Er fuhr zum Krankenhaus, um mehr zu erfahren, war aber nicht überzeugt, dass das ein berechtigtes Interesse war. Seine Meinung war hier wohl kaum gefragt. Und er musste sich auch eingestehen, dass er keine klare Meinung hatte. In der Ambulanz erfuhr er, dass Dr. Kühne Nachtdienst hatte und erst gegen Abend ins Krankenhaus kam. Er hatte einen freien Tag. Und wegen des schönen Sommerwetters war er vielleicht zum Baden oder zum Segeln gefahren. Vielleicht lag er auch in einem Liegestuhl in einem Garten und las einen Kriminalroman. Er wusste nicht, wie Kühne lebte. Hatte er eine Frau? Hatte er Kinder? Er hatte ihn nie danach gefragt. Für ihn war er eine bevorzugte Informationsquelle gewesen, wenn er Krankenbesuche machte. Jetzt entdeckte er niemanden, den er kannte. Auch über Kerstin Karbe und ihre Obduktion erhielt er keine Auskunft. Niemand schien etwas über sie zu wissen. Anscheinend war ihr Leichnam nicht mehr hier. Ein Krankenpfleger, oder war es ein junger Arzt, sagte ihm, bei Todesfällen mit ungeklärtem Hintergrund fände die gerichtsmedizinische Untersuchung in der Pathologie einer Uniklinik statt. Ob es sich tatsächlich so verhielt, wusste er nicht.

Gut, das entlastete ihn. Er wurde nicht gebraucht und konnte jetzt tun, was er wollte. Nach Hause fahren wollte er allerdings noch nicht. Er war vor seiner Arbeit davongelaufen und fühlte sich im Augenblick nicht gewappnet, wieder darauf zuzugehen. Ohnehin wollte er ein paar Besorgungen machen.

Nachdem er die Leuchtröhre für die Küche gekauft hatte, ging er in eine der beiden Buchhandlungen der Stadt, um die auf einem Tisch ausgelegten Neuerscheinungen anzusehen. Unter anderem lagen dort neue Bändchen einer Buchreihe mit Texten zu aktuellen Zeitproblemen, von denen er schon einige besaß. Eine der Neuerscheinungen mit dem Titel »Die Zumutung des Glaubens. Eine Meditation« war ein Text von Patrik Graefe. Das war wieder einmal clever! Das Bändchen war pünktlich zu der in zwei Wochen stattfindenden Akademietagung herausgekommen, die unter demselben Titel angekündigt war. Unter den drei Initiatoren befand sich auch Patrik. Warum auch nicht?, dachte er. Er ist nicht so schwerfällig wie ich. Außerdem schreibe ich ja keine Bücher und bereite keine Tagungen vor. Leute wie Patrik wurden jedenfalls gebraucht.

Er kaufte das Buch und ging, seiner alten Gewohnheit folgend, in das Straßencafé nebenan, um erst einmal darin zu blättern. Es war ein luftig gesetzter Text von 110 Seiten – die richtige Länge für einen Traktat – und begann mit dem Augustinus zugeschriebenen Satz »Credo quia absurdum«, was wörtlich übersetzt lautete: »Ich glaube es, weil es widersinnig ist.« Der deutsche Text klang in seinen Ohren viel schriller als das lateinische Zitat. Es war die zu erwartende Eröffnung, die den Glauben in einen fundamentalen Gegensatz zum Wissen oder zum Erkennen brachte, eigentlich ein ziemlich traditioneller Beginn. Aber er war sicher, dass Patrik dem Thema einige überraschende Wendungen abgewinnen würde. Das wollte er sich für den Abend aufsparen. Jetzt wollte er lieber in Ruhe seinen Cappuccino genießen und die durch die Einkaufsstraße flanierenden Menschen betrachten, wie er es früher zusammen mit Claudia gemacht hatte. Die Welt allein zu sehen, war etwas grundsätzlich anderes, als zu zweit. Man sah sie schärfer oder, um bei Augustinus zu bleiben, absurder, und man fühlte sich ausgesetzt und von allen anderen getrennt. Manchmal litt er darunter, und manchmal dachte er, dass es der zu ihm passende Platz sei. Vielleicht hatte so gesehen jeder seinen Platz. Claudia hatte irgendwann die Überzeugung gewonnen, dass es falsch für sie sei, bei ihm zu bleiben. Sie war unruhig und reizbar geworden, und außerdem vergesslich. Er hatte aufpassen müssen, dass sie bei einem fast überstürzten Aufbruch nach einem Streit hier im Café nicht ihre Handtasche vergaß, die sie über die Stuhllehne gehängt hatte. Worüber sie sich damals gestritten hatten, wusste er nicht mehr. Es war eine Art Stellvertreterdiskussion gewesen, die das, was sie trennte, zwar spürbar machte, aber zugleich verdeckte. Vermutlich dachte sie längst nicht mehr daran. Sie stellte sich wohl auch nicht vor, dass er aus Gewohnheit immer noch in dasselbe Café ging und sich an sie erinnerte. Es gehört zu meiner Entwöhnungskur, hatte er sich gesagt. Aber das stimmte nicht. Er winkte den Ober herbei und zahlte.

Zum zweiten Mal kam er heute am Baggersee vorbei, diesmal in der Richtung, in der Karbe in der Unglücksnacht gefahren war. Er fuhr langsam durch die lang gestreckte Kurve, dieses Mal ohne Gegenverkehr. Dann kam die Stelle, wo die Straße dicht an den Abhang heranrückte. Unten war der See. Eine unbewegte, im Sonnenlicht glitzernde Wasserfläche. Anhalten wollte er hier nicht. Es gab ja auch nichts zu sehen, außer der alltäglichen, ungestörten, in sich selbst ruhenden Normalität, die allerdings das Unheimliche war.

Nach seinem Abendessen, einer Pizza Margherita, die in dem Tiefkühlfach gelegen hatte, und den Fernsehnachrichten, die er wie immer beim Abendessen sah, verbrachte er den restlichen Abend mit Patrik Graefes Buch.

Er hatte im letzten Jahr kaum Kontakt zur aktuellen Theologie gehabt. Bei Patrik war das anders gelaufen. Er hatte schon während des Studiums angefangen zu publizieren und sich einen Namen gemacht. Eine Zeit lang waren seine kurzen Kommentare zu aktuellen Lebensthemen regelmäßig im Rundfunk zu hören gewesen.

Patrik konnte schreiben, manchmal, so erschien es ihm, mit selbstgefälliger Gewandtheit und Eleganz. Das bewies er gleich wieder auf den ersten Seiten. Er hatte immer griffige, anschauliche Ideen. Dieses Mal war es der Begriff der »Kluft«, um den herum er seinen Text aufbaute. Es gab eine wachsende Kluft zwischen der naiven Alltagsfrömmigkeit der Mehrzahl der Menschen, für die Gott eine allmächtige Person und der Himmel ein Ort war, und der im historischen Prozess immer weiter fortschreitenden Spiritualisierung aller alten Glaubensgewissheiten, die sich im

Nichtwissen auflösten und zum Glauben an das Unglaubliche wurden. In diesen Abgrund musste man sich fallen lassen, um sich, befreit und gereinigt von den Schlacken der traditionellen, verdinglichten Metaphysik, aber erfüllt von ihrer bleibenden Wahrheit, wieder dem christlichen Weltverständnis und dem alltäglichen seelsorgerischen und sozialen Liebesdienst zuzuwenden.

Hatte er das richtig verstanden? War das Modell, das Patrik so elegant beschrieben hatte, nicht einfach nur eine schlaue Anpassung an die ständige Wechselwirtschaft zwischen zelebrierter Andacht und alltäglicher Routine, die ihn immer wieder mit einem faden Gefühl von Unzulänglichkeit und Halbheit erfüllte? War Patriks Theorem der Kluft ein Plädoyer für den unvermeidbaren Kompromiss?

Er hatte immer schon gewusst, dass Patrik ein Kopfgläubiger war, der nicht empfand, was er dachte, und deshalb so mühelos neue Formulierungen produzierte. Aber er war eben auch ein anregender Mensch, den er als einen etwas flüchtigen, aber trotzdem zuverlässigen alten Freund betrachtete. Er wollte ihm unbedingt gerecht werden und las weiter. Er verstand alles sofort, aber immer oberflächlicher. Das »christliche Weltverständnis« und »das Bewusstsein, von Gott geliebt zu werden« zogen wie wandernde Wolken durch seinen Kopf und wurden immer ungreifbarer. Schließlich klappte er das Buch zu, trank den Rest Rotwein und ging zu Bett. Beten konnte er nicht mehr, weil er sich nicht vorstellen konnte, dass ihm jemand zuhörte. Aber das wagte er sich kaum einzugestehen. Es war ein Riss in der Welt, der zwischendurch zu heilen schien, aber immer wieder aufbrach. Also musste er wohl damit leben, wie so viele andere, im Vertrauen auf den Fortgang aller Dinge. Vertrauen war das Schlüsselwort. Dem Vertrauen vertrauen, dachte er.

Am nächsten Morgen – er war verspätet aufgestanden und räumte, noch etwas benommen von seinem unruhigen, mehrfach unterbrochenen Schlaf, gerade seine Frühstücksreste auf – rief, ungewöhnlich für diese Zeit, der Bestattungsunternehmer Eschweiler an. Er entschuldigte sich und sagte, er sei gestern spätabends von einer Reise zurückgekehrt und habe völlig unvorbereitet heute Morgen in der Zeitung den Bericht gelesen. »Das ist ja eine schreckliche Geschichte!«

»Sie meinen den Unfall am Baggersee?«

»Ja, natürlich«, antwortete Eschweiler. »Wenn es denn ein Unfall war. Der Bericht ist voller Zweideutigkeiten. Haben Sie ihn noch nicht gelesen?«

»Nein, ich war noch nicht unten. Der Bote steckt die Zeitung immer durch den Zeitungseinwurf in der Haustür, und ich hol sie später rauf, wenn der Briefträger geklingelt hat.«

»Verstehe«, sagte Eschweiler.

»Sie finden, dass es ein zweideutiger Bericht ist?«

»Eher könnte man schon von einer getarnten Eindeutigkeit sprechen. Es ist davon die Rede, dass die Polizei wegen des ungeklärten Geschehens Ermittlungen eingeleitet hat. In meiner Firma glauben alle, dass es sich entweder um einen gemeinschaftlichen

Selbstmordversuch oder um ein Verbrechen handelt. Ich hoffe es ja nicht.«

»Das kann man doch gar nicht hoffen«, sagte er.

»Nein, Entschuldigung«, sagte Eschweiler. »Ich wollte nur sagen, es wäre für Sie und auch für mich eine ziemlich schwierige Situation, wenn es ein Verbrechen wäre.«

»Wieso?«, fragte er in dem Gefühl, nichts durchdacht zu haben und nicht richtig in das Gespräch hineingekommen zu sein.

»Nun ja«, sagte Eschweiler. »Soviel ich bisher mitbekommen habe, sind die Leute jetzt schon aufgebracht und verlangen nach einem Schuldigen. Und Sie, lieber Herr Henrichsen, müssen doch bei der Trauerfeier reden. Vor allem ist da ja auch die Familie.«

»Welche Familie?«

»Kerstin Karbes Eltern. Die sind doch auch betroffen. Und die hatten von Anfang an kein gutes Verhältnis zu ihrem Schwiegersohn.«

»Woher wissen Sie das?«

»Ich weiß es zum Teil von Karbe selbst. Aber auch von anderen Leuten. Sie war eine Schülerin von Karbe und hat ihn gegen den Willen ihrer Eltern geheiratet. Das war vor acht Jahren ein großes Thema im Ort.«

»Das kann ich ja nicht wissen. Und ich muss es auch nicht wissen. Für mich ist Karbe ein Mann, der seine Frau und sein Kind verloren hat und deshalb Zuwendung braucht. Auch und sogar gerade, falls er an dem Unfall schuld ist.«

»Natürlich«, sagte Eschweiler. Offenbar wollte er nicht streiten.

Stattdessen fragte er: »Haben Sie schon mit Karbe gesprochen?«

»Am Unfallort, ein paar Worte. Er war im Grunde fast stumm.«

»Ach, Sie waren dort in der Unglücksnacht?«

»Ich bin gerufen worden. Als ich ankam, wurde gerade der Wagen mit der Frau und dem Kind geborgen. Beide waren leblos und wurden in die Rettungswagen gebracht.«

»Und Karbe?«

»Der stand unter Schock.«

»Haben Sie inzwischen wieder mit ihm gesprochen?«

»Leider nein. Sein Telefon ist abgeschaltet. Aber das kann man ja verstehen.«

»Ja, so wie die Stimmung sich entwickelt, wird er wahrscheinlich von anonymen Anrufern beschimpft und bedroht.«

»Wahrscheinlich.«

»Aber er ist auch ein merkwürdiger, verschlossener Mensch. Jemand, der sich abkapselt – sich und seine Familie.«

»Woher kennen Sie ihn?«

»Vor einem halben Jahr besuchte er mich, um einen Grabplatz zu erwerben, ein Familiengrab.«

»Vor einem halben Jahr, sagen Sie?«

»So ungefähr. Er hat sich für ein Tiefgrab entschieden.«

»Wo die Toten übereinanderliegen?«

»Ja. Das braucht weniger Raum und ist kostengünstiger als ein Doppelgrab.«

»Verstehe. Werden Sie das der Polizei erzählen?«

»Das muss ich wohl, wenn ich danach gefragt werde. Aber es ist nicht unüblich, dass Leute, wenn sie das Geld haben, für ihre Familie eine Grabstätte erwerben.«

Er nickte. Und um den eingebildeten Zusammenhang beiseitezuschieben, sagte er: »Der normale Termin ist wahrscheinlich schon geplatzt, weil Kerstin Karbe noch obduziert werden muss.«

»Darüber haben Sie aber nichts Genaues gehört?«

»Nein, nur dass der Leichnam nicht mehr in unserem Krankenhaus liegt, sondern in einer speziellen gerichtsmedizinischen Pathologie.«

»Das habe ich mir schon so gedacht«, sagte Eschweiler. »Das lässt uns noch ein wenig Zeit.«

Danach bedankte er sich und sagte: »Ich halte Sie auf dem Laufenden, wenn ich was Neues höre.«

Dann sagte er noch: »Wir bleiben in Kontakt!«

Er atmete auf, als er den Hörer wieder in die Halterung gestellt hatte. Was hatte er eigentlich erfahren? Weshalb war er so bestürzt? Dass Karbe vor einem halben Jahr ein Doppelgrab gekauft hatte, sei nicht unüblich, hatte Eschweiler gesagt. Aber Karbe war noch keine fünfzig, und Kerstin Karbe musste wesentlich jünger sein. Was war das für eine düstere, vorauseilende Phantasie, ein gemeinsames Grab zu kaufen! Vielleicht war es ein Ausdruck von Depression? Oder die Beschwörung einer infrage gestellten lebenslangen Gemeinsamkeit? Bis dass der Tod uns scheidet, wie es in der kirchlichen Trauungsformel hieß. Das war denkbar. Auch dass sich dahinter der Todeswunsch eines Melancholikers verborgen hatte. Aber auf keinen Fall ein mörderischer Plan. Auf keinen Fall? Ja, das, was geschehen war, konnte man nicht planen. Es war unberechenbar, viel zu zufällig. Obwohl es ein Merkmal eines perfekten Verbrechens sein konnte, wie ein Zufall auszusehen. Woher hatte er das? Dr. Kühne hatte es gesagt, der Krimispezialist. Seinen Nachtdienst auf der Intensivstation hatte Kühne jetzt hinter sich. Bevor er ging, hatte er wohl noch einmal nach dem Jungen geschaut, hatte ihm in die Augen geleuchtet und war nach einem Blick auf den Monitor gegangen. Der schwarze Luftsack, der sich rhythmisch blähte und zusammenzog, arbeitete weiter.

Das war das bleibende Bild: der weiße Kopfverband, die blicklosen Augen, der blaue Beatmungsschlauch, der schwarze Sack. Kerstin Karbe sah er entfernter und undeutlicher als einen leblosen Körper, der von den Feuerwehrleuten aus dem Unglücksauto gezogen und auf eine Bahre gelegt wurde. Kurz danach dann die eilige Abfahrt der Rettungsfahrzeuge mit Blaulicht und Sirene. Und Karbe, der von der Polizei mitgenommen wurde. Zum Verhör. Seitdem hatte er nichts mehr von ihm gehört.

Ich muss wieder anrufen, sagte er sich. Aber zuerst musste er den Bericht in der Zeitung lesen, über den Eschweiler so kritisch gesprochen hatte, übrigens spürbar überrascht, dass er ihn noch nicht kannte. Jedes Mal, wenn er nach unten ging, musste er prüfen, ob er den Wohnungsschlüssel dabeihatte. Vor allem, wenn Frau Meschnik nicht im Büro war, wo ein zweiter Schlüssel hing. Das war eine der vielen kleinen Schwierigkeiten, wenn man allein lebte. Für ihn selbst wäre das Leben zu zweit richtig gewesen. Aber der Gedanke war inzwischen fadenscheinig geworden. Manchmal glaubte er sogar, dass Claudias Abneigung gegen seine Art zu leben sich auf ihn übertragen und in ihm festgesetzt hatte. Manchmal, wenn er allein war, wehte ihn das an, und er spürte, dass das bedrohlich war.

Vom letzten Treppenabsatz aus sah er die Zeitung auf dem Boden liegen. Der Bote hatte sie durch den Einwurfschlitz geschoben, und sie hatte sich im Fallen entfaltet. Als er sie aufhob, sah er schon auf der ersten Seite einen Hinweis auf den Artikel im Lokalteil. »Todesfahrt in den Baggersee« stand da. »Die Tragödie einer Familie. Polizei ermittelt.« Das waren die üblichen dramatisierenden Stichworte. Er wollte schon mit der Zeitung nach oben gehen, als er sich anders entschloss. Draußen war leuchtendes Sommerwetter, ein Grund, das Haus zu verlassen und die Zeitung irgendwo draußen zu lesen. Der Friedhof fiel ihm ein, der nur fünf Minuten entfernt war. Dort konnte er natürlich nicht sitzen, aber er wollte einmal nach den Tiefgräbern schauen, von denen Eschweiler gesprochen hatte. Wenn er sich recht erinnerte, gab es auch einen Hinterausgang in das angrenzende offene Gelände. Dort, an der Außenmauer, hatte er unter überhängenden Zweigen einmal eine alte Bank gesehen. Es war ein Platz, wo er um diese Zeit sicher allein war.

Auch der Friedhof war menschenleer, als er ihn auf dem breiten Hauptweg betrat. Schließlich sah er im hinteren Teil einen Gärtner, der verwelkte Blumensträuße und abgejätete Moospolster in seine Schubkarre lud. Wahrscheinlich handelte es sich um einen Gehilfen. Einen Grabplatz Karbe kannte er nicht, und das Büro am Eingang des Friedhofs, wo der Lageplan an der Wand hing, war geschlossen. Aber der Gärtner zeigte ihm die Parzelle, wo die Tiefgräber lagen. Es waren nur vier. Und alle waren in den letzten Amtsjahren seines Vorgängers belegt worden. Nun würde sich diese Reihe fortsetzen, sobald der Leichnam von Kerstin Karbe zur Bestattung freigegeben wurde. Es sah nicht so aus, als würde das noch in dieser Woche geschehen, denn dann hätten Eschweiler und auch er schon eine amtliche Mitteilung und einen Auftrag von Karbe bekommen müssen. Sieben Tage nach dem Tod musste die Bestattung stattfinden. Es sei denn, die Leiche wurde aus irgendwelchen Gründen für längere Zeit in einem Tiefkühlfach der Pathologie aufbewahrt.

Während des Studiums war er einmal von einem befreundeten Medizinstudenten im geliehenen Arztkittel in den Sektionssaal mitgenommen worden, wo Leichen verschiedenen Alters nackt und grau auf Tischen lagen. An manchen wurde gearbeitet, einige lagen nur da, ausgestreckt in ihrer Reglosigkeit, mit hochgebundenem Unterkiefer und einem Band mit Namen und Todesdatum am Handgelenk. Bei einigen hatte man das Kopfband vergessen oder nachträglich entfernt, sodass die Münder aufklafften und ihre Gebisse zeigten. Es sah aus, als schrien sie. Sie schrien anhaltend und unhörbar wie in einer abgetrennten, unzugänglichen Dimension außerhalb des Lebens. Ihre einzige wahrnehmbare Äußerung war der aufdringliche, süßliche Verwesungsgeruch, der trotz des beigemischten stechenden Geruchs von Formalin die kühle Luft des Saals erfüllte. Gegen seine wachsende Übelkeit ankämpfend, war er an verschiedene Tische herangetreten und hatte aufgeschnittene Leiber und herausgenommene Organe gesehen und es danach als ein wunderbares befreiendes Privileg empfunden, wieder in sein alltägliches Leben zurückzukehren. Nein, Arzt hätte er nicht werden können. Doch er hatte verstanden, dass er in den abgründigen Hintergrund seines Berufes geblickt hatte. Er war ein Angestellter einer der größten menschlichen Phantasieleistungen: der Vorstellung einer Auferstehung der Toten. Obwohl er selbst nicht mehr daran glaubte, wie er sich allmählich eingestanden hatte, war es ihm gelungen, den Trost dieser Phantasie nicht infrage zu stellen und zu ihrem Schutz jeden Versuch einer wörtlichen Zitierung zu umgehen. Viele Menschen verhielten sich vermutlich ebenso, ohne dass ihnen das bewusst wurde. Es war ein Glaube im Ungefähren und für alle Fälle. Patrik hatte daraus ein System gemacht.

Hier auf dem sommerlichen Friedhof mit den gärtnerisch gepflegten Grabstellen, den liegenden oder aufgerichteten Steinen mit den eingravierten Namen und Lebensdaten der Toten, viele auch mit der Beigabe eines persönlichen Nachrufes oder eines frommen Spruches, sah der Tod wie eine gemeinsame Ruhe der Verstorbenen aus, in der sie viele Jahre verweilen konnten, zur Zeit im Schatten der dicht belaubten Bäume und über die Jahre im sich wiederholenden Wechsel der Jahreszeiten. Es war ein schöner Ort. Er war gerne hier, in der Gesellschaft der Toten, von deren gedachter Anwesenheit Stille und Gelassenheit ausging, während er an ihren Gräbern vorbeischlenderte und hier und da stehen bleibend eine Inschrift las. Ja, es war gut, dass er hergekommen war, an diesen Ort, den er sonst nur zur Bestattung eines verstorbenen Gemeindemitglieds aufsuchte. Irgendwie hatte er gespürt, dass er eine Atempause brauchte, um sich wieder zu sammeln für alles, was ihm bevorstand, innerlich und äußerlich.

Als er den Friedhof verlassen hatte und, wie er es vorgehabt hatte, auf der Bank an der Rückseite der Friedhofsmauer den zwielichtigen und aufstachelnden Unfallbericht las, von dem Eschweiler gesprochen hatte, regte er sich nicht mehr auf. Den Text hatte er sich ungefähr so vorgestellt. Es war die übliche Spannungsmache durch eine Vieldeutigkeit, die alles offenließ, aber in Andeutungen und Fragesätzen mit finsteren Möglichkeiten spielte. Die polizeiliche Ermittlungsarbeit war dem Vernehmen nach weiter ausgedehnt worden. Der Artikel stand mit breiter Überschrift auf der oberen Blatthälfte und war mit einem etwas verwischten Blitzlichtfoto vom Unfallort illustriert, auf dem er zusammen mit Karbe zu sehen war. Er hielt Karbe, während im Hintergrund der Unfallwagen aus dem Wasser gezogen wurde. Er erinnerte sich an die hölzerne Starrheit von Karbes

Körper. Auf dem Foto sah es wie eine Umarmung aus. Aber man erkannte kaum mehr als schattenhafte Umrisse. Die ausführliche Bildunterschrift versuchte das zu korrigieren: »Nächtliche Bergungsaktion am Baggersee. Die Feuerwehr beim Einsatz. Im Vordergrund Pfarrer Henrichsen mit dem Fahrer des Unfallwagens«.

Seltsam. Jetzt, da der Augenblick zum Foto erstarrt war, hatte er für ihn an Wirklichkeit verloren. Die Szene wirkte wie nachgestellt, vielleicht auch wegen der langen erläuternden Unterschrift. Warum war überhaupt dieses Foto ausgewählt worden? Zufällig? Oder wegen der Szene im Vordergrund zwischen ihm und Karbe? Versprach man sich davon ein besonderes menschliches Interesse?

Es erinnerte ihn daran, dass er unbedingt Kontakt zu Karbe aufnehmen musste. Er hatte noch die Karte mit der Telefonnummer von Polizeimeister Pfeiffer. Vielleicht stand der mit Karbe in Verbindung. Obwohl der Fall wohl inzwischen an die Kripo übergegangen war. Das kam ihm alles so vor, als wäre das Geschehen in eine abstrakte Dimension verschoben worden, in der es sich unabsehbar verwandelte, ohne dass er noch einen Zugang dazu finden konnte. Dagegen musste er sich wehren.

Er hatte aufstehen wollen, doch stattdessen in der Zeitung geblättert und wahllos Aufsätze und Meldungen über Sport und Mode und neue medizinische Therapien gelesen, als ein kleiner junger Hund, irgendeine Mischung aus Corgi und Pinscher, sich schwanzwedelnd seiner Bank näherte, an seinem Hosenbein und seiner hingehaltenen Hand schnüffelte und wieder weiterlief, um die nähere Umgebung zu erkunden. Er gehörte zu einer älteren Frau, die er oft in der Kirche gesehen hatte, deren Namen er aber nicht kannte. Sie war stehen geblieben und hatte lächelnd gesagt: »Er ist noch sehr jung und verspielt. Aber auch ein wenig scheu. Ich habe ihn aus dem Tierheim geholt.«

»Dann hat er ja Glück gehabt«, sagte er.

»Ja«, antwortete sie. »Er hat mich so bittend angesehen. Da konnte ich nicht anders.«

»Das kann ich mir vorstellen.«

Er hatte die Zeitung zusammengefaltet und war aufgestanden, um nach Hause zu gehen, als die Frau sagte: »Sie haben sicher gerade den Bericht gelesen. Ist das nicht furchtbar?«

»Ja«, sagte er, »ganz furchtbar.«

»Die Frau tot und das Kind ein lebender Leichnam! Wie kann man so etwas tun?«

»Es war ein Unfall«, sagte er.

»Aber wie konnte das geschehen? Wie soll man das glauben?«

»Das wird sich zeigen«, sagte er schroff. »Die Polizei untersucht das Unfallgeschehen.«

»Das sagt ja auch schon einiges«, sagte die Frau.

Er konnte ihrer Stimme eine zähe Unnachgiebigkeit anhören, die wahrscheinlich aus vorausgegangenen konformen Gesprächen entstanden war. Da braute sich anscheinend etwas zusammen.

»Verzeihen Sie, ich muss leider gehen«, sagte er und wandte sich ab.

Das war kein guter Abgang, dachte er. Aber er war

plötzlich in Wut geraten und hatte den Anblick der Frau und ihre rechthaberische Art zu reden nicht mehr ertragen können. Beinahe wäre er noch über ihr Hündchen gestolpert, das ihm vor die Beine lief und nun hinter ihm herbellte, als wäre er auf der Flucht. Das war jetzt besonders lächerlich. Alles war lächerlich. Die Frau rief mit schriller Stimme den Kosenamen des Hündchens, und auch darin glaubte er ihre unbelehrbare Rechthaberei zu hören. Immerhin war er jetzt so weit von ihr entfernt, dass er einen selbstkritischen Gedanken fassen konnte: Ich muss lernen, besser mit Widerspruch umzugehen. So etwas darf mir nicht mehr passieren. Sonst mache ich mich unmöglich. Aber sie hat eine besondere Empfindlichkeit bei mir berührt. Vielleicht war es mein eigener innerer Widerspruch. Es hängt eben zu vieles in der Luft im Augenblick. Ich brauche Klarheit. Und sie wollte auch Klarheit und Eindeutigkeit Aber es passte nicht zusammen.

Er war immer noch erregt, als er einige Minuten später seine Haustür aufschloss und Post vom Boden aufhob, die der Bote, umwickelt mit einem dünnen Gummiband, durch den Türschlitz geschoben hatte. Während er sich danach bückte, hörte er oben in seiner Wohnung das Telefon klingeln. Als er ein wenig außer Atem oben ankam und in seinen Taschen hastig den Schlüssel suchte, hörte das Klingeln auf. Karbe war es nicht gewesen. Auf dem Display stand eine Nummer, die er nicht kannte. Die Zimmerluft war stickig. Er zog die Gardine beiseite und öffnete das

Fenster. Aber auch die Außenluft war inzwischen drückend warm. Er goss sich ein Glas Wasser ein und trank. Bevor er die Post anschaute, wollte er noch einmal Karbe anrufen. Er war darauf gefasst, wieder die Litanei der Frauenstimme zu hören, aber diesmal kam nur das Rufzeichen, ohne dass sich jemand meldete. Er wollte gerade ausschalten, als Karbe abhob. Seine Stimme klang belegt, wie die eines Menschen, der lange nicht mehr gesprochen hatte und aus tiefer Versunkenheit aufgeschreckt worden war.

»Hier ist Karbe«, sagte er, als sei das alles, was es seinerseits zu sagen gab.

»Gut dass ich Sie erreiche, Herr Karbe. Ich hab in den letzten Tagen vergeblich versucht, Sie anzurufen. Ihr Telefon war abgestellt. Wir müssen aber dringend in nächster Zeit miteinander sprechen.«

Es kam keine Antwort, sodass er fragte: »Sind Sie noch dran, Herr Karbe?«

»Worum geht es?«, fragte die heisere schleppende Stimme.

»Wir müssen miteinander reden. Es gibt einiges zu besprechen und zu tun.«

Wieder hörte er nichts. Es war nicht klar, ob dieses Schweigen Misstrauen ausdrückte oder Benommenheit war. Vielleicht war es auch eine tiefe Depression. Es schien nicht möglich, von diesem erstarrten Menschen eine Antwort zu bekommen. Deshalb sagte er, so eindrücklich, wie es ihm möglich war: »Hören Sie mir jetzt bitte zu, Herr Karbe. Ich komme morgen am frühen Nachmittag zu Ihnen, um mit Ihnen einige wichtige Fragen zu besprechen. Glauben Sie mir bitte, dass das in Ihrem Interesse geschieht. Seien Sie also bitte da.«

Er hörte nichts. Auf der anderen Seite ihrer Verbindung schien sich die Zeit viel langsamer und zäher zu bewegen. Unterbrochen war das Gespräch nicht.

»Hören Sie bitte, Herr Karbe. Ich komme morgen am frühen Nachmittag zu Ihnen. Um mit Ihnen zu reden. Werden Sie da sein? Am frühen Nachmittag? Sagen wir um 15 Uhr?«

»Ja«, sagte Karbe.

Die Stimme schien von so weit her zu kommen, dass er nicht sicher war, sie gehört zu haben.

Kurz danach – er war gerade dabei, die Post durchzublättern – klingelte das Telefon wieder. Es war Frau Meschnik, die zum zweiten Mal aus ihrem Hotel anrief, um ihm zu sagen, dass sie morgen am frühen Nachmittag wieder im Büro sei, um eventuelle letzte Vorbereitungen für die morgen Abend stattfindende Sitzung des Presbyteriums treffen zu können. In der Post hatte er die Unterlagen einer jungen Frau gefunden, die sich für die ausgeschriebene Stelle einer Kindergärtnerin im Gemeindekindergarten bewarb. Außerdem lag das bestellte amtliche Gutachten über den Sanierungsbedarf bei den Rostschäden im Glockenstuhl vor. Beides musste noch fotokopiert und den Unterlagen für die Besprechung hinzugefügt werden.

»Und haben Sie mit Karbe gesprochen?«, fragte Frau Meschnik.

»Das ist für morgen Nachmittag verabredet«, sagte er. »Endlich habe ich ihn erreichen können. Das war nicht einfach. Er scheint sich völlig verkrochen zu haben. Über die polizeilichen Untersuchungen ist noch nichts weiter bekannt.«

»Hier hat auch etwas in der Zeitung gestanden«, sagte sie. »Kein richtiger Artikel, aber eine längere Meldung. Die Sache zieht Kreise.«

»Offenbar«, sagte er und fragte, wie die Hochzeit gewesen sei.

»Viele Gäste, zu viel zu essen und zu viel zu trinken«, sagte sie, »aber sonst sehr nett.«

Es war der vertraute Tonfall einer Frau, die immer zugleich innerhalb und außerhalb des Lebens zu stehen schien.

Als er die restliche Post durchblätterte, stieß er auf einen Briefumschlag aus leicht getöntem, festem Papier, auf dem in brauner Tinte und in einer großen, stürmischen Schrift sein Name stand, der ihm in dieser ungewohnten Form wie der Name einer fremden Person erschien. Im Absender las er den Namen einer Frau, den er nicht kannte und auch beim ersten Nachdenken nicht in seinem Gedächtnis finden konnte. Luiza Suarez hieß sie, ein Name, den er sich wohl gemerkt hätte, wenn er ihm schon einmal begegnet wäre. Er schlitzte den Umschlag mit dem Küchenmesser auf und setzte sich mit den entfalteten Briefbögen in einen Sessel. Was soll es schon sein, dachte er.

»Lieber Herr Pfarrer Henrichsen«, las er. Die Anrede war gut zwei Finger breit vom Text des Briefes abgesetzt, ein Abstand, der ihm wie ein tiefes Atemholen erschien, bevor die Schreiberin in den Strom ihres Briefes hineingeglitten war.

»... dieser Brief ist ein einziges Fragezeichen. Ich

habe mich gefragt, ob ich überhaupt berechtigt bin, Ihnen zu schreiben, und diese Frage nicht beantworten können. So habe ich sie einfach beiseitegeschoben, weil mein Wunsch, Ihnen zu schreiben, stärker war als meine Bedenken. Ich sagte mir, es wird nicht falsch sein, meiner Intuition zu folgen. Sie ist wahrer und ehrlicher als die Konvention. Und doch habe ich Angst, Sie könnten mich missverstehen und sich gegen mich verschließen.

Sie wissen natürlich noch immer nicht, wer Ihnen hier schreibt. Doch ich bin sicher, Sie werden sich an mich erinnern. Wir haben uns heute bei einem Hochzeitsfest am Tisch gegenübergesessen, und seitdem …«

Er ließ den Brief sinken und starrte vor sich in das Zimmer, um sich der unveränderten Umgebung zu vergewissern. Er war hier. Er saß in seinem Sessel, und eine fremde Frau, wesentlich älter als er, hatte ihm diesen Brief geschrieben, den er in der Hand hielt. Das feste, wahrscheinlich teure Papier war mit ihrer heftigen, ausgreifenden Schrift bedeckt, der Spur ihrer eilenden Hand, die er zu sehen glaubte, wie sie unaufhörlich ihren Gedanken folgte. Sie selbst sah er nur noch schattenhaft, sagte sich, dass sie dunkle Augen hatte. Aber das verschwand gleich wieder, denn er las schon weiter:

»… und seitdem sind Sie in meinen Gedanken. Ich möchte Sie kennenlernen, mit Ihnen reden. Sie wissen, es hat einen langen Moment gegeben, in dem sich unsere Blicke getroffen haben und einander nicht ausgewichen sind. Ich empfand es als ein Vertrautsein, das sich auf nichts stützen konnte und doch so überzeugend war, dass es mir jede Angst nahm.

Doch jetzt, indem ich Ihnen schreibe, bekomme ich Angst, alles falsch zu sehen. Vielleicht ist Ihnen der kostbare Augenblick unseres Blickwechsels längst wieder fremd geworden. Ich wünsche es mir nicht, aber ich würde es verstehen. Als ich Sie sah, inmitten all der anderen Menschen, musste ich denken: Das ist ein Mensch, der auf der Suche nach der Wahrheit ist und auf der Suche nach sich selbst. Das hat mich ungeheuer angezogen. Ich habe gedacht, ich war eingebildet genug zu glauben, dass ich aus der Erfahrung einer gerade durchgemachten tiefen Veränderung Ihnen etwas von dem geben könnte, was Sie suchen.

Vor einem halben Jahr habe ich meinen Mann in Argentinien verlassen, weil die Ehe für mich ein Gefängnis war. Ein Gefängnis mit vergoldeten Wänden. Ich bin in Argentinien geboren, aber zweisprachig in einer deutschstämmigen Familie aufgewachsen. So habe ich glücklicherweise gleich eine Arbeit im argentinischen Konsulat in Hamburg gefunden. Ich habe auch eine kleine, erst notdürftig eingerichtete Wohnung. Aber ich schwebe noch zwischen beiden Welten. Das habe ich auch ganz stark bei der Hochzeitsfeier empfunden, zu der ich dank meiner weitläufigen Verwandtschaft mit der Familie des Bräutigams eingeladen worden bin, weil man glaubte, sich um mich kümmern zu müssen. Das war sicher sehr freundlich. Aber ich habe mich keineswegs zu Hause gefühlt, bis ich Sie sah, einen Menschen, dem es anscheinend ähnlich erging. Ja, ich möchte Ihnen gerne mehr über mich erzählen und auch Sie nach Ihrem Leben fragen. Aber vielleicht würden wir auch über ganz andere Dinge sprechen. Ich möchte Sie jedenfalls wiedersehen, hier in Hamburg oder an irgendeinem anderen Ort, den Sie vorschlagen. Sie sollten sich aber nicht bedrängt fühlen. Wenn Sie Nein sagen, verstehe ich das auch und werde weiter an Sie denken in der Erinnerung an einen offenen, wunderbaren Augenblick,

Ihre Luiza Suarez.«

Es folgte noch eine Nachschrift:

»Sie sehen am Briefpapier, dass ich Ihnen aus dem Hotel schreibe. Ich habe bald nach Ihnen die Gesellschaft verlassen und bin in mein Zimmer gegangen, um mit meinen Gedanken allein zu sein. Unten, im großen Ballsaal, wird getanzt. Ich kann leise die Musik hören und schwebe ein wenig in Unwirklichkeit. Vielleicht hätte ich Ihnen sonst auch nicht schreiben können. Morgen fahre ich nach Hamburg zurück. Falls Sie mir irgendwann schreiben wollen, was ich mir sehr wünsche, aber nicht verlangen kann, hier noch meine Adresse.«

Sie wohnte in der Ottersbekallee. Die Straße war ihm unbekannt, wie fast alles.

Er legte den Brief beiseite und starrte vor sich hin. Sein Kopf war gedankenleer. Während des Lesens hatte sich Satz für Satz etwas Schillerndes, Phantastisches vor ihm aufgebaut, das sich gleich danach wieder zurückgezogen hatte und ungreifbar geworden war, wie eine Luftblase. Der Sinn war noch dort in dem Brief, der vor ihm auf dem Tisch lag. Aber er glaubte nicht, dass er ihn dort wiederfinden konnte, wenn er den Brief zum zweiten Mal las. Vielleicht wurde dann alles sofort trivial. In einer merkwürdigen Unersättlichkeit hatte er die Worte in sich eingesogen. Noch nie hatte jemand so zu ihm gesprochen, mit solcher Offenheit und so viel Mut. Aber als wäre er von einer fremden Kraft aus den Angeln gehoben und herumgeschleudert worden, wusste er nicht mehr, woran er mit sich war. Es war jedoch nur ein Augenblick. Während er auf den beiseitegelegten Brief starrte, sammelten sich wieder die aktuellen Probleme an, in die er verstrickt war – vor allem der morgige Besuch bei Karbe, die Presbyteriumssitzung und die Tagung in der Akademie, für die er einen Beitrag formulieren musste oder wollte –, und in einem widersprüchlichen Gefühl von Erleichterung und Enttäuschung sprach er ihnen den Vorrang zu.

4

DER ORT IMHOVEN, in dem Karbe wohnte, war zwar nur halb so groß wie die Pfarrgemeinde Hüngsbach, aber auch schon lange kein richtiges Dorf mehr. Früher hatte Imhoven zusammen mit dem Nachbardorf Röttgen eine eigene Gemeinde gebildet. Vor acht Jahren waren die drei Ortschaften aus Kostengründen zur Gemeinde Hüngsbach zusammengeschlossen worden, nicht zuletzt auch, weil trotz des Zuzugs aus der Stadt die Zahl der Gemeindemitglieder geschrumpft war. Karbe wohnte im Buchenweg 9, ein Straßenname, der ihm nichts sagte und sich, als er ihn nach einigem Herumkurven in der wie ausgestorben wirkenden Ortschaft plötzlich auf einem Straßenschild las, als grundlos herausstellte, denn Buchen waren hier nicht zu sehen. Es handelte sich um eine kurze Stichstraße mit kleinen, weiß oder sandfarben verputzten Reihenhäusern und winzigen Vorgärten mit struppigen Rasenflächen, durch die Wege aus grauen Betonplatten zu den Haustüren führten. Direkt an der Straße, standen in einer Vertiefung Mülltonnen aus schwärzlichem Kunststoff, einige umgeben von einer niedrigen Hecke, die er erst jetzt als Buchenhecken identifizierte.

Er hatte sein Auto auf einem Parkstreifen neben dem abschließenden Wendekreis abgestellt und war zum Haus Nr. 9 zurückgegangen. Karbe. Der handgeschriebene Name auf dem Klingelschild war so verblasst, dass er nah herangehen musste, um ihn lesen zu können. Hier also. Kurz und fest drückte er auf den Klingelknopf. Einige Zeit verging, bis die Tür sich zögernd öffnete. Im Türspalt zeigte sich Karbe, eine fremde Gestalt, die er im Augenblick nicht wiedererkannte. Mit seinem blassen, wohl seit Tagen unrasierten Gesicht und seinen entzündeten Lidrändern schien er aus einem höhlenhaften Hintergrund und nächtelanger Schlaflosigkeit hervorgetreten zu sein.

»Guten Tag, Herr Karbe«, sagte er, mit dem durchdringenden Gefühl, falsch anzufangen, mit falschen Worten, im falschen Ton.

»Kommen Sie herein«, murmelte Karbe und zog die Tür ein Stück weiter auf.

An ihm vorbei trat er in eine kleine Diele, sah links eine Treppe, die nach oben führte, und gegenüber an der Garderobe, wie die Vision einer im Schock stehen gebliebenen Zeit, eine rote Kinderjacke und einen Mantel, der offenbar Kerstin Karbe gehört hatte. Die Kleidungsstücke hingen dort so selbstverständlich, als könnten die beiden Personen gleich die Treppe herunterkommen. Im Garderobenspiegel sah er unvollständig sich selbst und daneben Karbe, dessen steiler Schädel hinter ihm auftauchte.

»Bitte«, sagte Karbe und wies auf die rückwärtige Tür.

Etwas sperrte sich in ihm, ein unbestimmter Widerstand gegen die fremde Situation, und er bat Karbe vorzugehen. Das an die Diele angrenzende Wohnzimmer war ein fast quadratischer Raum mit bedrückend niedriger Zimmerdecke, der mit plumpen, schwer beweglichen Möbeln vollgestellt war, zwischen denen man sich hindurchwinden musste. Aufgefordert von Karbe, setzte er sich in einen Sessel, dessen Polster tief einsackte und ihn mit gekrümmtem Rücken gegen die Lehne sinken ließ. Karbe, der eine ungespülte Tasse vom Tisch genommen hatte, um damit nach nebenan in die Küche zu gehen, fragte, ob er einen Kaffee wolle.

»Ach, machen Sie sich keine Mühe«, sagte er.

»Ich habe welchen in der Thermoskanne.«

»Gut, dann trinke ich eine Tasse.«

Karbe nickte und verschwand in der Küche, ohne die Tür hinter sich zu schließen. Wasser lief. Das war anscheinend wie bei ihm: Benutztes Geschirr stand in der Spüle und wurde bei Bedarf unter den Wasserstrahl gehalten und abgetrocknet. Sollte er hinübergehen und Karbe auf die gemeinsamen Gewohnheiten ansprechen? Oder war das zu aufdringlich für einen so verschlossenen Mann?

Er schaute sich im Zimmer um. Nach draußen blicken konnte er von seinem Sitz aus nicht, da das Fenster bis zur halben Höhe mit einer weißen Spanngardine verschlossen war, die ihn an verschmutzten Verbandsstoff erinnerte. Angebrochene Tablettenschachteln lagen auf der Fensterbank. Auf der Kommode neben der angelehnten Küchentür waren in schwarzen

Wechselrahmen verschiedener Größe Familienfotos aufgestellt. Außer einem schwarz-weißen Hochzeitsfoto waren es anscheinend lauter Fotos von Kerstin Karbe und von dem Jungen in verschiedenen Altersphasen. Er stand auf, um sie sich näher anzusehen, da kam Karbe mit der Thermoskanne und einer gespülten Tasse ins Zimmer, und wie jemand, der sich ein wenig gereckt und entspannt hatte, ging er zu seinem Platz zurück. Er war sich nicht im Klaren darüber, ob Karbe gemerkt hatte, dass er die Fotos betrachten wollte, fand es aber besser, es beiläufig zuzugeben.

»Fotos von Ihrer Frau und dem Jungen?«, fragte er, indem er in Richtung der Kommode wies.

Karbe, der gerade die Tasse vor ihn hingestellt hatte und den Verschluss der Kanne aufschraubte, blickte sich um, als wüsste er nicht genau, wovon die Rede war, und müsste sich erst einmal orientieren.

»Ja«, sagte er.

Sich vorbeugend, goss er mit gestrecktem Arm aus der Kanne einen knappen, spärlich fließenden Rest Kaffee in die Tasse, die nicht mehr ganz voll wurde.

»Danke, danke«, sagte er. »Jetzt haben Sie ja selbst nichts.«

»Ich habe schon zu viel Kaffee getrunken. Möchten Sie Zucker oder Milch?«

»Nein danke«, antwortete er, ungeduldig wegen der Floskeln, die sie austauschten, ohne zu wissen, wie er das beenden sollte.

Höflich nahm er einen Schluck von der lauwarmen, braunschwarzen Brühe und stellte die Tasse etwas weiter von sich weg. Dabei fing er Karbes Blick auf, der ihn genau zu beobachten schien. Fürchtete er das Gespräch? Hatte er Grund dazu? Ich muss in jeder Hinsicht vorsichtig sein, dachte er, denn es schien ihm fast unvermeidlich, etwas falsch zu machen.

»Wie geht es Ihnen gesundheitlich?«, fragte er. »Können Sie schlafen?«

»Wenig«, sagte Karbe. »Zwei, drei Stunden, dann bin ich wieder wach.«

»Verstehe«, sagte er. »Es geht Ihnen sicher alles im Kopf herum?«

Karbe blickte vor sich hin, ohne zu antworten. Schließlich sagte er: »Ich kann gar nicht denken.«

»Haben Sie sich in der Schule beurlauben lassen?«

»Ja.«

»Für wie lange?«

»Ich bin auf unbestimmte Zeit beurlaubt, wenn ich das richtig verstanden habe.«

Damit hatte er nicht gerechnet. Was auch immer es bedeutete, es war ein Warnsignal. Karbes unbefristete Beurlaubung musste mit den noch nicht abgeschlossenen polizeilichen Ermittlungen zusammenhängen, einem nicht ausgeräumten oder einem neu aufgetauchten schwerwiegenden Verdacht. Hatte es etwa schon Proteste des Elternbeirats gegen Karbes Verwendung als Lehrer gegeben? Oder hatte die Schulverwaltung solchen Protesten zuvorkommen wollen? Er war jedenfalls ein Ausgestoßener. Wenige Tage hatten genügt, Gerüchte gegen ihn zu schüren, und er hatte mit seinem Rückzug, seinem Schweigen dem Gerede viel Raum gelassen. War es möglich, dass sich jemand so verwandelte ohne Schuldgefühle? War es nur Trauer, Verzweiflung? Es war nicht möglich, länger in Karbes Gesicht zu schauen, weil sein Blick nicht standhielt, der glasige Blick eines übermüdeten, ausgebrannten Menschen, der in sich zusammengesunken in dem geblümten Polstersessel saß.

»Wir müssen miteinander reden, Herr Karbe«, sagte er leise. »Sie wissen vielleicht, wie die Stimmung im Ort und in der Gemeinde ist. Ich möchte gerne diesem Gerede entgegentreten. Aber dazu wäre es gut, wenn Sie mir etwas mehr erzählten.«

»Worüber?«

»Über die Unglücksnacht. Und auch etwas über sich selbst und Ihre Frau.«

»Sie wissen doch sicher alles«, sagte Karbe.

»Nein, ich glaube nicht.«

Er machte eine Pause.

»Ich möchte gerne etwas festeren Boden unter den Füßen haben.«

»Alles, was ich weiß, habe ich der Polizei gesagt.«

Das klang trotzig. Aber dann fügte er leise hinzu: »Ich kann mich kaum noch erinnern.«

»Mir haben Sie gesagt, Sie seien von einem entgegenkommenden Auto geblendet worden und hätten ausweichen müssen. Fuhr das andere Fahrzeug auf Ihrer Straßenseite?«

»Ich glaube. Ich weiß es nicht mehr.«

»Herr Karbe, Sie wissen sicher, dass sich viel um die Frage dreht, wieso Sie sich retten konnten. Wie ist Ihnen das geglückt?«

Karbe stöhnte auf. Dann sagte er wieder: »Ich weiß es nicht.«

Vielleicht stimmte das. Es war jedenfalls vorstellbar. Es klang glaubhaft. Aber es war auch, falls es sich anders verhielt, die beste mögliche Verteidigung. Niemand konnte Karbe beweisen, dass er mehr wusste, als er eingestand. Es war eine kaum zu erschütternde Position.

Es sei denn, man zwang ihn, sich vorzustellen, was in dem versinkenden Auto geschehen war. Wenn er nicht schuldig war, durfte man das nicht. Wenn er aber leugnete und sich vielleicht vor sich selber in diesem selbst erzeugten Dunkel verbarg? Durfte man ihn dann nötigen, sich die Todesangst seiner Frau und seines Kindes vorzustellen, während sie noch eine Weile in einer Luftblase geatmet hatten, bevor der Wagen ganz unter Wasser sank und sie ertränkte?

Er schaute Karbe an und traf auf dessen ausweichenden Blick. War das Schuldgefühl? Verlogenheit? Auch die Fotos hinter ihm auf der Kommode gaben keine Auskunft. Es waren Allerweltsfotos eines vergangenen Familienglücks. Auffallend viele. Aber es war niederträchtig, darin eine Inszenierung zu sehen.

»Haben Sie etwas über den Zustand Ihres Jungen gehört?«, fragte er.

Karbe blickte auf und gleich wieder weg.

»Der Junge …«, sagte er.

Plötzlich schluchzte er auf und wurde am ganzen Körper von einem krampfigen Erschauern geschüttelt.

»Der Junge …«, begann er wieder. Aber er konnte nicht sprechen.

»Entschuldigung«, flüsterte er.

Sie saßen sich stumm gegenüber, Karbe in sich zusammengesunken, er selbst hilflos, mit dem beschämenden Gefühl unerlaubter Zeugenschaft.

Schließlich sagte er: »Herr Karbe, ich ahne, wie schwer das alles für Sie ist. Ich will Ihnen so gut es geht beistehen, vor allem auch bei der Beerdigung. Deshalb bin ich hier.«

Karbe antwortete nicht, außer durch ein kaum merkliches Nicken. Wieder war ihr Gespräch abgerissen, und er musste einen neuen Anfang finden.

»Ich werde auch noch Ihre Schwiegereltern besuchen«, sagte er.

Obwohl er das nicht beabsichtigt hatte, hörte es sich an, als wollte er herausstreichen, was er alles zur Vorbereitung der Beerdigung unternehmen werde. Das wurde ihm allerdings erst bewusst, als Karbe kurz und abweisend sagte: »Tun Sie das.«

»Wie meinen Sie das?«, fragte er.

Karbe zuckte die Achseln: »Wie ich es gesagt habe.«

Dann fügte er hinzu: »Sie werden da nichts Gutes über mich zu hören bekommen. Meine Schwiegereltern halten mich für schuldig am Tod ihrer Tochter. Aber das tun ja alle. Sie doch sicher auch, wenn Sie ehrlich sind.«

Die Heftigkeit, mit der Karbe das gesagt hatte, erschreckte ihn.

»Ich habe nie von Schuld gesprochen«, sagte er. »Aber wenn Sie kein Vertrauen zu mir haben und lieber einen anderen Pfarrer für die Beerdigung wollen, dann lässt sich das wohl noch einrichten.«

»Sie wollen es also nicht übernehmen?«, fragte Karbe.

»Doch, ich tue es, weil es meine Pflicht ist. Aber ich brauche Ihr Vertrauen.«

»Ich weiß nicht, was Sie meinen«, sagte Karbe. »Ich bin nicht gläubig. Für mich sind das bloß Rituale. Hauptsache, es dauert nicht lange. Sonst weiß ich nicht, wie ich das durchstehen soll.«

Das Gespräch stockte und schien schon zu Ende zu sein. Obwohl er jetzt sagen konnte: Sie werden das durchstehen. Ich werde Ihnen helfen. Und ähnliche Worte aus dem Fundus einer trivialen Psychologie, der jedes Heilsversprechen genommen war. Wie sollte er mit diesem Repertoire die Trauerrede bestreiten? War es nicht tatsächlich besser, die Trauerrede jemand anderem zu überlassen?

Er sah Karbe an. Wer war dieser verstörte, undurchschaubare Mensch, der ihm diese Prüfung auferlegte? Wieso stieß er ihn in diesen Wirbel widersprechender Gefühle? Konnte man ihn abstoßend finden, ihn verdächtigen und trotzdem mit ihm solidarisch sein?

Er griff nach seiner Kaffeetasse, in der nur noch Bodensatz stand.

»Möchten Sie noch Kaffee?«, fragte Karbe. »Dann brühe ich noch welchen auf.«

»Nein, danke«, sagte er, denn er war damit beschäftigt, eine Antwort zu suchen auf Karbes schroffe, abweisende Worte, von denen er sich empfindlich getroffen fühlte. Schließlich sagte er:

»Mit Glauben und Unglauben ist das nicht so einfach. Ich meine jetzt nicht irgendeine Buchstabengläubigkeit. Das ist sowieso Unsinn. Der Glaube ist kein sicherer Besitz, sondern etwas Seltenes: die Gnade einer umfassenden Antwort. Aber Gott gibt die Antworten nicht. Er stellt nur die Fragen. Beantworten müssen wir sie selbst.«

»Was soll ich damit anfangen?«, sagte Karbe. »Sind alle Antworten gleich?«

»Nein, alle sind verschieden, doch jede ist einzigartig. Und das Gebot der Nächstenliebe lautet auch: Du sollst die Einzigartigkeit des Anderen verstehen.«

»Das habe ich anders gelernt«, sagte Karbe.

»Wie denn?«, fragte er.

»Wie es im Glaubensbekenntnis steht. Da wird von Christus behauptet, dass er zur Rechten Gottes thront. Und dann, das hat sich mir eingeprägt, heißt es: ›von dannen er kommen wird, zu richten die Lebenden und die Toten‹.«

»Das ist eine spätere autoritäre Umdeutung des Christentums. Sie müssen das anders sehen: Alle Menschen sind schon bestraft für ihr Leben in ihrem Leben. Und durch ihren Tod. Und alle sind erlöst durch Christus.«

Karbe schaute ihn nachdenklich an. Dann sagte er: »Sie haben Ihre Predigt ja schon fertig.«

»Nein, ich weiß nicht, was ich sagen werde. Ich möchte Ihnen ja auch nahekommen. Und ich weiß noch zu wenig über Sie.«

Karbe schwieg und ließ in ihm das heftige Bedürfnis entstehen, zu reden, unentwegt zu reden und diese dunkle Leere mit Worten auszufüllen. Karbe dagegen schien sich nicht bewusst zu sein, dass er schwieg.

Seine Stummheit zehrte nicht an ihm, da sie vielleicht nur Betäubung war. Auch er musste jetzt versuchen, dieses Schweigen durchzuhalten, selbst wenn sich darin alles, was er gesagt hatte, wieder auflöste.

Schräg hinter Karbes eigensinnigem Kopf sah er die Galerie der Familienfotos, fremde Menschen, erstarrt in ihren Posen, verschlüsselte Zeichen einer vergangenen Zeit.

»Ich glaube an den strengen alten Gott«, sagte Karbe, »wenn überhaupt.«

Damit stand er auf und sagte: »Ich mache doch noch einen Kaffee.«

»Gut«, antwortete er, »wenn Sie erlauben, schaue ich mir inzwischen mal die Fotos an.«

Vielleicht bot sich so doch noch eine Gelegenheit, näher an Karbe heranzukommen, um wieder einen festeren Stand zu gewinnen bei all den kritischen Gesprächen und den schwierigen Situationen, die ihm in der nächsten Zeit bevorstanden. Eins der älteren Fotos berührte ihn am meisten. Da stand Kerstin Karbe in einem hellen Kleid auf einer Wiese, neben sich den kleinen, vielleicht drei- oder vierjährigen Jungen, der sich an sie schmiegte, während sie mit einer Hand seinen Kopf an ihre Hüfte zog. Ihr Gesicht allerdings war ohne besonderen Ausdruck. Das übliche Lächeln in die Kamera hatte sie jedenfalls vermieden. Aber was hieß das schon?

Als Karbe mit seiner Thermoskanne hereinkam und mit sichtlich unsicherer Hand ihm und sich selbst neuen Kaffee eingoss, sagte er beiläufig: »Die Fotos gefallen mir. Sie wirken einfach und liebevoll.«

Karbe antwortete ihm nicht, als er die Kanne auf den Tisch stellte und sich wieder wie vorher ihm gegenüber setzte. Er blickte gedankenverloren vor sich hin. Schließlich sagte er leise, ohne ihn anzublicken: »Ich habe sie beide immer behüten wollen.«

Das Wort traf ihn. Er fühlte sich wegen seiner eigenen Zweifel beschämt, konnte aber nur nicken und leise »Ja« sagen.

Er blieb noch eine halbe Stunde, in der das Gespräch, das seine untergründige Spannung verloren hatte, doch noch eine Wendung ins Biografische nahm. Er erfuhr, dass Kerstin Karbe – auf den Fotos erst ein junges Mädchen, später eine hübsche, ein wenig melancholisch aussehende junge Frau mit lockigen braunen Haaren – mit achtzehn den zwanzig Jahre älteren Karbe geheiratet hatte. Sie war damals Schülerin an derselben Schule, an der Karbe Lehrer war. Und anscheinend war sie schwanger gewesen, als sie geheiratet hatten. Zwei Tage vor ihrem Tod war sie 26 Jahre alt geworden. Karbe war inzwischen 46 Jahre alt, sah allerdings, wie er ihm dort gegenübersaß, wesentlich älter aus. Er war schon einmal einige Jahre verheiratet gewesen. Diese Ehe war kinderlos geblieben und offenbar gescheitert. Er erzählte nicht, woran, und ging ohne Interesse über diesen Abschnitt seines Lebens hinweg. Auch über seine Kindheit erzählte er nichts, nur dass er keine Familie mehr habe, weder Eltern noch Geschwister, also von seiner Seite niemand zur Beerdigung kommen werde.

Die Stimme, mit der er diese Einzelheiten berichtete, hatte lustlos geklungen, als spräche sie von einem anderen, nur aktenkundigen Leben, über das nichts wirklich Persönliches bekannt war, sodass auch er, der Zuhörer, aufgegeben hatte, weitere Fragen zu stellen.

Über den Jungen hatten sie überhaupt nicht mehr gesprochen, fiel ihm ein, als er schon gegangen war. Er hatte es aber nicht bewusst vermieden, sondern es in der Angst vor einem neuen heftigen Ausbruch Karbes instinktiv umgangen wie eine unkalkulierbare Gefahr. Im Grunde konnte er nichts anfangen mit diesen biografischen Daten. Es war nichts darunter, was er für seine Trauerrede gebrauchen konnte, und erst recht nichts, was ihm einen tieferen Einblick in das Geschehen der Unglücksnacht gab und ihn von der quälenden Unsicherheit befreite, es ständig und nahezu gleichzeitig so oder so zu sehen. Konnte das Behüten, von dem Karbe gesprochen hatte, im Extremfall auch bedeuten, geliebte Menschen den Versuchungen und Irrungen eines falschen Lebens zu entziehen? Auch das war möglich. Er konnte es nicht zurückweisen. Während seines ganzen Besuches hatte er nicht erkennen können, ob Karbe ihm etwas verschwiegen hatte oder nicht fähig war, sich zu äußern, weil sich ihm selbst alles verwischt und verdunkelt hatte, und allmählich hatte sich seine Verärgerung erneut zu einer Abneigung ausgewachsen, die er nur mühsam beiseiteschieben konnte, um Karbe wieder als einen Menschen zu sehen, dem ein schlimmes Unglück geschehen war. Schließlich ging er, nachdem er zuvor auf seine Uhr geschaut hatte, als erinnere er sich an seinen nächsten Termin und merke, dass er aufbrechen muss.

»Es wird allmählich Zeit für mich«, hatte er gesagt. Aber das stimmte nicht. Die abendliche Sitzung des Presbyteriums im Gemeindehaus begann erst in drei Stunden. Nur seine Unzufriedenheit hatte ihn veranlasst, diese Formulierung zu wählen. Sie war sein Angebot an Karbe, noch einige Minuten zu bleiben, falls er ihm noch etwas zu sagen habe. Aber Karbe hatte nichts hinzugefügt.

Daraufhin war er aufgestanden und hatte in fürsorglichem Ton gesagt: »Gehen Sie ein bisschen an die frische Luft, Herr Karbe. Das wird Ihnen guttun. Und rufen Sie mich an, wenn es etwas zu besprechen gibt. Ich werde es auch tun.«

Karbe hatte genickt und war in der Diele hinter der Haustür stehen geblieben, ein Höhlenbewohner, der es scheute, aus seiner Verborgenheit hervorzutreten. Wollte er die Dunkelheit abwarten, bevor er das Haus verließ? Wahrscheinlich fürchtete er Fragen oder die Blicke der Nachbarn, die ihm aus dem Weg gingen.

Auch er fühlte sich beobachtet, während er zu seinem Wagen ging und die Tür aufschloss. Er setzte sich auf dem Sitz zurecht, legte den Gurt an und steckte den Schlüssel in das Zündschloss, ohne zu starten. Im Augenblick schien sich alles verflüchtigt zu haben, was ihn ans Leben band. Es war vielleicht nur die Anstrengung, die er immer wieder aufbrachte, um weiterzumachen. Die Anstrengung, als jemand aufzutreten, der er nicht war.

Als er in sein Büro zurückkam, war Frau Meschnik schon nach Hause gegangen, hatte aber die Unterlagen für die abendliche Sitzung des Presbyteriums für alle kopiert und bereitgelegt. Nachher, wenn er von der Sitzung zurückkam, wollte er die Küche aufräumen. Er machte das von Fall zu Fall, wenn ihm auffiel, dass die Unordnung bedenkliche Ausmaße angenommen hatte, vor allem wenn seine Zugehfrau, die einmal in der Woche kam, um aufzuräumen, zu putzen, Wäsche zu waschen und seine Hemden zu bügeln, wieder einmal krank war. Er war unfähig, sich auf die alltäglichen Dinge zu konzentrieren. Jetzt zum Beispiel war es zu spät, noch irgendeine Mahlzeit aus der Tiefkühltruhe aufzutauen. Aber irgendwo hatte er noch eine Büchse Tomatensuppe. Dazu konnte er sich ein Käsebrot machen, das reichte. Manchmal sagte er sich, um sich zu überzeugen, dass er noch in der Lage sei, Übersicht zu behalten, er müsse einige Grundsatzentscheidungen treffen, um sein Leben zu verändern. Vielleicht verhielt es sich aber umgekehrt: Grundsatzentscheidungen setzten bereits Veränderungen voraus.

Alles nur Worte, sagte eine kalte Stimme in seinem Kopf. Er kannte sie. Es war die Stimme des Widersachers, der in ihm hauste und manchmal seine Gedanken unterbrach und auseinandertrieb. Gewöhnlich klang sie nörglerisch oder höhnisch, manchmal auch zerstörerisch. Sie richtete sich immer gegen seine Bemühung, Ordnung und Sinn in sein Leben zu bringen. Es war die Stimme eines grundsätzlichen Vorbehaltes, der sich nicht beschwichtigen ließ. Vielleicht war sie gerade dadurch in ihm entstanden, dass er so angestrengt versucht hatte, seine Widersprüche zu glätten und sein Leben ins Reine zu bringen. Der Einspruch dieser kalten, feindseligen Stimme sagte ihm, dass alles, was er aufbaute, nur Fassade sei. Er übertönte sie immer, indem er sich einer seiner Pflichten und Routinen zuwandte. Das bedeutete jetzt, sich mit der aufgewärmten Tomatensuppe und dem Käsebrot vor die Abendnachrichten zu setzen und anschließend zur Sitzung des Presbyteriums nebenan ins Gemeindehaus zu gehen.

Zu Anfang seiner Amtszeit hatte er die Sitzungen des Presbyteriums als lästig und unproduktiv empfunden. Die meisten Mitglieder waren seit Jahren im Ruhestand befindliche Leute, die sich bei den anstehenden Sachentscheidungen umständlich und nicht selten auch rechthaberisch zeigten. Und immer überließen sich einige weitschweifig ihrem Redezwang. Das hatte ihn manchmal ungeduldig reagieren lassen. Inzwischen hatte er verstanden, dass die Leute zu den Sitzungen kamen, weil es für sie gesellige Anlässe waren, sich über das Gemeindeleben und die lokalen Neuigkeiten auszutauschen. Seitdem er ihnen den Spielraum dazu ließ, akzeptierten sie ihn, auch wenn er ihnen widersprach.

Er ging eine Viertelstunde vorher ins Gemeindehaus hinüber, verteilte die Unterlagen auf dem Tisch und schaute in den Kühlschrank, wo Bier und Mineralwasser bereitlagen. Es war üblich, dass sich jeder selbst aus dem Kühlschrank bediente und den Preis seiner Getränke in eine gemeinsame Kasse zahlte.

Der Erste, der klingelte, war Rainer Wittek, der

Jüngste im Presbyterium, vor einem Jahr zugewählt anstelle des ausgeschiedenen Oberstudienrats Rautenbach, der bei den Sitzungen, die er nie versäumt hatte, der Wortführer und sein hartnäckigster Kritiker gewesen war. Mit Rainer duzte er sich. Er unterrichtete Deutsch und Sport an der Realschule, und dort hatten sie sich im vergangenen Jahr kennengelernt. Vor drei Monaten war Rainer mit seiner Frau in die Kreisstadt gezogen, die nicht mehr zum Gemeindebereich gehörte. Aber er hatte ihn mit dem Einverständnis aller Mitglieder des Gemeindevorstands gebeten, zunächst einmal Mitglied des Presbyteriums zu bleiben. »Ich brauche deine Stimme und auch deinen Verstand«, hatte er gesagt. Und Rainer hatte mit der für ihn typischen Schlagfertigkeit geantwortet: »Wollen wir hoffen, dass beides zusammengehört.« Das mochte er an ihm. Es war die Frischluftzufuhr, die das Presbyterium brauchte.

»Hallo, Rainer«, sagte er, »komm rein.«

»Bin ein bisschen früh«, sagte Rainer. »Bin ich der Erste?«

»Macht ja nichts. Im Gegenteil.«

Rainer nickte und deutete ein Lächeln an. Er war ein hübscher Kerl mit kurz geschnittenen aschblonden Haaren und blauen, kühl oder keck wirkenden Augen, der sich sein Studium als Model für Sportbekleidung verdient hatte. Neulich hatte er unter den Postwurfsendungen in seinem Briefkasten den Prospekt eines bekannten Modehauses gefunden, in dem junge Männer Blousons und Wendejacken vorführten. Die lässigen Posen, in denen sie dastanden, hatten ihn sofort an Rainer erinnert, der immer auf selbstverständliche Weise körperlich präsent war und an dem alles gut aussah, was er trug.

Er wirkte entspannt und strahlte Wohlbefinden aus, als wäre er ein Mensch ohne Widersprüche, der das glückliche Leben verkörperte.

Er hatte damals den Prospekt beiseitegelegt und einen Blick in den Spiegel geworfen, aus dem ihm seine schmalen, tief liegenden Augen angeschaut hatten, als betrachteten sie jemanden, den sie nicht kannten. Zwischen den buschigen Augenbrauen hatten sich zwei steile Falten eingekerbt, unter denen eine große Nase mit einer kleinen runden Geschwulst im Nasenwinkel das Gesicht beherrschte. Der Mund war unauffällig, aber nicht ganz verschlossen, irgendwie zögernd. Ich bin es, hatte er gedacht, aber ich weiß nicht, was ich von mir halten soll. Das Gesicht war leicht verzogen von unterdrückter Spannung. Er hatte es so lange angeschaut, bis es ihm wie ein erstarrtes Brodeln erschienen war.

Vielleicht sah er anders aus, wenn andere ihn anschauten. Es überraschte ihn ein wenig, wie unbefangen Rainer ihn begrüßte. Wahrscheinlich, weil er zu den heiteren Menschen gehörte, die jedermann mit Wohlwollen begegneten.

Nebeneinander, Rainer mit seinem lockeren Schlenderschritt, gingen sie in den Sitzungsraum. Der große Tisch mit den darauf verteilten Diskussionsunterlagen und den rundherum stehenden hochlehnigen Stühlen sah aus wie eine Bühnendekoration. Nur die Schauspieler waren noch nicht erschienen.

»Ich komme direkt aus der Schule«, sagte Rainer. »Wir hatten Elternsprechtag. Anschließend haben wir uns noch im Lehrerzimmer festgeredet. Du kannst dir wohl denken, worüber.«

»Im Augenblick nicht.«

»Es ging um den Kollegen Karbe und wie lange man ihn beurlauben sollte.«

»Da kann ich nur sagen: möglichst lange. Ich habe ihn heute besucht.«

»Und? Was hast du für einen Eindruck?«

»Er ist völlig fertig. Ich weiß nicht, ob er die Beerdigung durchsteht. Aber man kommt nicht an ihn heran.«

»Das ist noch keinem gelungen.«

Rainer machte eine Pause, als überlegte er. Als er weitersprach, klang seine Stimme zugleich gedämpfter und dringlicher.

»Wir haben heute von vielen Eltern mehr oder minder deutlich zu hören bekommen, dass sie ihn nicht mehr als Lehrer akzeptieren wollen. Man kann ihm nur raten, seine Versetzung zu beantragen und wegzuziehen.«

»Das könnt ihr euch doch nicht zu eigen machen. Der Mann hat seine Frau und sein Kind verloren. Jetzt kann man ihn nicht auch noch aus seinem Haus und seinem Beruf vertreiben!«

Rainer zuckte die Achseln, wie um anzudeuten, dass der Fall für ihn schwierig und zweideutig sei. »Lass uns nachher noch darüber reden«, sagte er.

»Ja gut. Ich hoffe, es dauert heute nicht wieder so lange.«

»Da sehe ich aber schwarz. Der ganze Ort ist in Aufregung. Die Leute wollen hören, wie du das ganze Unglück siehst.«

»Ja, wie sehe ich es? Ich weiß es nicht.«

»Überleg dir was.«

»Was soll ich mir denn überlegen? Die Sache ist völlig ungeklärt.«

»Das sehen die meisten aber anders.«

»Wahrscheinlich. Vor allem nach dem Bericht, der heute in der Zeitung stand. Das war eine unverantwortliche Stimmungsmache. Lauter Andeutungen ohne Belege.«

»Man weiß ja noch nicht alles. Aber ich muss dir nachher noch etwas erzählen.«

Es klingelte.

»Da kommen die Herrschaften«, sagte Rainer.

Wenig später saßen sie zu acht am Tisch. Zwei Mitglieder hatten sich entschuldigt, die Anwesenden hatten, als sie kurz nacheinander allein oder zu zweit hereingekommen waren, sofort begonnen, über den schrecklichen Unfall oder das unaufgeklärte Verbrechen zu reden. Alle sprachen durcheinander, äußerten Vermutungen, verwiesen auf Widersprüche. Es kam ihm so vor, als versuchten sie alle, sich der schlimmsten möglichen Version zu nähern. Nur die Frauen zögerten noch. Und sie waren es auch, die ihn fragten, wie er die Sache sehe.

»Ich weiß nicht mehr als Sie alle«, sagte er. »Aber ich habe Herrn Karbe heute besucht und einen zerstörten Menschen vorgefunden.«

»Kein Wunder«, wurde eingewandt. »Aber ein Alibi ist das nicht.«

»Stimmt«, sagte er, »es besagt nur, dass es ihm schlecht geht. Und das ist allerdings kein Wunder.«

»Halten Sie ihn für unschuldig, Herr Pfarrer?«

»Das ist vorläufig nicht die Frage, weil die Untersuchungen laufen. Ich hüte mich nur, schnelle einfache Schlüsse zu ziehen. Solange wir nichts wissen, ist Karbe für uns ein Mensch, der bei einem Unfall Frau und Kind verloren hat und um den wir uns kümmern müssen.«

Genau das hatte er schon einmal gesagt. Gestern Morgen im Gespräch mit Eschweiler. Jetzt war es schon sein Standardargument. Wahrscheinlich musste er es noch häufig sagen in der nächsten Zeit. Immerhin hatte er jetzt seinen Standpunkt klargemacht. Die Reaktion kam zögernd und unsicher. Einige in der Runde nickten. Rainer blickte nur vor sich hin. Wilfried Otten, einer der beiden pensionierten Lehrer im Gemeindevorstand, fragte, ob er schon mit den Eltern von Kerstin Karbe gesprochen habe.

»Nein, habe ich noch nicht. Soviel ich weiß, leben sie nicht im Bereich unserer Pfarrgemeinde. Aber ich werde sie in nächster Zeit besuchen.«

»Die beiden sind völlig außer sich«, sagte Otten. »Sie haben erfahren, dass ihr Schwiegersohn vor einem halben Jahr ein Familiengrab gekauft hat, und es ist ein schrecklicher Gedanke für sie, dass ihre Tochter und das Enkelkind irgendwann zusammen mit Karbe in einem Grab liegen werden.«

»Sie gehen also nicht von einem Unfall aus?«

»Nein. Sie haben die größten Zweifel. Es ist offenbar besonders schrecklich für die beiden, dass es sich um ein Tiefgrab handelt, in dem die Toten übereinanderliegen, ganz unten ihre Tochter.«

Sekundenlang sah er wie eine blasse schematische Skizze einen Stapel toter Körper. Aber nur Karbe bekam in diesem Bild eine abstoßende Deutlichkeit: ein abgemagerter, unrasierter, verwahrloster Mann, tot über dem Leichnam seiner jungen Frau liegend.

Grotesk, dachte er. Hatte Karbe sich das so überlegt, als er ein Tiefgrab kaufte? Als Eschweiler ihm vom Kauf der Grabstätte erzählte, hatte er das – vielleicht weil er andere Gedanken abwehren wollte – als einen nicht unüblichen geschäftlichen Vorgang dargestellt. Aber ihm war dabei gleich der Gedanke gekommen, dass sich dahinter eine depressive Phantasie verbarg: der düstere Wunschtraum einer Vereinigung der zerstrittenen Familie nach dem Tod.

»Worum geht es den Eltern von Kerstin Karbe eigentlich?«, fragte er. »Was stellen sie sich vor?«

»Sie haben sich nur andeutungsweise geäußert.«

»In welchem Sinne?«

»Die Eltern«, begann Otten von Neuem und dehnte das Wort, um ihm mehr Bedeutung zu verleihen, »wollen mit allen Mitteln verhindern, dass ihre Tochter und das Enkelkind dort begraben werden. Sie haben sich schon mit einem Rechtsanwalt besprochen.«

Jemand stieß ein kurzes, meckerndes Lachen aus. Das war Rainer gewesen, der verlegen seinen Blick senkte.

Es entstand eine betretene Stille, in der sich etwas in seinem Kopf neu ordnete, eine sich verdichtende neue Wahrscheinlichkeit. War das der Grund, weshalb der Leichnam von Kerstin Karbe noch nicht zur Bestattung freigegeben war? Hatte der Rechtsanwalt der Eltern beim Amtsgericht eine einstweilige Verfügung gegen die Bestattung beantragt? Und hatte Eschweiler schon davon gehört, als er heute Morgen angerufen hatte? Weshalb hatte er dann nichts gesagt? Oder hatte er eine Andeutung gemacht? Er konnte sich nicht mehr genau an das Gespräch erinnern, im Augenblick sogar fast gar nicht. Ausgangspunkt war der Zeitungsbericht gewesen, der etwas merkwürdig Manipulatives gehabt hatte. Zur Unterstützung einer solchen Eingabe beim Gericht war der Artikel hervorragend geeignet. Und Rainer? Wusste er etwas davon? Wusste vielleicht die ganze Gemeinde schon Bescheid? Die Eltern von Kerstin Karbe waren angesehene Leute, Personen mit Einfluss. Und ihr Schwiegersohn, den sie wohl nie gemocht hatten, war ein Mensch, der keine Sympathien auf sich zog. So regelten sich die Dinge. War auch der Zeitungsartikel manipuliert? Oder phantasierte er jetzt?

Wie eine Spindel drehte es sich in seinem Kopf. Er hörte ein Räuspern und unterdrücktes Husten und musste sich innerlich schütteln, um den wachsenden Druck loszuwerden. Er saß am Kopfende des Tisches, und alle Gesichter waren ihm zugewandt, manche mit einem Ausdruck offener Ablehnung.

Zwei Frauen nickten. Die Gesichter der älteren Männer hatten sich verschlossen.

Wilfried Otten, der das Thema aufgebracht hatte, sagte, er wisse nicht genau, wie die Dinge im Augenblick stünden.

»Sind Sie befreundet mit Kerstin Karbes Eltern?«

»Wir kennen uns schon sehr lange. Warum fragen Sie das?«

»Weiß ich eigentlich auch nicht. Entschuldigen Sie bitte.«

Am liebsten würde ich jetzt aufstehen und rausgehen, dachte er.

Stattdessen öffnete er die vor ihm liegende Mappe, um auf das erste Blatt mit den Programmpunkten für den Abend zu blicken, die ihm alle überholt erschienen. Aber sie waren das Einzige, was er im Augenblick in der Hand hatte.

»Ich denke, wir fangen an«, sagte er. »Wir haben eine neue Bewerbung für die ausgeschriebene Stelle einer Kindergärtnerin im Gemeindekindergarten vorliegen. Die junge Frau hat schon einige Berufserfahrung und gute Zeugnisse. Ich schlage vor, dass wir sie zu einem Vorstellungsgespräch einladen. Wer von Ihnen möchte daran teilnehmen?«

Zwei Frauen meldeten sich, und er notierte die Namen. Dann kamen sie auf das Gutachten über die Rostschäden im Glockenstuhl zu sprechen und auf die schon längere Zeit bekannte Sanierungsbedürftigkeit der Turmbedachung, deren Kosten vermutlich beträchtlich waren. Die Landeskirche hatte inzwischen ein weiteres Gutachten in Auftrag gegeben, das die Möglichkeit einer vorläufigen Teilsanierung prüfen sollte. Für die Anschaffung einer neuen Bestuhlung des Gemeindehauses hatten sie einen Sponsor gefunden. Es war der Bauunternehmer, dessen Tochter er am vergangenen Wochenende getraut hatte. Der Mann hatte auch die neuen Gesangbücher gestiftet. Konnte man ihn nun ins Presbyterium wählen, wurde gefragt.

»Das habe ich schon überlegt«, sagte er. »Aber der Mann hat zu viel zu tun. Er ist ja auch politisch engagiert. Und soviel ich weiß, sitzt er auch im Aufsichtsrat einer Bank.«

»Das spricht doch nicht gegen ihn«, sagte Wilfried Otten.

»Nein, keineswegs. Er ist nur ziemlich beschäftigt. Ich werde ihn aber noch einmal darauf ansprechen.«

»Erst muss dieser fragwürdige Unfall geklärt sein«, sagte Otten.

»Das hat nun wirklich nichts miteinander zu tun.«

»Das sehe ich etwas anders«, sagte Otten.

»Na gut. Das müssen wir aber jetzt nicht vertiefen«, sagte er und wandte sich der gegenübersitzenden Frau zu.

»Frau Becker, würden Sie uns bitte Ihren Bericht über das diesjährige Seniorenfest geben?«

»Gerne«, sagte Frau Becker.

»Unser traditionelles Seniorenfest«, begann sie, »hat in diesem Jahr besonders viel Zuspruch gefunden. Ebenso das damit verbundene Jubiläumstreffen zur ›Goldenen Konfirmation‹, zu dem viele auswärtige Gäste gekommen sind, vor allem einige alte Damen, die sich zum Teil seit 50 Jahren nicht gesehen hatten, aber sofort miteinander ins Gespräch kamen. Die Vorbereitung dieses Wochenendes war nicht einfach. Das fing an mit dem Auffinden der Adressen, dem Verschicken der Einladungen, den Rückfragen, die beantwortet werden mussten, und der Bereitstellung von billigen oder kostenlosen Quartieren durch die Gemeindemitglieder. Dankenswerterweise haben sich wieder viele zur Verfügung gestellt.«

Sie redete weiter, eine beflissene, wenig ausdrucksvolle Stimme, die ihm im Augenblick einen Schutz bot, hinter dem er sich sammeln konnte. Ohne Unterbrechung redete sie über die gemeinsamen Mahlzeiten, den Busausflug in die Umgebung und das abendliche Gartenfest mit Musik und kabarettistischer Unterhaltung. Zwei Comedians hatten Faxen gemacht und prompt belachte dumme Witze erzählt. Einen hatte er behalten, der ihm besonders geschmacklos und unpassend für ein Gemeindefest mit älteren Leuten erschienen war. Einer der beiden hatte den anderen gefragt: »Was steht auf dem Grabstein der Putzfrau?« Und der andere hatte mit treuherziger Miene geantwortet: »Sie kehrt nicht wieder.« Das hatte berstendes Gelächter ausgelöst.

Das Seniorenfest war eine Erfindung seines Vorgängers und ein anhaltender Erfolg. Von der Jugendarbeit, um die er sich bemüht hatte, konnte man das leider nicht sagen. Niemand kam mehr. Die Jugendlichen zogen es vor, in die Stadt zu fahren. In der Kirche waren sie auch nicht zu sehen. Dagegen sah man immer wieder im Fernsehen Massenaufläufe von Jugendlichen bei kirchlichen Großveranstaltungen.

Beim Anblick dieser tanzenden, jubelnden Massen empfand er immer, dass ihm diese Generation völlig fremd war. Fremder noch als die Gäste vom Seniorenfest. Fremder als Karbe? Ja, auch fremder als Karbe. Wir leben alle in einer Welt der Widersprüche, hatte er sich immer wieder gesagt und nach praktischen Antworten gesucht, improvisierten, vorläufigen Antworten, kleinen Gewissheiten im Ungewissen, wie jetzt im Fall Karbe.

Nun betraten sie schon wieder ein Minenfeld, das für ihn persönlich problematisch war. Im letzten Vierteljahr hatte ihnen das Amtsgericht vier Kirchenaustritte gemeldet, genauso viel wie im ganzen vergangenen Jahr. Noch war es möglich, dass diese plötzliche Häufung der Austritte ein Zufall war. Doch wenn es so weiterging, war es der Beginn von etwas Unabsehbarem, dem er nicht zu begegnen wusste. Es war nichts Greifbares. Es waren unauffällig herangereifte Entscheidungen, die nicht zur Diskussion standen. Eher verliefen diese Entscheidungen wortlos. Es war ein langsamer unauffälliger Verschleiß alter Gewohnheiten und Motivationen.

»Was glauben Sie, woran das liegt?«, fragte er.

»Das ist doch klar«, sagte Herbert Drössel mit erstickter Stimme, als stünde er dicht vor einem Hustenanfall. Er war ein früh in Rente geschickter Filialleiter einer Ladenkette, der Alkoholprobleme gehabt hatte und Kettenraucher war.

Auch jetzt hatte er entgegen der wortlosen Übereinkunft, bei den Sitzungen nicht zu rauchen, sich eine Zigarette angezündet und, da er am unteren Ende des

Tisches saß, den Rauch in eine andere Richtung ausgeatmet und weggewedelt. Er hatte sich wahrscheinlich in der Runde isoliert gefühlt, denn er meldete sich mit der wütenden Heftigkeit eines Zurückgesetzten zu Wort und zog sofort alle Blicke auf sich.

»Entschuldigung«, sagte er und hustete salvenartig und schleimig mit rot angelaufenem Gesicht, während er den Handrücken seiner linken Hand gegen seinen Mund presste und mit der anderen Hand in stochernden Stößen den brennenden Zigarettenrest auf einer Untertasse ausdrückte.

»Für mich ist das klar«, japste er. »Wenn die Leute Geld brauchen, weil sie ein Haus bauen oder sich scheiden lassen oder eine Kreuzfahrt machen wollen, dann überlegen sie, wo sie es hernehmen sollen. Sie stellen 'ne Kosten-Nutzen-Rechnung auf.«

»Und dann fällt ihnen die Kirchensteuer ein? Da lässt sich aber nicht besonders viel holen.«

»Kleinvieh macht auch Mist!«

Drössel lachte und blickte sich um, in der Erwartung, dass jemand mitlachte, und musste wieder husten.

»Entschuldigung«, keuchte er, noch gekrümmt und nach Luft ringend. Dann sagte er: »Früher haben sich die Leute gefragt: Wer weiß, wofür es gut ist. Heute fragen sie: Was bekomme ich dafür?«

»Dann muss man den Leuten eben erklären, dass die Kirche keine Versicherungsgesellschaft ist und die Kirchensteuer keine Anzahlung auf das Himmelreich.«

Er hatte das schroff gesagt, um die Szene zu beenden, aber Drössel verteidigte sich mit jener Zähigkeit und Rechthaberei, die häufig aus der Schwäche stammt.

»Weiß ich doch! Weiß ich doch!«, sagte er mit seiner verschleimten Stimme. »Die meisten glauben das aber immer noch. Und davon lebt die Kirche.«

Er schaute in die Runde, wo er auf allen Gesichtern eisige Ablehnung sah.

»Ist doch wahr!«, stieß er hervor und suchte in seiner Jackentasche nach der Zigarettenpackung und dem Feuerzeug, wagte aber nicht, sich eine neue Zigarette anzuzünden.

Das war der richtige Augenblick, den nächsten Punkt aufzurufen: den Kassenbericht. Anschließend redeten sie über die neue Bestuhlung für das Gemeindehaus und beschlossen, noch ein weiteres Angebot einzuholen. Es folgte die Zuwahl eines neuen Mitglieds, wiederum einer Frau. Drössel enthielt sich als Einziger der Stimme. Die Zugewählte war Sozialarbeiterin und sollte sich vor allem um die Jugendarbeit kümmern. Im Vorgespräch hatte sie die Einrichtung einer Sprechstunde für Jugendliche vorgeschlagen. Alle fanden, das sei eine gute Idee. Auch er betonte das noch einmal in seinem Schlusswort. Man musste eben immer wieder etwas Neues versuchen. »Gut«, sagte er. »Hat noch jemand eine Wortmeldung?« Er blickte fragend in die Runde, wo niemand sich rührte. Dann dankte er allen und beendete die Sitzung. Alle gingen gleichzeitig, außer Rainer, der sich beiseite hielt.

»Ich helfe dir noch aufzuräumen«, sagte er.

Sie trugen die Gläser und die leeren Flaschen in die

Küche, leerten die Untertasse, die Drössel als Aschenbecher benutzt hatte, und wischten den Tisch ab.

»Ich fand es heute ziemlich stressig«, sagte Rainer.

»War's auch«, stimmte er zu. »Nicht nur wegen Ottens Andeutungen über die seltsamen Machenschaften von Karbes Schwiegereltern.«

»Da hast du dich ja ziemlich weit aus dem Fenster gehängt.«

»Findest du?«

»Ja, aber ich fand es okay.«

»Es war insgesamt eine gereizte Stimmung. Warum hat Drössel sich so aufgespielt? Er hatte ja leider gar nicht so unrecht. Aber er ist sehr schlecht damit angekommen.«

»Er hat uns alle kränken wollen. Vielleicht hat er sich auch selbst etwas klargemacht. Manche Leute können das besser, wenn sie auf einen anderen einreden.«

»Das stimmt.«

»Der Mann ist vor einem Jahr Witwer geworden. Die Frau hatte Krebs, und er raucht und trinkt sich zu Tode. Aus irgendeinem Grund hat er Wut auf die Kirche, so als habe sie ihn enttäuscht. Vielleicht hat er auf ein Wunder gewartet. Das tun ja fast alle, wenn es so weit ist.«

»Hast du mit ihm geredet?«

»Nein, dazu gibt er mir keine Gelegenheit. Ich bin für ihn ein junger Spund.«

»Ich verstehe übrigens sehr gut die Haltung, die du gegenüber Karbe einnimmst. Ich muss dir aber noch etwas dazu erzählen.«

»Ja, gut. Wollen wir einen Spaziergang machen? Oder musst du gleich nach Hause?«

»Für Angelika bin ich noch bei unserer Sitzung«, lächelte Rainer.

»Ach, hör an! Wofür soll die Kirche sonst noch da sein?«

»Traditionellerweise für alles.«

Draußen empfing sie ein sanfter Nachtwind, der etliche Grade kühler war als die Luft im Sitzungszimmer und sie erfrischte. Es war eine wolkenlose, ungewöhnlich klare Nacht, und der Himmel war übersät mit Sternen, von denen einige wie ferne Blinkfeuer ihre Lichtaura in winzigen Schwankungen vergrößerten und verkleinerten, wenn man seine Augen zusammenkniff, um sie schärfer wahrzunehmen. In der Tiefe der Dunkelheit und über die ganze Breite des Himmelsausschnittes, der hier im Ort noch von Dachfirsten und Baumkronen zerschnitten wurde, dehnte sich als ein weißlicher Schleier das Lichtgesprühe der Milchstraße aus. Es wirkte körperlos und unermesslich in seiner wie hingewehten Zufallsgestalt, an der sich nichts veränderte, obwohl alles in vielfacher rasender Bewegung war. Davor oder dahinter oder mittendrin standen die helleren Fixsterne, deren Anblick Halt bot, weil die Menschen sie zu Sternbildern zusammengedacht hatten, die sie wiedererkennen konnten und an denen sie sich orientierten. Auch Rainer hatte den großen und den kleinen Wagen, die Zwillinge und den Krebs erkannt. Aber er war nicht darauf eingegangen.

Als sie aus dem Ort heraus waren, blieben sie stehen,

um das ausgebreitete Lichtmeer des Nachthimmels zu betrachten. Doch die Augen waren überfordert, und es war nicht lange auszuhalten. Im Weitergehen sagte er: »Wenn ich mich noch einmal entscheiden könnte, würde ich Astronomie studieren.«

»Anstelle von Theologie?«

»Ich weiß nicht, ob anstelle. Aber die Theologie müsste sich ganz neue Fragen stellen. Was mich immer noch umwirft, ist die Vorstellung, dass das ganze Weltall eine ungeheure Explosion ist und immer noch weiter auseinanderfliegt. Neulich habe ich gelesen, dass die Grenzen des sichtbaren Universums nur Zeitgrenzen sind. Wir schauen inzwischen mit unseren Riesenteleskopen in die Zeit vor dem Urknall hinein, als es noch keine Sterne gab.«

»Aber Gott ist da nicht zu entdecken.«

»Nicht der persönliche Gott unserer Glaubensgeschichte.«

»Wer oder was denn? Das Nichts?«

»Ich weiß es nicht.«

Sie gingen eine Weile schweigend nebeneinanderher. Dann sagte Rainer: »Ich glaube, du suchst nach einem neuen Grund, fromm zu werden.«

»Möglich. Aber Gott, der den Urknall gezündet hat, um schließlich uns entstehen zu lassen, unsere Predigten und Gesangbücher und Presbyteriumssitzungen, das kann es ja wohl nicht sein.«

»Ich wusste gar nicht, dass du ein Mystiker bist.«

»Ich weiß nicht, was ich bin. Heute habe ich einen Brief von einer Frau bekommen, die mir schreibt, ich sei jemand, der auf der Suche ist.«

»Na, siehst du! Wonach suchst du denn, ihrer Meinung nach?«

Er zuckte die Achseln: »Nach Glück, nach dem Sinn, nach der Wahrheit, nach mir selbst.«

»Darunter tust du es ja auch nicht.«

»Wahrscheinlich bekommt man es nur im Paket. Genauso wie das Unglück.«

»Wie soll man das nennen? Die übliche Mogelpackung?«

»Du machst wieder deine grenzwertigen Witze.«

»Ich hab's aber ernst gemeint.«

»Manchmal musst du es dranschreiben.«

Beiderseits des Weges erstreckten sich jetzt die dunkelgrauen Flächen der Viehweiden, und hinter dem nächsten Elektrozaun ruhte eine Herde wiederkäuender junger Rinder, aus der die beiden nächsten Tiere schwerfällig aufsprangen, als sie an den Zaun herantraten.

»Ruhig, ruhig«, sagte Rainer mit gedämpfter Stimme.

Die Jungtiere standen mit gesenkten Köpfen da und glotzten sie an, während die übrige Herde als eine undeutliche Ansammlung großer, schwerer Körper am Boden lag und ruhig weiterkaute. Etwas schwirrte um ihre Köpfe, vielleicht Fledermäuse, die nach Insekten jagten.

Sie traten vorsichtig zurück, um die Rinder, vielleicht waren es auch junge Bullen, nicht noch einmal zu erschrecken, und gingen weiter.

»Du wolltest mir doch etwas über Karbe erzählen.«

»Ja, wollte ich. Aber ich weiß nicht, ob es dich nicht belastet.«

»Komm, sag schon. Was ist los?«

»Ja, ich weiß nicht, ob dir bekannt ist, dass Kerstin Karbe mit Angelika befreundet war. Kerstin ist in den letzten zwei Jahren oft bei uns gewesen. Daher kenne ich mich etwas aus. Die meisten Leute meinen ja, die Ehe sei in Ordnung gewesen, auch weil man Karbe viel zusammen mit seinem Jungen gesehen hat, an dem er offenbar sehr hing. Er ist ein sehr schwieriger, verschlossener Mensch. Aber mit dem Jungen war er wohl anders. Sein Unterricht soll auch nicht schlecht gewesen sein.«

»Das hab ich auch gehört.«

»Wir haben die andere Seite seiner Person erlebt. Er war von chronischer Eifersucht geplagt und hat versucht, seine Frau ständig zu überwachen und unter Druck zu setzen. Er fürchtete, dass sie ihn verlassen wollte, zusammen mit dem Jungen. Die Ehe der beiden war längst tot.«

»Verstehe«, sagte er mit gepresster Stimme.

Wie ein eisiger Guss war ihm der Schreck durch die Brust gefahren und hatte ihm die Luft abgeschnürt. Auch er war verlassen worden und krank gewesen vor Eifersucht, war es eigentlich noch immer. Er sträubte sich gegen diese kompromittierende Nähe. Aber was ihn von Karbe unterschied, war vielleicht die Tatsache, dass Claudia ihn verlassen hatte, als er ihr vorgeschlagen hatte zu heiraten. War das am Ende seine Rettung gewesen?

So sachlich wie möglich, doch immer noch mit einem Räuspern in seiner Stimme, fragte er, wie Karbes Eifersucht sich geäußert habe.

»Es wurde immer schlimmer, immer grotesker. Er hat versucht, sie mehr und mehr daran zu hindern, Kontakte mit anderen Menschen zu haben. Anfangs hat er das noch zu begründen versucht. Er hat sie gedrängt, wegen des Jungen, der oft krank war, ihre Ausbildung in der Bank aufzugeben. Obwohl das gar nicht nötig war, denn sie hatte ihre Eltern in der Nähe und konnte den Jungen tagsüber dort abgeben. Aber dagegen hat er immer wieder opponiert mit Einwänden, die sie nicht verstehen konnte, von denen sie sich aber beeindrucken ließ, weil er sie so hartnäckig und so leidenschaftlich vorbrachte. Sie hat gedacht, wenn ihm das so wichtig erscheint, dann dürfe sie sich nicht darüber hinwegsetzen. Er ist der Vater des Kindes. Und Eltern müssen sich einig sein, wie das Kind aufwachsen soll.«

»Sie hat also versucht, ihn zu verstehen?«

»Nein, ich glaube, sie hat bloß nachgegeben, weil er solchen Druck gemacht hat. Wie viele Frauen, die ihren Mann erst näher kennenlernen, wenn sie verheiratet sind, hat sie versucht, sich anzupassen. Sie dachte, sie sei verpflichtet, ihre Ehe zu retten.«

»Wahrscheinlich auch wegen des Jungen?«

»Ja, sie hat es für den Jungen getan. Weil der Junge an seinem Vater hing.«

»Woher kennst du sie so genau?«

»Ich sagte doch, sie war mit Angelika befreundet. Die beiden haben zusammen die Banklehre gemacht.«

»Dann werden sie doch auch miteinander gesprochen haben, bevor Kerstin Karbe bei der Bank gekündigt hat.«

»Oft. Alle Bekannten haben ihr übrigens abgeraten. Aber Karbe hat ihr klarzumachen versucht, dass alle gegen ihn seien. Die Kollegen, die alten Freunde, ihre Eltern – alle mischten sich in ihre Ehe ein, um sie auseinanderzubringen.«

»Ich nehme an, dass er das geglaubt hat.«

»Bestimmt. Deshalb war es auch überzeugend für sie. Eine Zeit lang hat sie seine Argumente übernommen, jedenfalls nach außen. Das hat dazu beigetragen, dass sich die Leute auch von ihr zurückgezogen haben.«

»Verstehe.«

»Es war eine Verrücktheit zu zweit, wie es sie ja öfter gibt. Die Phantasie der totalen Ehe.«

»War sie eine schwache, ängstliche Person?«

»Das kann ich eigentlich nicht sagen. Sie war nur naiv. Und Karbe war absolut dominant, weil er so besessen war.«

»Er war ja fast zwanzig Jahre älter als sie, wie er mir gesagt hat.«

»Ja, er war älter und gebildeter. Als sie heirateten, war er für sie eine Autorität. Und als er sie nötigte, bei der Bank zu kündigen und zu Hause zu bleiben, hat sie immer noch unterstellt, dass er Gründe hatte, die sie nicht verstand, aber respektieren musste. Erst als er sie immer unverhüllter mit seiner Eifersucht verfolgte, sind ihr die Augen aufgegangen.«

»Was hat er denn getan?«

»Er hat versucht, sie zu Hause einzusperren und sie ständig zu kontrollieren. Während er in der Schule war, hat er in der Regel zweimal am Vormittag angerufen, um zu überprüfen, ob sie auch zu Hause sei. Wenn sie sich nicht meldete, hat er bei seiner Rückkehr ein Verhör mit ihr angestellt. Er wollte dann genau wissen, von wann bis wann sie wo gewesen sei und wen sie getroffen habe. Umgekehrt musste sie ihn immer wieder zu Hause anrufen, wenn sie unterwegs war, um Einkäufe zu machen, zum Arzt oder zum Friseur zu gehen oder auch bei uns eine Tasse Tee zu trinken. Sie war immer in Hetze. Und das Schlimmste war, wenn man sie reden hörte: Hallo, mein Schatz, ich bin jetzt hier bei Angelika und Rainer. Ich muss jetzt noch rasch in die Drogerie, und in einer Stunde bin ich zu Hause. Nein, hier sind keine anderen Männer. Was du auch immer denkst! In einer Stunde bin ich da!«

»Das ist ja wirklich furchtbar. Sie muss doch mit euch darüber gesprochen haben.«

»Zuerst hat sie auch versucht, es als Marotte darzustellen. Aber dann hat sie gesagt: Ich halte es nicht mehr aus.«

»Wollte sie ihn verlassen?«

»Wahrscheinlich. Aber sie war noch nicht so weit. Es muss auch andere Szenen gegeben haben. Karbe hat geweint und sie um Verzeihung gebeten. Er hat geschworen, sich zu bessern. Binnen Kurzem war es dann wieder wie vorher.«

Sie gingen eine Weile nebeneinanderher, und es war ihr Schweigen, das ihm sagte, dass der Bericht noch nicht zu Ende war. Er ahnte, dass er von sich aus das Schweigen nicht brechen durfte, schon gar nicht durch die Frage, wie es weitergegangen sei. Rainer musste mit sich allein ausmachen, was er noch sagen wollte. Er wirkte wie jemand, der in seinem Kopf alles noch einmal durchging, bevor er redete. Aber dass er reden würde, war ihm jetzt klar. Trotzdem erschreckte ihn Rainers erster Satz: »Man konnte es kommen sehen«, sagte er.

»Was? Was hat man kommen sehen?«

»Dass sie es nicht mehr lange aushalten würde.«

Er machte eine Pause, als suche er nach einem Anfang, ohne weit auszuholen.

»Am Abend vor dem Unfall war sie bei uns. Den Jungen hatte sie zu ihren Eltern gebracht und war dann zu uns gekommen. Ich war nicht da, weil ich genau wie Karbe bei einem Schulfest war, für Kerstin eine Gelegenheit, einfach von zu Hause wegzulaufen.«

»Hatte sie Gepäck dabei?«

»Nein, das nicht. Aber Angelika hatte sie überredet, die Nacht über bei uns zu bleiben. Ich habe gewusst, dass das der Anfang vom Ende war. Es dauerte nicht lange, dann rief Karbe an. Angelika hat das Telefon abgenommen und mit ihm gesprochen. Sie hat versucht, ihn zu beruhigen, was vielleicht falsch war, weil es den Ernst der Situation herunterspielte. Doch er war sowieso nicht zu beschwichtigen. Er verlangte, Kerstin zu sprechen, und sagte ihr, er fahre jetzt los, um sie abzuholen. Sie hat sich ihm nicht widersetzt. Angelika hat noch mit ihr zu reden versucht, sich dann aber rausgehalten. Als Karbe kam, saß der Junge im Auto. Er hatte ihn bei seinen Schwiegereltern abgeholt. Sein Schwiegervater war nicht zu Hause. Und die Schwiegermutter konnte sich nicht gegen Karbe durchsetzen, schon gar nicht in Gegenwart des Kindes. Die Sieverts und Karbe waren sich in nichts einig, nur darin, dass das Kind nach Möglichkeit verschont werden sollte. Das war auch Kerstins Haltung, und Karbe wusste das. Ich kam gerade nach Hause, als sie zusammen mit ihm die Wohnung verließ. Ich wusste nicht, was los war, sah nur, dass Angelika wie erstarrt wirkte, für mich ein Zeichen, dass etwas Peinliches passiert war, in das man sich besser nicht einmischte. Kerstin hat sich noch eilig von mir verabschiedet. Sie wirkte bedrückt und eingeschüchtert. Von Karbe habe ich keinen besonderen Eindruck behalten. Er stand dicht neben ihr, so unzugänglich wie immer.«

»Glaubst du, dass es ein Verbrechen war?«

»Ich glaube gar nichts.«

Wieder senkte sich das Schweigen auf sie wie eine Last, die sie beide trugen und die ihre Gedanken lähmte. Auch er war sich nicht klar, was er eigentlich glaubte.

»Alles ist möglich«, sagte Rainer. »Ich kenne nur die Vorgeschichte.«

Er nickte. Aber es war ihm bewusst, dass Rainer das nicht gesehen hatte, weil er beharrlich auf seine Füße blickte. Plötzlich fiel ihm ein zu fragen: »Hast du irgendjemand von diesem Abend und der ganzen Vorgeschichte erzählt?«

»Vorgestern habe ich alles, was ich wusste, der Polizei zu Protokoll gegeben.«

»Das ist natürlich …«, er machte eine Pause, weil er das richtige Wort suchte, »… eine schwere Belastung.«

Er hatte Rainer nichts vorwerfen wollen. Der aber verteidigte sich: »Mir blieb nichts anderes übrig. Die Polizei hatte bereits von unserer Freundschaft mit Kerstin gehört.«

»Ja, klar, ist ja okay.«

Wieder brach ihr Gespräch ab, als entfernten sich ihre Gedanken aus dem Zusammenhang, sodass es keinen Anknüpfungspunkt mehr gab. Eine Weile gingen sie stumm weiter, jeder für sich, im Gleichmaß ihrer gemeinsamen Abwesenheit.

»Sollen wir noch bis zum See gehen?«, fragte Rainer schließlich und weckte ihn aus seinem Grübeln.

»Nein, wozu? Kehren wir um.«

Er konnte es nicht abschütteln, obwohl er, gleich nachdem er nach Hause gekommen war, sich mit einer Flasche Bier vor den Fernseher gesetzt hatte, um sich vor dem Schlafen noch etwas abzulenken. Er hatte die Programme durchgeschaltet, war hier und da einige Minuten hängen geblieben und hatte schließlich ausgeschaltet, um ins Bett zu gehen. Aber er konnte es nicht abschütteln, schon gar nicht im Dunkeln. Denn nun sah er es wieder, als sei er ein unsichtbarer Zeuge, der in der regnerischen Nacht stand und beobachtete, wie Karbe mit seiner Frau aus dem Haus trat, in dem bereits alle Fenster dunkel waren, bis auf Rainers

Wohnung im zweiten Stock. Sie wirkten eilig, wie auf der Flucht, in ungeschicktem Gedränge, in ihrer Bewegung, ihren Schritten nicht aufeinander eingestellt, was vor allem an ihr lag, ihrer Verwirrung und Hilflosigkeit. Er stellte sich vor, dass sie stolperte und Karbe ihren Arm packte, um sie, die sich schwach zu sträuben schien, mit eisernem Griff zu dem parkenden Auto zu führen, auf dessen Rücksitz der verschüchterte Junge saß. Oder ging sie widerstandslos mit, gelähmt vor Angst und Aussichtslosigkeit und der Resignation, die aus der Wiederholung entstand? Das Gefühl, bei ihren Freunden in Sicherheit zu sein, war mit Karbes Erscheinen sofort verfallen. Der Junge saß unten im Auto, das Pfand ihrer Machtkämpfe, und alles war wie immer. Karbes unbeirrbarer Anspruch auf sie schnitt sie ab von der übrigen Welt. Es war so, wie er es immer sagte: Die anderen gehen uns nichts an. Welche Möglichkeit blieb ihr, außer sich zu fügen und mit ihm zu gehen?

Waren Rainer und seine Frau ans Fenster getreten, um sich diesen Aufbruch anzusehen? Den Moment, wie sie unten aus dem Haus kamen und auf das Auto zugingen, zwei Menschen, verstrickt in einen finsteren Zwang, der sie unauflöslich miteinander verband. Darüber hatte Rainer nichts gesagt. Vielleicht weil er sich Vorwürfe machte, dass er die beiden hatte gehen lassen. Denn wenig später war sie tot, wurde zusammen mit dem Jungen aus dem Auto geborgen. Wahrscheinlich hatte Rainer sich gesagt: Es geht mich nichts an. Das ist seine Frau. Und es war ihre Entscheidung, mitzugehen oder zu bleiben, auch wenn

Karbe den Jungen, der unten im Auto saß, schon in seiner Hand hatte. Rainer und seine Frau waren zurückgewichen vor diesem aussichtslosen Drama mit seinen zwanghaften Wiederholungen, das an diesem Abend in Gestalt einer verzweifelten wehrlosen Frau und eines außer sich geratenen Mannes in ihre friedliche Wohnung eingedrungen war. Sie waren zurückgewichen, erleichtert, dass Kerstin sich bereit erklärte, mit Karbe und dem Jungen nach Hause zu fahren, vielleicht um Gewaltsamkeiten zu verhindern oder nur, weil sie keinen Ausweg sah. Rainer hatte die Wohnungstür hinter ihnen geschlossen und war ins Wohnzimmer gegangen, wo seine Frau ihn erwartete, beklommen und zugleich erleichtert, dass die Wohnung wieder ihnen allein gehörte. »Was für ein Theater!«, hatte vielleicht einer von ihnen gesagt, während draußen Karbe seine Frau in das Auto schob, die Tür zuschlug und sich hinter das Lenkrad setzte, um loszufahren mit seiner kleinen Familie, deren plötzliches Verschwinden ihn in Panik versetzt hatte.

Dachte er etwas? Dachte er nichts? Sprachen sie? Oder saßen sie stumm nebeneinander, und nur als die ängstliche Stimme des Jungen auf dem Rücksitz fragte »Fahren wir jetzt nach Hause?«, sagte sie »Ja, mein Schatz«, was sich anhörte, vielleicht auch anhören sollte, als ob alles in Ordnung sei und sie gemeinsam heimführen, um einen wirren und quälenden Tag friedlich zu beenden. Er konnte sich vorstellen, dass Karbe es so empfand, als er diesen kurzen Dialog zwischen seiner Frau und dem Jungen in dem engen Raum hörte, in dem sie zusammengedrängt saßen und durch die regnerische Nacht fuhren. Fügte sich für ihn wieder alles zusammen, weil sie endlich zu dritt allein waren und zumindest bis zum Morgen allein bleiben würden? War es vorstellbar, dass sie sich entspannten in diesen letzten Minuten vor der Katastrophe, weil sie so nah beieinander und weit von allen anderen entfernt waren? Der Junge hatte vielleicht noch einmal geklagt, er sei müde, und sie hatte, ohne sich umzudrehen, geantwortet: »Wir sind ja bald zu Hause.« Sie sagte es mit eingeübter mütterlicher Fürsorglichkeit, aber mit einer müden, unbeteiligten Stimme, denn sie wollte nicht daran denken, es jedenfalls nicht zu dicht an sich heranlassen, dass sie in das Haus zurückkehrten, das seit Jahren der Ort ihrer Gefangenschaft und ihrer Unterwerfung war. Es war auch der Ort, wo sie gelernt hatte, sich in sich selbst zurückzuziehen.

Und Karbe? Spürte er ihren Rückzug? Erwartete er, dass sie sprach? Er hatte einen seiner kurzen, immer wieder ergebnislosen Siege gegen die feindliche Welt errungen und versuchte, ruhig zu bleiben, obwohl die Erregung der letzten Stunden in ihm nachbebte und er Mühe hatte, seinen Hass zu zähmen, den die Erinnerungsbilder in ihm auslösten. Was war es, das alle Menschen dazu veranlasste, sich gegen ihn zu verbünden, um das kleine, zurückgezogene Leben, das er sich geschaffen hatte, zu zerstören? Und warum war seine Frau zu seinen Feinden übergelaufen? Warum verriet sie ihn und das Kind, das nur noch ein Bündel von Angst war? Warum saß sie wieder so stumm neben ihm und gab ihm damit zu verstehen, dass er keine Antworten auf seine Fragen zu erwarten hatte, weil sie alle längst beantwortet waren.

Das alles glaubte er zu kennen. Karbe lebte aus, was er mit der Disziplin seines Amtes in sich bekämpft hatte, damals vor einem Jahr, als er verlassen worden war. Und nur, wenn er sich den Mann vorstellte, den er stumm und erstarrt an der Unglücksstelle angetroffen hatte und der ihm heute erschöpft von Schlaflosigkeit und Depression entgegengetreten war, konnte er sich von diesem Gespenst befreien.

Ich, sagte er sich, bin es nicht gewesen, der den Wagen in den See steuerte. Und doch fühlte er, wie sich seine Finger krümmten, als umfassten sie das Lenkrad. Um was zu tun? Weshalb? In welchem Augenblick?

Vielleicht hatte Karbe die Stummheit seiner Frau nicht ertragen und angefangen, sie erneut zu verdächtigen und zu verhören, wie immer in der selbstzerstörerischen Wut, mit der er seine heimliche, stets wiedererwachende Hoffnung bekämpfte, sie könnte ihm diesmal eine Antwort geben, die seine Verzweiflung für immer von ihm nahm. Sie hatte das wohl anfangs versucht, aber immer nur neue Verdächtigungen hervorgerufen, und seit Langem war ihre Kraft erschöpft, und es war ihr keine andere Möglichkeit geblieben, als ihn noch mehr zu reizen, indem sie hartnäckig schwieg.

Diesmal hatte sie vielleicht auch dazu keine Kraft mehr und schrie ihn an, löste sein Brüllen aus und den jämmerlichen Diskant des Kindes, das sie in Panik anflehte, aufzuhören mit dem Streit, ohne dass einer von ihnen fähig oder auch nur willens gewesen wäre, seine Wut zu unterdrücken und sich wieder in den Griff zu bekommen. Es war ein blindwütiger, wahrscheinlich nur kurz dauernder Tumult, in dem einer den anderen überschrie, bis sie plötzlich alle sichtbar wurden im Licht aufgeblendeter Scheinwerfer, die auf sie zukamen, sodass ihre Schreie nun diesem Augenblick galten, in dem sich die Welt unter ihnen wegdrehte und dem Auto eine neue Richtung aufzwang, den Abhang hinunter, springend und stoßend, auf die schwarz schimmernde Wasserfläche des Sees zu.

Eine Tür sprang auf, und ein Körper stürzte heraus, blieb liegen, dicht vor der Wassergrenze, hinter der das Auto versank. Die Luft des Innenraumes entwich als ein Strom glucksender Blasen. Dann verschwand der Wagen unter der Wasserfläche, lautlos, mit einem einzigen Ruck. Und Karbe, der Mann dort auf der Erde, rappelte sich auf und starrte auf das geglättete Wasser wie jemand, der nach etwas suchte, das dort gewesen sein musste, ein Zeichen seines vergangenen Lebens, das plötzlich verschwunden war und ihn zurückgelassen hatte in dieser ungeheuerlichen dunklen Leere und Endgültigkeit, die ihm lange Augenblicke alle Gedanken nahm. Nur sein Herz schlug so schnell, als ob er angestrengt, am Rande seiner Kräfte, davonlief. Immer weiter davonlief, mit geschlossenen Augen, damit sich alles in der Dunkelheit auflöste.

So vielleicht wäre es ihm ergangen, der er diese Szene erfand aus dem wenigen, was Karbe gesagt und Rainer ihm erzählt hatte: Karbe, der nicht ins Wasser watete, als er sich nach dem ersten Schock aufgerafft hatte, und immer noch gelähmt vor Schwäche oder vielleicht in richtiger Einschätzung der Schwierigkeiten gar nicht erst versuchte, die Insassen aus dem versunkenen Auto zu befreien, sondern den glitschigen, regennassen Abhang hochkletterte, um ein vorbeikommendes Auto anzuhalten und die Leute um Hilfe zu bitten, und der immer noch dort wartete, als das erste Auto vorbeigefahren war, festgehalten von einem Gefühl der Vergeblichkeit, ein winkender Mann am Straßenrand, der ein zweites, ein drittes Mal seine Arme hochriss, wenn Scheinwerfer sich näherten. Kein einziges Mal blickte er sich um. Oder wenn er es tat, dann mit der starren Ungläubigkeit, die seine Gedanken in Bann schlug und sein Sprechen im ersten Moment lähmte, als unerwartet ein Auto neben ihm hielt, dessen Fahrer die Scheibe herunterließ und einen verwirrten, durchnässten, mit Lehm beschmutzten Menschen sah, der ihn eher durch seine Erscheinung als durch seine gestammelten Worte davon überzeugte, dass ein Unglück geschehen war. Glücklicherweise hatte der Fahrer ein Mobiltelefon und rief die Polizei an.

War es so? War es anders?

Etwas fehlte, so genau auch alles vor ihm stand. Es war vielleicht gerade die Genauigkeit der Einzelheiten, die etwas Wesentliches verdeckte. Er erinnerte sich an den sperrigen, wie ein Stück Holz sich anfühlenden Mann, den er an der Unfallstelle angetroffen und in seine Obhut genommen hatte, und an das Beben, das er in ihm spürte, als der Wagen aus dem Wasser gezogen wurde. In diesem Augenblick glaubte er, dass

Karbe beim Anblick der Ertrunkenen geschüttelt wurde von der Einsicht in die Schwere seiner Schuld. Was er da sah, die beiden wehrlosen Leiber, die in die Rettungswagen getragen wurden, war die Folge seiner rasenden Zerstörungswut, auch dann, wenn er nicht an ein solches Ende gedacht und es schon gar nicht geplant hatte.

Vielleicht aber war er schon oft heimgesucht worden von dem Gedanken, der Tod könnte für sie alle eine Befreiung sein. Der Gedanke war aus der Angst entstanden, von seiner Frau mitsamt dem Kind verlassen zu werden. Er wusste, dass er das nicht ertragen könnte, wie er vielleicht auch wusste, dass er selbst alles dazu tat, dieses gefürchtete Ende herbeizuzwingen. Immer mochte er auch gedacht haben, ein endgültiges Ende wäre das Beste.

Möglicherweise war dieser Gedanke an ein befreiendes Ende erneut in Karbe entstanden, als er seine Frau und sein Kind bei seiner Rückkehr von dem Schulfest nicht zu Hause angetroffen hatte. Sie waren fort. Sie hatten keine Nachricht hinterlassen. Der Schrecken aller Schrecken schien eingetreten zu sein, als stumme und endgültige Antwort auf einen Streit, der ungeschlichtet abgebrochen worden war, weil er wieder in die Schule musste. Er konnte nicht erkennen, ob sie irgendetwas mitgenommen hatten, denn er war sofort aufgebrochen, um sie zu suchen. Er konnte sich denken, wo er sie finden würde.

Als er sie eingesammelt hatte und sie nun zu dritt, als wären sie wieder vereint, in kaum unterdrückter Spannung nach Hause fuhren, mochte der Gedanke an ein endgültiges Ende der Demütigungen und Quälereien sich in Karbes Bewusstsein ausgebreitet haben. Es war noch immer kein Vorhaben. Doch Möglichkeit und Wirklichkeit waren wohl noch nie so dicht beieinander, als er plötzlich in dem blassen Licht seiner Scheinwerfer sah, dass die Straße nach links schwenkte. Es bedurfte nur einer kleinen Drehung des Lenkrades in die Gegenrichtung, damit ihnen die schwarze Wasserfläche entgegenschnellte. Dann allerdings war er draußen. Herausgeschleudert oder herausgesprungen oder beides zugleich in einer Sekunde blinder Selbsterhaltung. Immerhin musste er den Gurt gelöst und vielleicht auch die Tür aufgestoßen haben, schneller als er denken konnte.

Nein, es war kein geplantes Verbrechen. Denn unter den gegebenen Umständen war der Ablauf des Geschehens nicht vorausberechenbar und in seiner tatsächlichen fatalen Konsequenz sogar ziemlich unwahrscheinlich. Aber es wäre besser gewesen, wenn Karbe sich nicht gerettet und sich anders verhalten hätte. Er hätte auf jeden Fall versuchen müssen, seine Frau und sein Kind aus dem versinkenden Wagen zu zerren, auch wenn es kaum aussichtsreich war. Stattdessen wandte er sich ab und kletterte den Hang zur Straße hoch, offenbar auch ohne einen Gedanken an das Alibi, das ein nachweisbarer energischer Rettungsversuch ihm in den Augen der Leute verschafft hätte.

Das alles sah nicht nach einem Plan aus, aber es hatte die böse Folgerichtigkeit eines verfehlten Lebens und zerstörerischer Gedanken. Vielleicht war es das, was

Karbe sich vorwarf und womit er nicht fertig wurde. Theologisch gesprochen war das ein Zustand von Unerlöstheit, eine Fesselung an eine nicht mehr zu tilgende Schuld. Es war aber eine andere Schuld, als der sich ausbreitende Verdacht ihm unterstellte.

Auch er hatte keinen Zugang zu diesem Menschen gefunden, wahrscheinlich, weil er ihn zu sehr gedrängt hatte, ihm anzuvertrauen, was in der Unglücksnacht geschehen war. Das hatte Karbe vermutlich veranlasst, ihn unter seine Verfolger einzureihen. Und eines war daran richtig: Er hatte die Neigung empfunden, das Schlimmste für wahr zu halten, weil er ein klares Motiv suchte, über das sie miteinander sprechen konnten. Das Schlimmste war nicht das, was er am meisten fürchtete, denn es war, theologisch gesehen, ein Umkehrpunkt. Ein Mord aus Eifersucht hätte ihm weniger Schwierigkeiten bereitet als die finstere Vieldeutigkeit dieses ausgebrannten und lethargischen Menschen.

Es war nicht nur sein Amt, das ihn an diesen Fall band. Rainers Erzählung von Karbes Ehe und seiner chronischen Eifersucht hatte ihm einen Schock versetzt. Und jetzt, da er allein war, spürte er erneut, wie ihn eine Welle mühsam zurückgedrängter Erinnerungen überkam: Claudias schmales Gesicht, in das immer zwei Strähnen ihrer nach hinten gebürsteten und dort zusammengebundenen Haare hineinhingen, die sie ab und zu mit einer kurzen Kopfbewegung wegschüttelte oder ohne nachhaltigen Erfolg mit ihren Fingerspitzen zur Seite strich, ihre Augen, die ihn ansahen, als prüften oder befragten sie ihn, und ihr Arm, der sich um seinen Nacken schlang und seinen Mund sanft und langsam zu ihrem Mund herunterzog. Unvermittelt, als sei es noch derselbe Moment, sah er eine andere Szene: Ihr Gesicht ist blass, ihre Lippen sind zusammengepresst. Sie wendet den Kopf ab und löst sich aus seinen Armen. Dann steht er am Fenster und sieht sie fortgehen, ihre schmale Gestalt, die die Straße überquert und ohne Zögern auf die Straßenecke zugeht, bei der sie aus seinem Blick und aus seinem Leben verschwinden wird. Er hofft, sie wird noch einmal winken, wenn sie die Ecke erreicht hat, doch er ahnt, dass sie es nicht tun wird. Er sieht es ihren Schritten an, und in ihm wächst eine Angst, die er kaum beherrschen kann, obwohl er weiß, dass auch ein Winken, auf das er wartet und das sie ihm versagt, nichts anderes wäre als eine Abfindung ohne jede Bedeutung. Nein, sie wird es nicht tun, sie will nicht lügen. Sie kennt aus all ihren Gesprächen in den letzten Wochen seine Neigung, aus einzelnen Worten und kleinen Gesten neue Hoffnungen abzuleiten und immer »das gemeinsame Positive« in den Mittelpunkt zu stellen. Sein »bescheuertes Predigertum«, wie sie es genannt hat. Aber sie hätte auch sagen können, seine Verzweiflung.

Einmal, als er sie festhielt, damit sie ihm zuhörte, hatte sie mit beiden Fäusten gegen seine Brust getrommelt, als wollte sie ihn zum Schweigen oder zur Aufgabe seiner Hoffnungen zwingen. Er hatte darin, vielleicht nicht ganz zu Unrecht, noch ein Zeichen von Vertrautheit gesehen. Jetzt aber geht sie. Das ist alles. Und mit jedem Herzschlag wächst seine Angst. Es ist ein Gefühl von Verlassenheit und Nichtigkeit, das viel zu groß ist, um es beherrschen oder auch nur äußern zu können.

Jetzt geht sie. Aber das ist nicht alles. Sie geht von ihm weg zu einem anderen Mann. Ihn hat sie abgeschüttelt, als er sie festhalten wollte. Ihre Schritte scheinen zu sagen, dort, wo ich jetzt hingehe, wartet alles auf mich, was mir gefehlt hat. Er steht am Fenster und schaut ihr nach, durchdrungen vom Bewusstsein seiner Unzulänglichkeit und Nichtigkeit. Sie hat ihn verworfen. Und sie nimmt alles mit, was ihm gehört hat: die kokette Zärtlichkeit ihrer kindlichen Küsse, mit denen sie, über ihn gebeugt, sein Gesicht bedeckt hat, und den hellen Wehlaut ihrer Hingabe – alles trägt sie seit Wochen einem anderen zu und zerstört damit seine Erinnerungen. Mit jedem ihrer entschlossenen Schritte reißt sie sich von ihm los. Er kann sie nicht festhalten, sie nicht an sich binden. Jetzt ist sie um die Ecke verschwunden, und die Straße gehört dem Verkehr, der wie eine wischende Handbewegung seine Erinnerungen austilgt.

Das war vor knapp zwei Jahren, als er kurz davor stand, sein Pfarramt anzutreten. Noch lebte er in dem Einzimmerapartment, das er von Patrik Graefe übernommen hatte, der geheiratet hatte, nachdem er als einer der Ersten ihres Jahrgangs mit einem Pfarramt betraut worden war. Patrik und er hatten noch zwei Briefe gewechselt und hatten dann, jeder wahrscheinlich aus einem anderen Grund, den Kontakt verloren. Patrik war damit beschäftigt, sich in sein neues Amt hineinzufinden. Und er dagegen hatte vergeblich versucht, Claudia zu einem gemeinsamen Leben zu überreden. Auch wenn er allmählich seltener an sie dachte, spürte er immer wieder, dass sie ihn in seine alten Unsicherheiten zurückgestoßen hatte. Vorsichtig lebte er weiter, in den schützenden Konventionen seines Amtes, ohne Zukunft und möglichst ohne Vergangenheit.

Bis er sie plötzlich vor einem halben Jahr in einer zufällig eingeschalteten Fernsehsendung wiedersah. Es war eine Talkshow für Paare mit Spieleinlagen, die als Liebestest galten, und sie und ihr Freund – war es noch derselbe oder wieder ein anderer? – waren eines der drei Paare, die unter Anleitung eines selbstgefälligen Moderators in einem papageibunten Hemd sich der Neugier eines gut gelaunten Publikums von Gleichaltrigen darboten, die ihre Antworten mit Applaus und Gelächter begleiteten. Das Thema des Abends lautete »Glücklichsein«, und der Talkmaster befragte die Paare, was sie darunter verstanden und wie sie es praktizierten. Claudia und ihr Freund, eine jüngere Kopie von Rainer, waren dabei, durch flotte Antworten, die sie wechselseitig erraten mussten, Punkte zu sammeln und den Happiness-Preis zu gewinnen: eine Woche in einem Vier-Sterne-Hotel auf Ibiza. Erst kurz vor Schluss hatte er ausgeschaltet und war, erstarrt vor Peinlichkeit und Unverständnis, noch eine Weile vor der dunklen Mattscheibe sitzen geblieben. Wieso hatte Claudia sich so darstellen können, sie, die ihn verlassen hatte, weil sie glaubte, dass sie der Wahrheit ihres Gefühls folgen müsse? War das für sie das richtige Leben? Was war geschehen, dass sie sich so schamlos einreihte in diesen abgeschmackten, fröhlichen Schwachsinn? War sie immer schon so gewesen? Hatte er es bloß nicht bemerkt? Sie zeigte keinerlei Distanz, stieß kleine Schreie aus, wenn sie oder ihr Lover wieder gemeinsam einen Punkt gewonnen hatten. Die beiden waren das vom Publikum favorisierte Paar, und sie genoss sichtlich den Jubel, den sie mit ihren Antworten auslöste.

Mehr und mehr hatte ihn bei ihrem Anblick ein Gefühl der Bodenlosigkeit ergriffen. Das Unechte, das Vorgetäuschte und das wiehernde Vergnügen, das es erzeugte, das war das Leben, das sie gewählt hatte! Jetzt, da er sich wieder an die Szene erinnerte, die er nach einem kurzen Kampf zwischen Ekel und Faszination ausgeschaltet hatte, glaubte er zu begreifen, wie Karbe die Welt sah. So verlogen, unverständlich und wertlos, ja vor allem auch wertlos, erschien ihm wahrscheinlich das ganze Leben. War das das Gefühl, das von ihm Besitz ergriffen hatte, als er das Lenkrad herumriss und den Wagen in den See lenkte? Aber warum hatte er sich dann gerettet?

Er knipste das Licht an, um nicht tiefer in diesen Gedankensog zu geraten. Schlafen konnte er sowieso nicht mehr. Es war kühl in der Wohnung, weil er vor dem Schlafengehen mehrere Fenster geöffnet hatte, und draußen hatte es sich anscheinend deutlich abgekühlt. Vielleicht fröstelte er auch, weil er müde war und geschwitzt hatte.

Als er eine Jacke über den Schlafanzug zog, spürte

er den Brief in der Brusttasche. Den hab ich ja auch noch, dachte er. Der ist nur für mich. Er hatte im Augenblick nur eine Erinnerung daran, wie an etwas Unglaubhaftes oder Zufälliges, das keinen Bestand hatte. Aber auch wie an etwas Mächtiges, das ihn bedrängt hatte und dem er sich jetzt nicht aussetzen wollte. Er wollte bloß noch einmal den Anfang lesen.

Er entfaltete die Blätter und strich sie glatt. Oben stand sein Name, umgeben von viel weißem Raum. Ja, er war gemeint. Sie war ihm plötzlich nahe gerückt. Wie über den trennenden Tisch hinweg hörte er wieder die fremde samtige Stimme:

»... dieser Brief ist ein einziges Fragezeichen. Ich habe mich gefragt, ob ich überhaupt berechtigt bin, Ihnen zu schreiben, und diese Frage nicht beantworten können. So habe ich sie einfach beiseitegeschoben, weil mein Wunsch, Ihnen zu schreiben, stärker war als meine Bedenken ...«

Ja, sie hatte kühn und sacht zugleich eine Tür geöffnet. Und anders wäre es auch nicht möglich gewesen. Aber er fühlte sich dem nicht gewachsen. Nicht im Augenblick. Antworten musste er wohl. Eigentlich war er schon entschieden, auf diese merkwürdige Einladung einzugehen. Aber er wusste nicht, ob das morgen noch Bestand haben würde, denn er übersah nicht die Konsequenzen. Sorgfältig faltete er die Blätter und schob sie in den Umschlag zurück. Weiterlesen wollte er jetzt nicht, um nichts infrage zu stellen.

Er war todmüde. Dennoch konnte er nicht einschlafen. Er hatte das Gefühl, dass der Tag ihn völlig zerrieben hatte, und morgen ging alles weiter. Lauter

Anfänge und Endpunkte, ohne klare Perspektive. Immer wieder fielen ihm Einzelheiten der Abendsitzung ein, abgehakte Dinge, die sich ihm wieder aufdrängten. Schließlich stand er auf und ging ins Wohnzimmer, um den Rest Rotwein zu trinken. Die Flasche war gerade halb voll. Das war es, was er brauchte. Er wollte hier eine Stunde sitzen bleiben und die Gedanken schweifen lassen, um sich zu beruhigen. Wieder dachte er an den Brief, ohne dass ihm die Briefschreiberin dabei deutlich vor Augen trat. Dennoch gingen Wirkungen von ihr aus. Es war eine unerklärliche, unabweisbare Erwartung, die auf ihn überging, obwohl sie mit nichts Wirklichem in Verbindung zu bringen war – eine abgehobene, absolute Phantasie, in die er sich eingesponnen fühlte. Und auf die er antworten musste, damit sie sich nicht wieder auflöste. Warum nicht gleich? Da er ja doch nicht schlafen konnte. Und sonst auch nicht schlafen würde, weil er immer daran denken musste. Nur ein paar Sätze wollte er schreiben, nur ein erstes Zeichen setzen. Wie einem inneren Befehl gehorchte er diesem Gedanken, setzte sich an seinen Schreibtisch und begann zu schreiben: »Erinnern Sie sich noch an den Schmetterling in der Kirche? So unverhofft hat sich Ihr Brief bei mir niedergelassen. Ich hoffe nur, er fliegt nicht wieder fort. Ich staune über Ihre Sicherheit. Sie müssen viel Selbstgewissheit und Kraft haben. Ich dagegen habe Schwierigkeiten: mit den Menschen, mit der Welt, mit meinem Glauben und mit mir selbst. Ich wage das nur zu schreiben, weil ich glaube, dass Sie das alles schon wissen. Darauf verlasse ich mich, indem ich Ihnen jetzt antworte, dass ich sie gerne wiedersehen möchte, für einen weiteren, aber längeren Augenblick.«

Er hatte den Brief in einem Zug geschrieben, und als er ihn noch einmal las, wunderte er sich, dass er ihn geschrieben hatte. Es war so, als hätte sie ihm die Hand geführt. Morgen wollte er ihn abschicken.

5

ALS ER AM NÄCHSTEN MORGEN etwas später als gewöhnlich ins Büro kam, war Frau Meschnik schon da und sagte, Eschweiler habe gerade angerufen und rufe in einer Stunde wieder an.

»Hat er gesagt, worum es ging?«

»Er wollte Sie auf die Meldung aufmerksam machen, die heute in der Zeitung steht. Ich hab Sie Ihnen auf den Tisch gelegt.«

Sie hatte das sachlich gesagt. Aber da er sie kannte, hatte er einen warnenden Unterton herausgehört.

»Zum Baggerseeunfall?«

»Ja«, sagte sie. Was sich in seinen Ohren so anhörte, als hätte sie gesagt: Sie werden schon sehen!

Um ihre strenge Zurückhaltung etwas aufzulockern, sagte er: »Davon war auch gestern im Presbyterium viel die Rede.«

»Das kann ich mir vorstellen.«

Vielleicht, weil er nur genickt hatte, fügte sie hinzu: »Ich fürchte, das spitzt sich noch zu.«

»Das glaube ich inzwischen auch. Hoffentlich wird der Fall bald abgeschlossen.«

Sie sagte nichts dazu.

In seinem Bedürfnis, sie mehr ins Gespräch zu

ziehen, begann er trotz eines warnenden Unbehagens zu erzählen, was Rainer Wittek ihm anvertraut hatte: dass Karbe seine Frau mit chronischer Eifersucht kontrolliert und eingesperrt habe.

»Hat er Ihnen denn auch gesagt, dass sie ein sexsüchtiges Flittchen war?«

»Nein. Wie kommen Sie darauf?«

»Das war jahrelang Gesprächsstoff im Ort. Sie ist schon mit 15 Jahren aus ihrem Elternhaus weggelaufen. Natürlich zusammen mit einem Jungen. Die Eltern haben versucht, es geheim zu halten. Sie erzählten irgendetwas von einer Reise. Aber es kam natürlich trotzdem heraus. Mit 17 Jahren hat sie dann ihren Lehrer verführt und sich von ihm schwängern lassen. Er hat sie pflichtschuldig geheiratet, und ihre Eltern, sehr konservative Leute, haben zugestimmt. Aber für sie selbst war die Ehe wohl nicht das Richtige. Denn nach den ersten drei oder vier Jahren, vielleicht auch schon früher, hat sie angefangen, ihren Mann zu betrügen. Rainer Wittek weiß das. Er war einer ihrer vielen gelegentlichen Bettgenossen.«

»Was? Rainer Wittek?«

»Er und andere.«

»Das ist ja eine Schauergeschichte«, sagte er.

»So können Sie es nennen«, sagte Frau Meschnik kalt. »Aber es ist eine wahre Schauergeschichte.«

»Ich glaube Ihnen ja«, sagte er beschwichtigend.

Er machte eine längere Pause. Dann fuhr er fort: »Real werden die Geschichten allerdings erst, wenn man sie genau erzählt, mit allen Nebenumständen, allen Zwängen und Zufällen, allen Phantasien, einfach allem, was dazugehört, um Menschen zu irgendetwas zu bringen, was sie vielleicht hinterher selber nicht mehr verstehen.«

Er brach ab, weil er ungewollt in eine Argumentation hineingeraten war, die er nicht beabsichtigt hatte. »Die Vergangenheit lässt sich meistens nicht mehr rekonstruieren«, fügte er noch hinzu. »Wir sehen nur das fatale Resultat.«

»Den sogenannten tödlichen Unfall«, sagte Frau Meschnik.

»Ja«, sagte er. Aber ihre Antwort hatte ihn schockiert.

Er sah die zwanghafte Logik, die in ihrem raschen Resümee steckte. Alles, was ihm in den letzten Tagen erzählt und was in seiner Umgebung geredet worden war, lief darauf hinaus, dass der sogenannte Unfall ein Verbrechen war. Anscheinend wirkte das auf viele befreiend, als habe jemand mit einem Ruck einen Vorhang beiseitegeschoben und eine verborgene, bisher verleugnete Wahrheit für alle sichtbar gemacht. Es war befriedigend wie ein gelungener Trick und eine plötzliche Vereinfachung. Vermutlich spielte sich so etwas auch in den Köpfen von Kriminalisten ab, wenn sich die Details, die sie gesammelt hatten, zu einem logisch wirkenden Bild zusammenfügten. Auch wenn es nur eine Hypothese war – man brauchte eine einleuchtende Geschichte, um einen Fall abzuschließen. Ihm selbst erging es auch so. Alles, was er in den letzten Tagen gehört hatte, drängte ihn, einzustimmen in den Schuldspruch, weil die Vorgeschichte und ihre Zuspitzung die vermutliche Tat verständlich und einfühlbar machten. Hätte man am Ende vielleicht das Gleiche empfunden wie der vermutliche Täter?

Nein, das wohl doch nicht, dachte er. Das ist zu einfach. Bestimmt wäre etwas anderes dazwischengetreten: ein warnendes Gefühl, ein Gedanke wie ein inneres Stoppzeichen. Aber in diesem Falle war alles zu spät gewesen. Nachdem Karbe das Lenkrad herumgerissen hatte, war alles unwiderruflich abgelaufen, auch wenn sie alle »Nein« geschrien hatten, als ob sie sich plötzlich einig gewesen wären. Er konnte sich Karbe allerdings nur stumm vorstellen.

»Ich muss darüber nachdenken«, sagte er. »Was Sie erzählt haben, ist völlig neu für mich. Danke jedenfalls, dass Sie mich eingeweiht haben.«

»O bitte«, sagte sie. »Ich könnte auch noch mit mehr dienen.«

»Erst mal reicht's«, antwortete er. »Aber Sie könnten mir noch etwas über Kerstin Karbes Eltern erzählen. Ihr Vater ist offenbar der Gründer und der Inhaber der Maschinenfabrik Sievert & Hecker.«

»Nicht der Gründer. Das war sein Vater. Aber er hat die Firma groß gemacht.«

»Und wer ist der andere, der Teilhaber?«

»Ulrich Hecker? Der war leitender Ingenieur und wurde später Kompagnon von Hermann Sievert. Nach allem, was darüber geredet wurde, war er ursprünglich als Schwiegersohn und Nachfolger vorgesehen. Ulrich Hecker kam vor drei Jahren bei einem Unfall um. Mit einem Sportflugzeug. Ja, das ist eine extreme Familie. Hermann Sievert gilt aber als ein konservativer und kultivierter Mensch. Er hat viel für die Kirche gestiftet. Ich habe ihn bei einer dieser Gelegenheiten erlebt: ein schweigsamer, imponierender Mann.«

»Das schwierige Verhältnis zu seiner Tochter war wohl sein Lebensproblem?«

»Kann man so sagen. Vielleicht war er für die Tochter zu bestimmend. Er hat nie etwas aus der Hand gelassen.«

»Wahrscheinlich. Jetzt ja auch nicht. Das ist schon wirklich extrem.«

Er machte eine Pause, bevor er sagte: »Ich habe schon lange vorgehabt, Sievert zu besuchen. Das werde ich in den nächsten Tagen nachholen.«

»Wenn er Sie empfangen wird.«

»Warum sollte er nicht?«

»Weil sich das Klima verschlechtert hat, vor allem in den letzten Tagen. Lesen Sie mal, was heute in der Zeitung steht. Ich hab sie Ihnen auf den Tisch gelegt.«

»Danke«, sagte er und ging ohne ein weiteres Wort in sein Zimmer. Manchmal nervte ihn der auftrumpfende, belehrende Ton, den sie immer wieder anschlug. Aber das war ihr wohl nicht bewusst. Vielleicht hatte sie ihren Umgangston in den langen Jahren der Zusammenarbeit seinem Vorgänger abgelauscht und danach selbstverständlich, aber in verschärfter Form auf ihn angewandt. Nun ja. Er wusste es einzuschätzen und konnte damit leben, weil ihre Vorzüge überwogen.

Auf dem aufgeräumten Schreibtisch lag die Zeitung genau in der Mitte, als demonstriere sie ihre Wichtigkeit. Im Lokalteil entdeckte er sofort den Text. Es war nicht viel mehr als eine ausführliche Meldung, aber brisant aufgemacht: »Mordverdacht im Baggerseeunfall. Eltern stellen Strafanträge gegen Schwiegersohn.« Es handelte sich um einen Strafantrag wegen vollendeten Mordes und um einen zweiten wegen Mordversuchs und schwerer Körperverletzung, der sich auf den Jungen bezog, der, wie angemerkt wurde, »mit irreversiblen Hirnschäden in der Intensivstation« lag. Karbe, der Beklagte, wurde nicht mit Namen genannt, aber als »ein bekannter Lehrer an der Realschule« bezeichnet. Natürlich wussten in der näheren Umgebung längst alle Leute, von wem die Rede war.

Seltsam war das Verhalten von Otten gestern Abend in der Presbyteriumssitzung. Offenbar hatte er schon gewusst, was heute in der Zeitung stehen würde. Aber er hatte sich nicht getraut, von den Strafanträgen zu sprechen. Vielleicht war er auch verpflichtet worden, bis heute zu schweigen. Aber das war ihm schwergefallen. Er hatte spürbar unter Druck gestanden wie der ganze Gemeindevorstand. Alle hatten sie das Bedürfnis gehabt, sich Luft zu verschaffen und zu reden. Alle suchten sie einen sicheren Unterschlupf in einer festen Meinung. Nur Drössel mit seinen Hustenanfällen und seinem Schimpfen hatte einen Soloauftritt gehabt. Er war durch sein Alter und seine Gebrechlichkeit so weit abgerückt, dass er nicht mehr wahrnahm, was die anderen beschäftigte, und in seiner ziellosen

Wut auf das ganze falsche Leben überall Versager, Verblendete und korrupte Menschen sah.

Hermann Sievert musste man sich wohl ganz anders vorstellen, als einen großen Schweiger. Er besaß die gesellschaftliche Macht, um seine Sicht der Dinge anderen Menschen aufzunötigen. Aber wie war es zugegangen, dass die Staatsanwaltschaft diese Strafanträge akzeptiert und übernommen hatte? Es mussten doch wohl neue Erkenntnisse der Kriminalpolizei und der Ärzte vorliegen, um einen solchen Schritt zu legitimieren. In der Zeitung hatte darüber nichts gestanden. Hatte Eschweiler vielleicht angerufen, weil er neue Informationen hatte, die über die Zeitungsmeldung hinausgingen? Oder war er genauso irritiert wie er? Mit den beiden Strafanträgen hatte die Geschichte eine neue Dimension bekommen. Es war wie das grundlose, stumme Verschließen einer Tür. Wie mochte Karbe die Situation erleben? Wurde er inzwischen wieder verhört? Und konnte er dem Druck verschärfter Verdächtigungen standhalten? Oder verkroch er sich immer mehr?

Er wählte Karbes Nummer, gespannt, ob er sich melden würde oder wieder die automatische Stimme ihren Spruch wiederholte, dass die gewählte Nummer vorübergehend nicht erreichbar sei, aber er hörte nur das Rufzeichen und wartete. Vielleicht zögerte Karbe, zum Telefon zu gehen. Vielleicht war er oben im Haus oder im Keller, und er musste ihm Zeit lassen. Er musste beharrlich sein. Das regelmäßige Tuten des Rufzeichens zauberte ihm ein Chaosbild von Karbes heruntergekommener Wohnung vor Augen und dunkel eine Gestalt, die sich mühsam erhob und zum Telefon schlurfte. Doch nun hörte er gleichzeitig, dass auch das Telefon im Vorzimmer klingelte und Frau Meschnik das Gespräch annahm. Noch immer lauschte er auf das Tuten an seinem Ohr, als Frau Meschnik mit dem Hörer hereinkam und die Sprechmuschel zuhielt. »Das Fernsehen!«, sagte sie leise. »Sie wollen ein Interview.«

»Geben Sie her«, sagte er, während er die Austaste drückte und sein Telefon wieder in die Halterung stellte. Aber sie flüsterte noch »Seien sie vorsichtig!«, bevor sie ihm ihren Apparat übergab.

Ein höflicher, nach der Stimme zu urteilen junger Mann stellte sich als Mitarbeiter des regionalen Fernsehens vor. Er war mit einem Team im Ort, um eine Reportage über den Unfall am Baggersee, den gegenwärtigen Stand der Ermittlungen und die Reaktion der Bevölkerung zu drehen. Er hatte erfahren, dass er in der Nacht am Unfallort gewesen sei, und bat darum, ihm ein paar Fragen stellen zu dürfen.

»Am Telefon?«, fragte er.

»Nein, wir würden zu Ihnen kommen und ein paar Aufnahmen machen, wenn Sie so freundlich wären, uns einen Termin zu geben. Es dauert nicht lange. Höchstens zwanzig Minuten, dann sind wir wieder weg.«

»Wollen Sie gleich kommen?«, fragte er.

»Das geht leider nicht«, sagte die Stimme. »Für den Vormittag haben wir schon zwei Termine. Unter anderem mit den Eltern, die Strafantrag gestellt haben. Aber wir hätten sehr gerne auch Ihre Meinung. Ginge es nicht am Nachmittag?«

Konnte er jetzt noch Nein sagen? Oder musste er sich jetzt exponieren? War es denn überhaupt seine Aufgabe, in dieser undurchschaubaren Wirrnis Stellung zu beziehen?

»Heute Nachmittag habe ich Konfirmandenunterricht und anschließend Sprechstunde für Gemeindemitglieder mit mehreren Anmeldungen.«

»Ginge es denn anschließend oder morgen früh?«

»Sie machen sich zu viele Umstände«, sagte er. »Ich habe nicht viel beizutragen.«

»Das sehe ich aber ganz anders, Herr Pfarrer. Sie sind für uns eine sehr wichtige Stimme.«

Das war es, wovor Frau Meschnik ihn gewarnt hatte. Nun konnte er nicht mehr zurück.

»Gut«, sagte er, »kommen Sie um 16.30 Uhr. Dann habe ich eine halbe Stunde für Sie.«

Den Rest des Vormittags beschäftigte er sich mit der Tagespost und dem Protokoll der Presbyteriumssitzung, machte sich auch Notizen für den nächsten Gemeindebrief. Frau Meschnik ging wie üblich, wenn sie vormittags Bürodienst gehabt hatte, um 13 Uhr nach Hause. Er selbst wollte gerade nach oben gehen, um sich zwei Spiegeleier mit Schinken zu braten und einen Joghurt zu essen, als Rainer anrief, um ihn zum Abendessen einzuladen. Er zögerte einen Augenblick in dem Gefühl, sich neu einstellen zu müssen, nach allem, was er gerade erfahren hatte. Aber Rainer hatte schon hinzugefügt: »Angelika will etwas Gutes für uns kochen.«

Beschämt über seine erste Reaktion, diese blöde

moralische Einflüsterung, die er nicht mochte, aber typisch für sich fand, antwortete er: »Danke. Das rührt mich ja geradezu. Das ist endlich mal ein Lichtblick.«

»Ich hab mir gedacht, dass du ein wenig Abwechslung brauchst. Der Stress der letzten Tage hat ja heute noch deutlich zugenommen.«

»Ja, ganz absurd. Ich versteh es auch nicht. Heute Nachmittag kommt das Fernsehen, um mich auszufragen.«

»Vorsicht!«, sagte Rainer. »Die wollen natürlich polarisieren. Lass dich nicht in etwas reinziehen, was du nicht überschauen kannst.«

»Niemand überschaut was. Das ist es ja.«

»Dann sag doch das.«

»Das tue ich schon die ganze Zeit. Aber wenn die Bestie Blut leckt, ist sie nicht zu bremsen.«

»Du meinst die Medien?«

»Ich meine auch die Menschen. Alle scheinen sich einig zu sein.«

»Das sag aber bitte nicht.«

»Vorher habe ich noch Konfirmandenunterricht. Da werde ich ausprobieren, was ich im Fernsehen sagen kann.«

»Gute Idee. Dann hast du ja heute Abend was zu erzählen.«

»Ich freu mich auf euch«, sagte er. »Und sag bitte Angelika, sie kann kochen, was sie will, mir wird alles wunderbar schmecken.«

»Das glaube ich dir sogar. Kannst du ab 19 Uhr?«

»Ja, dann bin ich frei.«

Das war eine befreiende Aussicht auf einen schönen freundschaftlichen Abend. Eine Möglichkeit aufzutanken.

Was Frau Meschnik über Rainer und seine sexuellen Eskapaden erzählt hatte – über seinen Anteil an der gescheiterten Ehe von Karbe und seiner unglückseligen Frau –, hatte denunziatorisch und missgünstig geklungen. Stimmen konnte es natürlich trotzdem. Theoretisch konnte man es nicht ausschließen. Aber gab es denn Wahrheit aus trüben oder vergifteten Quellen? Das war wieder eine dieser Fragen, die sich unbeantwortet bei ihm anhäuften, ein wachsender Haufen von seelischem Müll, den andere Leute bei ihm abluden, in der selbstverständlichen Unterstellung, dass er dafür zuständig sei. Diese Erwartung hatte er selber geweckt, als er sein Amt übernommen hatte. Er hatte sich durch verständnisvolles Zuhören von der robusteren Amtsführung seines Vorgängers unterscheiden wollen. Was er zu hören bekam, stieß ihn häufig ab. Er konnte dann nur so tun, als verstünde er alles, kümmere sich um alles, sei für alles da. In letzter Zeit hatte er gespürt, dass ihn das erschöpfte.

In der Brusttasche seiner Jacke steckte noch sein kurzer Antwortbrief an Luiza Suarez. Er hatte ihn frankiert und zu der Gemeindepost legen wollen, die Frau Meschnik, wenn sie nach Hause ging, in den Briefkasten warf. Doch als er heute Morgen verspätet und innerlich noch etwas unsortiert das Büro betreten hatte und von ihr mit der ganzen Ausstrahlung ihrer sachlichen Kompetenz und ihrer immer etwas ironisch verbrämten Lebenserfahrung empfangen worden war, hatte er sich sofort anders entschieden und den Brief zurückgehalten. Schließlich wusste er selbst nicht, weshalb er den eigenartigen Brief dieser Frau beantwortet hatte. Es war eine Augenblicksstimmung gewesen, ein plötzlicher Impuls, dem er nachgegeben hatte, ohne dass sich damit eine konkrete Vorstellung verband, die noch abrufbar war. Zu viel hatte sich darübergelegt in den letzten Stunden. Vielleicht musste er den Brief noch einmal lesen, um sich klarzumachen, was ihn so beeindruckt hatte an diesen Phantasien einer fremden älteren Frau, die zu seinem Leben überhaupt nicht passten. Sicher war es das Einfachste, die Sache auf sich beruhen zu lassen und nicht auf ihren Brief zu antworten, wie sie es ihm sogar selbst vorgeschlagen hatte als eine naheliegende Möglichkeit, die sie verstehen und respektieren würde. Immerhin eine imponierende Geste, die ihm jede Freiheit ließ. Sein Antwortbrief musste nicht bis zur Nachmittagsleerung im Kasten sein. Es genügte, ihn in den nächsten Tagen abzuschicken. Oder auch erst in einer Woche, wenn sich sein Leben wieder etwas normalisiert hatte.

Jetzt musste er erst einmal etwas essen und ein halbe Stunde schlafen. Um 15 Uhr kamen die Konfirmanden, danach das Fernsehteam. Anschließend hatte er Sprechstunde mit drei Anmeldungen älterer Gemeindemitglieder, die regelmäßig ehrenamtliche Betreuungsbesuche im Krankenhaus und im Altersheim machten und selbst dringend Betreuung brauchten, um weitermachen zu können. Abends war er dann bei Rainer und Angelika. Dazu musste er wieder mit dem Auto in die Stadt fahren. Die Strecke – vorbei am Baggersee – war eine Kleinigkeit. Er fuhr sie nicht ungern. Nur durfte er nicht mehr als zwei Gläser Wein trinken, anders als in seiner Wohnung, wo er in letzter Zeit oft mehr als eine halbe Flasche Rotwein trank, um schlafen zu können. Ja, schlafen, das brauchte er auch jetzt. Während er die steile Treppe in seine Wohnung hochstieg, spürte er, wie erschöpft er war. Vielleicht musste er erst noch etwas essen. Er hatte noch eine Büchse Linsensuppe, die er sich warm machen konnte. Nahrungsaufnahme mit geringstem Aufwand nannte er das. Mit den richtigen Worten konnte man vieles beherrschen.

Anschließend legte er sich angezogen aufs Bett und schloss die Augen. Er war dabei wegzusacken, als ihm einfiel, dass er den Wecker stellen musste, um rechtzeitig wach zu werden, bevor die Konfirmanden kamen. Die Vorhänge hatte er nicht zugezogen, aber auf dem Stuhl neben seinem Bett lag ein Handtuch, das er sich über die Augen legte. Schlief er nun eigentlich? Es kam ihm nicht so vor. Doch er fühlte die bleierne Schwere seiner symmetrisch angeordneten Glieder und seinen auf einer festen Unterlage ruhenden Hinterkopf. In seinen Ohren war ein gleichmäßiges Rauschen und Stampfen wie in einer großen Maschinenhalle, die er undeutlich vor Augen sah, in ihrer ganzen Länge. Eine gewölbte, glasgedeckte Halle ohne Menschen, in der eine unsichtbare Maschine arbeitete, die ein Echo in seinem Kopf hatte. Ich hab hohen Blutdruck, dachte er. Aber der Puls ging langsam. Langsam und leise. Ein leises Blasen wie bei dem Jungen an der Beatmungsmaschine mit dem sich blähenden und schrumpfenden schwarzen Sack. Die Halle, in der er lag, war dämmrig. Das schmutzige Glasdach ließ nur ein graues, staubiges Licht durch. Es war lange nicht gereinigt worden. Die Maschine arbeitete und stampfte wohl immer noch, was irgendwie falsch war, ohne dass er es ändern konnte. Plötzlich schrillte neben ihm der Wecker und ließ ihn hochfahren und auf die Uhr starren. Der Konfirmandenunterricht begann in zehn Minuten. Er taumelte ins Badezimmer, schöpfte mit beiden Händen kaltes Wasser in sein Gesicht, trocknete es ab und kämmte sich. Er sah mehr oder minder so aus wie er immer aussah in der letzten Zeit. Und es war ein Tag wie viele andere. Aber es gab einen Lichtblick: Am Abend war er eingeladen.

Rainer und Angelika wohnten in einer Neubauwohnung im zweiten Stock, die er noch nicht kannte. »Hallo, komm herein!«, sagte Rainer, als er ihm die Tür öffnete. »Nun, wie ist es dir heute ergangen?«

»Teils, teils«, antwortete er, während er in den Eingangsflur mit der Garderobe und einem bodenlangen Spiegel trat und das braune Papier von einem großen Blumenstrauß wickelte. »Musst du uns gleich erzählen«, sagte Rainer, der die Hand ausstreckte, um ihm das flüchtig zusammengeknautschte Papier abzunehmen. Es war wahrscheinlich verfehlt, zu dieser legeren Einladung einen so üppigen Strauß mitzubringen, aber Angelika, die in der Tür des Wohnzimmers erschienen war, zeigte sich erfreut. Sie strahlte. Konnte man sagen von Kopf bis Fuß? Aber so war es. Er hatte das schon immer an ihr bewundert. Sie war eine Erscheinung. Ein leuchtender Gesamteindruck.

»Oh, was für schöne Blumen«, sagte sie, nahm den Strauß in Empfang und hielt ihm beide Wangen hin, die er in zärtlicher Andacht küsste.

Dann traten sie ins Wohnzimmer. Es sah hell und aufgeräumt aus. Wenige Möbel, ein Glastisch, einfarbige Kissen, ein flauschiger, fleckenlos weißer Teppich, der wohl neu war, wie manches hier. Auch die beiden nebeneinanderhängenden Landschaftsaquarelle, beides Meeresanblicke in einem expressionistisch dramatisierten Impressionismus, offenbar vom selben Maler. Vermutlich war der Stil der Einrichtung Angelikas Geschmack.

»Schön habt ihr's hier«, sagte er.

»Aber du kennst es doch. Du warst doch schon hier«, sagte Angelika.

»Manches kommt mir neu vor. Es ist irgendwie mehr Raum zwischen den Möbeln. Vielleicht wegen des hellen Teppichs.«

»Mir fehlt etwas Chaos«, sagte Rainer. »Aber Angelika räumt immer wieder auf.«

»Das könnte ich auch gebrauchen«, sagte er. »Ich blicke nicht mehr durch.«

Als wollte er sich von etwas Unabänderlichem abwenden, sagte Rainer: »Trinken wir einen Prosecco?«

»Warum nicht?«

»Musst du immer erst alle Gegengründe ausschließen, bevor du dich zu etwas entschließt?«

»Ja. Ich brauche die sichere und optimale Situation.«

»Dann müssen wir uns ja anstrengen«, sagte Angelika. »Aber jetzt versorg ich erst einmal deine Blumen.«

Sie verschwand mit dem Strauß im Arm, eine anmutige Verkörperung der Göttin Flora. Wusste sie das oder geschah es ganz unbewusst?

Seltsam, dachte er, wir benehmen uns wie Leute, die sich Vertrautheit und Leichtigkeit vorspielen, als wären wir uns fremd geworden.

»Wie lange wohnt ihr jetzt hier?«, fragte er, obwohl er es wusste.

»Fast ein Jahr«, sagte Rainer.

»Leider kann ich euch immer noch nicht zu mir einladen. Das Pfarrhaus ist schlicht menschenfeindlich.«

»Das kannst du doch ändern.«

»Habe ich anfangs auch gedacht. Aber das Haus ist stärker als ich.«

Er machte eine Pause. Dann fügte er hinzu: »Außerdem habe ich leider keine so tüchtige Frau wie du. Weißt du, was die Gefahr des Alleinseins ist? Man lässt sich ständig gehen, denn niemand schaut zu.«

»Das kannst du doch auch ändern«, sagte Rainer.

»Was denn? Mein Alleinsein oder meine Schlamperei?«

»Beides«, sagte Rainer und schloss einen kurzen Vortrag über Gelegenheit und Initiative an, den er sich auch selbst hätte halten können. Sogar besser.

Gleich danach trug Angelika den Blumenstrauß

in einer weißen Porzellanvase herein und stellte ihn mitten auf den Tisch. Er sah prachtvoll aus.

»Gut so?«, hatte sie ihn gefragt.

»Optimal«, hatte er geantwortet.

»So hast du es ja auch gefordert. Aber jetzt möchte ich erst einmal einen Prosecco trinken.«

Alle drei griffen nach ihren Gläsern.

»Es gibt noch einen besonderen Anlass, auf den wir trinken müssen«, sagte Rainer, während er die Gläser vollschenkte. »Heute ist unser fünfter Hochzeitstag.«

»Und das erfahre ich erst jetzt! Da bin ich ja froh, dass ich nicht mit leeren Händen gekommen bin. Ich hatte schon befürchtet, der Strauß sei zu pompös geraten. Ich konnte einfach nicht widerstehen in der Gärtnerei.«

»Mit Blumen kannst du bei mir nichts falsch machen«, sagte Angelika. »Wo hast du denn den Strauß gekauft?«

»Ich scheu mich, es zu sagen. In Hüngsbach, in der Friedhofsgärtnerei.«

»Echt christliche Floristik«, sagte Rainer.

Es war eine ziemlich dümmliche Bemerkung, die ihm wohl nur so rausgerutscht war.

Sie hielten immer noch ihre Gläser, ohne getrunken zu haben, bis Angelika sagte: »Falls nicht einer von euch noch einen Toast aussprechen möchte, gehe ich jetzt in die Küche und kümmere mich um das Essen.«

»Ich trinke auf euer Wohl«, sagte er und hob sein Glas. »Auf viele weitere gute und glückliche Jahre!«

Beinahe hätte er sich verschluckt, weil er noch mehr

sagen wollte. Aber mehr war ihm nicht eingefallen. Nun hatten sie alle schon ihre Gläser abgestellt, und Angelika war in die Küche gegangen.

Plötzlich gab es zwischen Rainer und ihm nichts mehr zu sagen. Beide warteten sie darauf, dass der andere etwas sagen würde. Frau Meschniks Äußerungen über Rainers Ehebruch mit Kerstin Karbe waren ihm wieder eingefallen und hatten das unbehagliche Gefühl erzeugt, nicht zu wissen, in welcher Situation er sich befand und welche Rolle ihm zugedacht war. War er Gast bei einer Versöhnungsfeier? Oder schwelte der Konflikt weiter? Oder war alles nur ein widerliches Gerücht? Was bedeutete die freundschaftliche Kollegialität, die ihn mit Rainer verband? Alles kam ihm so abgehoben vor, so bodenlos. Und hinter dieser Szene erschien wieder der brennende Blick von Luiza Suarez, die ihn über den Tisch hinweg angeschaut hatte mit einer alles andere ausblendenden Ausschließlichkeit, der er nicht gewachsen war.

Inzwischen hatte Rainer, anscheinend gedankenlos, die Flasche ergriffen und sich selbst nachgeschenkt, ehe er ihn fragte, ob er auch noch etwas wolle. »Nein danke«, hatte er geantwortet. Gleich danach hatte er es sich anders überlegt und Rainer sein Glas hingehalten: »Doch, gib mir noch was.« Wie zwei Automaten hatten sie sich gegenseitig zugetrunken.

Wenig später rief Angelika sie zum Essen. Auf keinen Fall wollte er die beiden irritieren.

Angelika und Rainer stellten gemeinsam das Menü und die Getränke vor. Zum Beginn gab es eine Kerbelsuppe, dann Wildschweingulasch mit Klößen und Rotkohl. »Mit reichlich Preiselbeeren«, wie Rainer ergänzte. Zum Abschluss ein Apfeltörtchen mit Rosinen und klein gehackten Nüssen. Dazu Rotwein: »Einen guten Ahrburgunder oder einen Bordeaux. Nach Belieben auch einen badischen Weißwein.«

»Das ist ja das donnernde Leben«, sagte er.

»Wir trinken auf das Dasein und das Hiersein«, sagte Rainer.

»Großartig. Geradezu heidnisch«, antwortete er.

»Das siehst du richtig. Ohne ein starkes heidnisches Fundament leidet das Christentum an Materialermüdung.«

»Jetzt hört auf mit eurer Kulturgeschichte«, sagte Angelika.

Beim Essen nahm die Unterhaltung eine andere Richtung. Rainer fragte ihn nach dem Fernsehinterview, und er erzählte, dass es genau so abgelaufen sei, wie Rainer es vorausgesagt hatte. Der Interviewer hatte versucht, ihn mit seinen Fragen in eine eindeutige Gegenposition zu den Strafanzeigen der Familie Sievert zu drängen. Er war nicht ungeschickt vorgegangen und hatte mit der rhetorischen Frage, ob er die Strafanträge nicht überzogen fände, ein persönliches Einverständnis mit einer grundsätzlichen Distanzierung angedeutet. Denn dort lag für ihn natürlich das Spannungspotenzial, das die Medien brauchten. Vielleicht war es sogar ein wirkliches Einverständnis gewesen. Jedenfalls während des Gespräches. Im Grunde waren das ja alles nur Gesprächssituationen. Man redete hinter den Worten und Argumenten her, die einem unwillkürlich einfielen, manchmal mit bösen Folgen, wenn sie später zu Zitaten wurden. Er habe allerdings in diesem Fall sein endgültiges Urteil vom Ergebnis der polizeilichen Ermittlungen abhängig gemacht und an der Unschuldsvermutung festgehalten. Übrigens habe er sich beim vorausgegangenen Konfirmandenunterricht noch einmal darauf vorbereitet, denn da habe er über Matthäus, Kapitel 7, Abschnitt 1 gesprochen: »Richtet nicht, auf dass ihr nicht gerichtet werdet.«

»Und wie bist du damit angekommen?«

»Nicht so besonders gut. Ich hatte vorausgesetzt, es sei ein klarer, einleuchtender Satz. Wegen der einfachen Rückbezüglichkeit von Aktion und Reaktion. Aber einer der Schüler, einer, der sich immer zu Wort meldet – ich glaube, du kennst ihn, er heißt Lutz Seiler –, hielt mir entgegen: ›Man muss doch richten, wenn es ein Mörder ist.‹«

»Da spricht schon die Presse«, sagte Rainer.

»Und – nicht zu vergessen – der Elternmund.«

»Was hast du dem Jungen geantwortet?«

»Ich habe es leider künstlich schwierig gemacht. Ich habe gesagt, das ›Wenn‹, das er gesagt habe, sei ausschlaggebend. Denn ihm entspreche logischerweise ein ›Wenn-nicht‹. Es handele sich also um eine alternative Situation, die offen nach beiden Seiten sei. Und da begännen eben die Schwierigkeiten. Offenbar hat das keiner verstanden. Und ich musste noch einmal von vorne beginnen. Zum Mitschreiben sozusagen.«

»Das kannst du ins pädagogische Lehrbuch aufnehmen«, sagte Angelika.

»Unter Umwegdenken für Fortgeschrittene«, sagte Rainer. »Im Grunde ist ›Im Zweifel für den Angeklagten‹ ein glasklarer Grundsatz, der sich eigentlich von selbst versteht.«

»Ja. Aber der hat nichts mehr mit unseren Aggressionen zu tun und unserer Verstrickbarkeit. Dagegen steht nur das Konzept der Nächstenliebe, vielleicht gerade deshalb, weil es weltfern ist. Ich meine damit nicht, es sei grundsätzlich abwegig. Es ist die objektive Lebensgestalt einer immer nur in Ansätzen verwirklichten, perspektivischen Welt.«

»Das hast du schön gesagt«, hörte er Angelikas Stimme neben sich. Es klang nicht nach Ironie, und er hätte ihr gerne zugelächelt. Aber das erschien ihm im Augenblick ein bisschen zu intim.

»Den Gedanken kann ich leider nicht für mich reklamieren«, sagte er. »Der ist fundamental.«

»Oder ein Allgemeinplatz«, sagte Rainer.

»Ja, du hast recht. Es bleibt ein Allgemeinplatz, solange er nicht persönlich verwirklicht ist.«

»Da dreht sich jetzt aber etwas im Kreise.«

»Merk ich auch gerade. Man kommt eben nicht darüber hinaus.«

»Aber du hast recht, dass man es immer wieder versuchen muss«, sagte Angelika.

»Danke«, sagte er.

Er trank ihr zu.

Mit Claudia hatte er nicht so reden können. Sie mochte das nicht. Oder immer weniger. Es war eines der Anzeichen ihres schwindenden Interesses. Er hatte absurd darauf reagiert, indem er immer ausführlicher auf sie eingeredet hatte. Das war damals noch ein Reflex seiner kindlichen Erwartung, dass die Welt so sein sollte, wie es für alle Menschen gut und richtig war. Im Brief von Luiza Suarez hatten sich ganz andere Türen geöffnet. Vom ersten Augenblick an hatte sie nur ihn im Sinn gehabt, ihn und sich selbst. Darüber konnte er mit seinen Freunden nicht sprechen. Nicht nur weil die Frau so viel älter war als er. Sie war in jeder Hinsicht außerhalb aller Erwartungen, auch für ihn.

Einen Augenblick war er in Gedanken weggedriftet und musste sich zur Ordnung rufen, denn Rainer hatte seinen Begriff der Verstrickung aufgenommen und gesagt, dass es ein typisches Wort für moderne Strafverteidiger sei. Es handele immer von den sogenannten mildernden Umständen und sei ein beliebtes Schlupfloch bei Entscheidungsängsten.

»Stimmt«, sagte er.

Dass es wirklich so pauschal stimmte, bezweifelte er. Aber er hatte das Gefühl, dass es gut sei, Rainer wieder einmal recht zu geben.

»Und wie hast du dich im Interview positioniert?«

»In Warteposition. Im Zweifel für den Angeklagten.«

»Obwohl Karbe ein echter Kotzbrocken ist«, sagte Rainer. »Aber du hast ihn ja vorher nicht erlebt.«

»Nein, das nicht. Ich seh ihn nachträglich als Opfer eines unbewiesenen Verdachts.«

»Da gibt es einiges mehr zu sagen.«

»Ich weiß. Wie war es denn an dem Abend, als Karbe seine Frau bei euch abgeholt hat?«, fragte er.

»Sie war einfach wie ein gejagtes Tier«, sagte Angelika. »Ich hab versucht, sie festzuhalten, aber Karbe hatte eben das Kind im Wagen. Das war sein Pfand. Dem konnte sie sich nicht widersetzen. Außerdem haben wir nicht vorausgesehen, was dann passiert ist.«

»Es war ja auch nicht voraussehbar.«

»Inzwischen bin ich etwas anderer Meinung«, sagte Rainer.

Er widersprach nicht. Schon deshalb nicht, weil er es leid war, sich zu wiederholen. Diese Geschichte war ein Selbstläufer geworden. Niemand überschaute sie, und niemand hatte sie in der Hand. Aber alle redeten darüber.

»Du hast wirklich großartig gekocht«, sagte er zu Angelika.

»Danke«, sagte sie. »Nicht immer glückt ja alles.«

»Das ist eine gute Definition des Glücks«, lächelte er.

»Auf die heidnische Unbefangenheit«, sagte Rainer und hob sein Glas.

Sie tranken.

Ich muss aufpassen, dachte er. Ich trinke zu viel. Aber er spürte, wie gut ihm das Essen und der Wein taten. Es ist wie eine innere Renovierung, dachte er. Endlich ein bisschen Überfluss nach all der Kargheit und Selbstüberforderung seines alltäglichen Lebens und den menschlichen Unzulänglichkeiten und Widersprüchen, von denen er umgeben war.

Er trank sein Glas aus und ließ sich nachschenken. Wegen der schönen dunkelroten Farbe des Weins hielt er das Glas einen Augenblick ins Lampenlicht, bevor er einen neuen Schluck nahm. Es war der Ahrburgunder, ein reicher, fülliger Wein, den er noch nie getrunken hatte und von dem er auch noch nie etwas gehört hatte. Heute Abend hatte jeder Schluck Wein etwas Lösendes, Bestätigendes. Trinken war wie sich entfaltender Sinn. Das war nur in Gesellschaft von Freunden so. Wenn er allein war, trank er die minderen Sorten, die er im Kiosk bekam, mit einem Gefühl von notdürftig beschwichtigter Einsamkeit. Doch heute Abend schwebte er im Einklang mit sich und seinen Freunden.

Zum abschließenden Espresso setzten sie sich wieder an den runden Glastisch. Angelika erzählte, dass sie eigentlich zu viert hätten sein sollen. Ihre Cousine, die als seine Tischnachbarin vorgesehen war, hatte leider im letzten Moment abgesagt.

»So war es eigentlich viel schöner«, sagte er. »Nicht so gesellschaftlich. Ich hab mich wirklich sehr wohlgefühlt als einziger Gast. Wenn die Fünf eures Jahrestages eine Null hinter sich hat, sollten wir das wiederholen.«

»O Gott«, sagte sie. »Goldene Hochzeit! Das war jetzt aber ein Riesensatz.«

»Darauf trinken wir noch«, sagte Rainer. »Du kannst ja hier bei uns übernachten.«

»Nein danke«, sagte er. »Ich muss nach Hause. Wirklich, ich fahr jetzt noch.«

Plötzlich hatte ihn der Gedanke überfallen, dass er nicht schlafen könne in der Nähe dieses Paares. So sehr er sich während des ganzen Abends eingebunden gefühlt hatte, so entschieden würde er sich in der Nacht auf sich zurückgeworfen fühlen. Das war ihm plötzlich klar. Er würde kein Auge zutun können. Alles, was sein Leben beschwerte, alle Versagungen und Versäumnisse würden wieder über ihn herfallen, und am Morgen würde er wie benommen am Frühstückstisch erscheinen, und alles, was an diesem Abend so gelungen war, würde einstürzen. Auf keinen Fall wollte er das.

»Sei nicht unvernünftig«, sagte Angelika. »Du hast viel zu viel getrunken, um noch Auto zu fahren. Außerdem hat es heftig angefangen zu regnen. Du kannst einen Schlafanzug von Rainer bekommen, Zahnbürste und alles, was du brauchst. In unserem Gästezimmer kannst du schlafen, solange du willst.«

»Nein danke«, sagte er. »Ich muss morgen früh raus. Es ist ja nicht weit. Und ich kenn die Strecke auswendig. Außerdem bin ich ganz okay.«

Er sah es ihnen an, dass sie ihn beide merkwürdig fanden. Aber das konnte er verkraften, indem er gleich aufbrach im Eigensinn seiner leichten Betrunkenheit. Hauptsache, sie wussten nicht, was er wirklich empfand. Er selbst hatte oft genug lernen müssen, seine Schwächen und Abwegigkeiten zu verbergen. Ich muss diesen Abend retten, dachte er. Ich muss gehen. Auch wenn sie es nicht verstehen.

Sie standen beide in der erleuchteten Haustür, während er im Regen schräg über die strömend nasse, dunkel glänzende Straße zu seinem Auto lief und noch einmal winkte, forsch und freundschaftlich, bevor er einstieg, den Motor startete und die Scheinwerfer einschaltete.

Der Regen fiel wirklich dicht. Die Scheibenwischer schoben den Wasservorhang auf der Frontscheibe kaum beiseite. Aber er fuhr und hatte alles im Griff. Angestrengt starrte er in Richtung der beiden Lichtarme in das Regendunkel, das zunehmend verschwamm, weil sich die Innenseite der Scheibe beschlug. Im Augenblick hatte er nichts außer seinem Taschentuch. Vorgebeugt und einhändig lenkend versuchte er eine kleine Stelle in der Scheibe frei zu wischen, die immer wieder beschlug. Aber er kannte ja die Strecke, kannte sie fast allzu gut. Jetzt begann die weite Kurve nach links wie eine einladende Geste, ein pompöser Eigensinn der Straße. Rechts von ihm musste gleich der Abhang zum Baggersee kommen. Er konnte ihn nur ahnen, nicht zur Seite blicken. Wasser floss in Strömen über die Straße. Dahinter kamen die Scheinwerfer eines kaum erkennbaren Autos auf ihn zu. Erst schräg, dann fast gerade, aber immer noch so, als würde er gleich von dem fremden Wagen gestreift und von der Straße gestoßen werden. So dicht, so mächtig, ein dunkler, undeutlicher Umriss, viel größer als er erwartet hatte. Wasser aus einer Pfütze schlug dumpf prasselnd gegen seine Karosserie. Dann war der Wagen vorbei. Sein Herz klopfte heftig und schnell. Doch er war schon wieder ruhig. Es war gut gegangen. Nichts war passiert. Er hatte alles richtig gemacht. Jetzt war er bald zu Hause. Er wollte nur noch seinen Antwortbrief an Luiza Suarez in den Kasten stecken, und dann würde er tief und traumlos schlafen.

Als er am nächsten Morgen aufwachte und mit ausgestrecktem Arm den Vorhang beiseitezog, war der Himmel steingrau. Durch das gekippte Fenster kam kühle, feuchte Luft herein und erinnerte ihn an seine Fahrt durch den dichten Regen und daran, wie er an der Postsäule gehalten hatte, um seinen Brief einzuwerfen. Beides kam ihm jetzt so fern und schemenhaft vor, als hätte es nichts mit ihm zu tun. Er fühlte sich leer und unfähig, sich auf den Tag und seine Pflichten einzustellen. Er wollte sie sich nicht einmal vor Augen führen.

Was war los mit ihm? Es war so ein schöner entspannter Abend gewesen gestern. Warum fühlte er sich jetzt so deprimiert? Im Grunde hatte das schon angefangen, als er Rainers und Angelikas freundliche Einladung, bei ihnen zu übernachten, ausgeschlagen hatte und gegen ihren Einspruch im strömenden Regen nach Hause gefahren war. Die beiden waren ihm plötzlich zu stark gewesen – ein glückliches, gut verständigtes Paar, neben dem er sich kümmerlich vorgekommen war. Sie waren so selbstverständlich sie selbst. Er hätte ihre Nähe nicht länger ausgehalten, schon gar nicht während der Nacht. Obwohl Angelika den ganzen Abend besonders reizend zu ihm gewesen war. Sie war eine anziehende Frau, um die er Rainer nur beneiden konnte. Deshalb hatte es ihn auch schockiert, als Frau Meschnik behauptet hatte, Rainer habe, wie viele andere, ein Verhältnis mit Kerstin Karbe gehabt. Warum sollte ein Mann, der eine Frau wie Angelika hatte, so etwas tun? Doch in dem Moment, da die Meschnik es in ihrem herablassenden Tonfall erzählte, als wäre es eine Trivialität, die jeder kannte, hatte er gewusst, dass es sich so verhielt. Angelika war ihm dadurch noch verehrungswürdiger erschienen. Sie wirkte so in sich ruhend, so unverletzt. Das machte ihm deutlich, wie ahnungslos er dem Leben gegenüberstand. Immer wieder spürte er in sich ein Bedürfnis nach Ordnung und Harmonie, so oft er sich auch getäuscht hatte. Kannten andere seine Schwäche? Rainer und Angelika hatten ihn offenbar eingeladen, weil sie wussten, dass er Zuwendung brauchte oder, wie Rainer es wohl ausgedrückt hatte, Ermunterung. Aber sie hatten es ihn nicht spüren lassen. Deshalb hatte er sich auch so wohlgefühlt – im Gespräch, beim Essen und Trinken und überhaupt. Er hatte es regelrecht aufgesogen. Nur dass es über Nacht verflogen war wie eine Täuschung.

Das war nicht neu für ihn. Er kannte solche morgendlichen Stimmungsschwankungen. Er hatte sie sich immer als Kreislaufschwäche erklärt, um ihnen nicht mehr Bedeutung beizumessen. Vielleicht stimmte das ja auch. Das bleierne, lähmende Gefühl verschwand meistens schnell, wenn er aufstand und unter die Dusche ging, oder spätestens, wenn er seinen Kaffee trank. Doch aufstehen musste er eben. Und das erschien ihm manchmal so, als müsste er mit schweren

Beinen einen Berg besteigen. Den Berg der alltäglichen Anforderungen seines Amtes: Menschen, die immer nur nahmen und nichts zu geben vermochten. Er ließ sie an seinem inneren Blick vorbeipatrouillieren und spürte seine wachsende Abneigung. Nein, dachte er, heute kann ich es nicht.

Am meisten schreckte er vor Karbes Bild zurück und fühlte sich in einem plötzlichen Seitenwechsel einig mit allen, die ihn ablehnten. Wenigstens sich selbst durfte er eingestehen, dass er diesen Menschen abstoßend gefunden hatte, schon vom ersten Augenblick an, als er ihn gehalten hatte, während das Auto mit den sterbenden Opfern aus dem Wasser gezogen wurde. Der andere Körper war irritierend fremd gewesen, eine kompakte, widerständige Masse, der er alles zutraute. Und nun musste er diesen Menschen immer noch halten und gegen alle Anfeindungen verteidigen und dabei alle Fragen auf sich ziehen.

Dauernd fielen ihm neue Einzelheiten der nächtlichen Szene ein, als öffnete sich vor seinen Augen der Innenraum des im Wasser versinkenden Wagens und er könnte hineinsehen in den schattenhaften Tumult des Überlebenskampfes seiner Insassen. Der Junge hatte auf dem Rücksitz gesessen, hinter seiner Mutter. Und wahrscheinlich war Kerstin Karbe nicht mehr aus dem Auto herausgekommen, weil sie versucht hatte, zuerst den Jungen zu retten, ihr schreiendes Kind, das auf dem Rücksitz eingesperrt war, bis zur Brust, bis zum Kinn in dem steigenden Wasser. Sie musste versucht haben, den leeren Fahrersitz umzuklappen, im steigenden Wasser den Verschluss des Kindergurts zu öffnen und den Jungen über den Sitz nach vorne zu ziehen. Oder war es ganz anders? Hatte sie nicht mehr auf seine Hilferufe reagiert, weil sie bewusstlos war? Er erinnerte sich jetzt, dass sie bei der Bergung des Wagens leblos in ihren Gurten gehangen hatte, also wohl mit dem Kopf irgendwo angeschlagen sein musste, als der Wagen plötzlich herumgeschleudert wurde und die Böschung hinunterbuckelte. Das Wasser war in ihre Lunge eingedrungen, während sie bewusstlos war. Falls sie noch einen Augenblick zu sich gekommen war, dann in der Panik des Erstickens.

An die Fotos von ihr, die er bei Karbe gesehen hatte, konnte er sich kaum noch erinnern. Sie wirkten gehemmt oder gestellt. Vielleicht weil Karbes Blick auf ihr gelastet hatte. Immerhin war ihm nachträglich klar geworden, dass er sie einige Male gesehen hatte: im Supermarkt und auf der Straße mit und ohne den Jungen. Sie war eine eher kleine, unscheinbare Person, die gestern für ihn plötzlich Leben bekommen hatte durch Angelikas kurze Bemerkung, sie sei wie ein gejagtes Tier gewesen. Ja, so hatte sie schon ausgesehen, als sie ihm im Supermarkt und auf der Straße begegnet war. Das war es, was ihm an ihr aufgefallen war. Es hatte sie in plötzlicher Umkehrung ihrer Unscheinbarkeit von der Umgebung abgehoben und ein flüchtiges Interesse in ihm geweckt. Sie war jemand, der allein war und den man nicht allein lassen durfte, jemand, der Schutz brauchte. Und das war wahrscheinlich das Signal gewesen, das immer wieder ganz verschiedene Männer auf sie aufmerksam gemacht hatte und der treibende Grund für Karbes Eifersuchtswahn geworden war. Im Unterschied zu Angelika war sie nicht autonom, sondern allein und ergänzungsbedürftig und, wenn sie nicht festgehalten wurde, immer wieder auf der Flucht. Nun lag ihr Leichnam in einem Kühlfach der Pathologie oder auf einem Sektionstisch, wo er zerlegt wurde, um die Spuren ihres Sterbens zu finden. Was konnte er über sie sagen, wenn er beauftragt wurde, eine Trauerrede zu halten? Was sollte er über ihre Ehe mit Karbe sagen und über ihr Kind? Und über ihre Eltern, denen sie weggelaufen war und die sie nun mit allen Mitteln heimholen wollten als Tote? Die Fragen glitten unbeantwortet durch seinen Kopf. Er konnte sie auch nicht festhalten, denn dann zerrannen sie sofort. Erst einmal musste er jetzt aufstehen und den Tag beginnen wie immer. Gewohnheiten waren noch das Beste in den Wirrnissen des Lebens. Bevor er ins Büro ging, wollte er Angelika und Rainer anrufen und berichten, dass er gut nach Hause gekommen war, und sich noch einmal für den gemeinsamen Abend bedanken. Wie erwartet meldete sich nur der Anrufbeantworter. Entweder waren sie schon im Dienst oder frühstückten und wollten nicht gestört werden. Er sagte seinen Spruch auf mit dem Gefühl, dass er ihnen etwas schuldig blieb, sie ihm aber auch.

6

Es war wie ein Schwelbrand, der sich unter der sichtbaren Oberfläche ausbreitete und hier und da in kleinen Feuerstellen zeigte, die man austreten oder löschen konnte oder die sich nach kurzer Zeit selbst verzehrten, ohne dass die verborgene, großräumig weiterglimmende Glut damit eingedämmt war. Man lebte mit diesen Anzeichen einer drohenden größeren Gefahr so alltäglich, wie man mit den Symptomen einer noch nicht ausgebrochenen Krankheit lebt: man registrierte die Veränderungen und machte weiter. Am Morgen, wenn er ins Büro kam, empfing ihn Frau Meschnik mit neuen Einzelheiten der Unruhe, die in der Gemeinde herrschte. Manchmal waren das nur kritische Bemerkungen, die jemand gemacht hatte. Aber nach seinem Fernsehinterview, in dem er sich für die Vorrangigkeit der Unschuldsvermutung ausgesprochen hatte, waren in der Zeitung mehrere Leserbriefe erschienen, die vor allem die Unwahrscheinlichkeit des Unfalls betonten und wegen der vielen ungeklärten Fragen seinen Standpunkt mehr oder minder deutlich als abstrakt bezeichneten. Als er daraufhin beim alle 14 Tage anstehenden Sonntagsgottesdienst in Imhoven Matthäus 7, Vers 1 ›Richtet nicht, auf dass ihr nicht gerichtet werdet‹ in den Mittelpunkt seiner Predigt gestellt hatte und dabei auf den Fall Karbe und die Reaktionen aus der Gemeinde zu sprechen gekommen war, hatten in den hinteren Reihen einige Leute die Kirche verlassen. Das hatte sich natürlich herumgesprochen. Er hatte eine Sondersitzung des Presbyteriums einberufen, die aber wegen mehrerer Absagen nicht zustande gekommen war. Das Schlimmste war danach passiert. Er erfuhr es morgens durch einen Anruf, während er gerade mit Frau Meschnik die Post besprach. Sie nahm den Anruf in Empfang, hörte einen Augenblick zu und reichte den Hörer stumm, mit einer Miene, die etwas Ernsthaftes ankündigte, an ihn weiter: Jemand hatte in der Nacht über Karbes Haustür in großen roten Buchstaben die Inschrift ZUM NASSEN TOD gesprayt. Als er noch am selben Vormittag hingefahren war, hatte Karbe oder jemand anderes die Buchstaben schon überstrichen, aber man konnte sie noch schattenhaft ahnen. Trotz seines hartnäckigen Klingelns hatte Karbe nicht geöffnet und war auch nachher telefonisch nicht erreichbar gewesen.

Frau Meschnik, eigentlich eine unerschütterliche Person, zeigte in diesen Tagen zunehmende Besorgtheit, ohne dass er sich klar darüber werden konnte, was sie dachte und von ihm erwartete. Vielleicht wusste sie es selbst nicht. Vielleicht erwartete sie einfach von ihm, dass er die Dinge endlich wieder in den Griff bekam, und sah täglich seine Ratlosigkeit angesichts des lähmenden Stillstandes, der auch für ihn so aussah, als hätten einflussreiche Akteure im Hintergrund ihm stillschweigend die Dinge aus der Hand genommen.

Eschweiler, der wie er auf einen Termin für die Bestattung von Kerstin Karbe wartete, hatte die Vermutung geäußert, dass es sich bei den beiden Strafanträgen wegen vollendeten und versuchten Mordes, die Kerstins Eltern bei der Staatsanwaltschaft eingereicht hatten, um ein Verzögerungsmanöver handele, mit dem sie verhindern wollten, dass ihre Tochter als Karbes Frau beerdigt wurde. Denn die Vorstellung, dass sie später einmal zusammen mit Karbe in einem Grab liegen würde, sei für sie der pure Horror. Sie wollten wohl erreichen, dass Kerstin in ihrer Nähe beerdigt werde. Ebenso das unrettbare Enkelkind, dessen künstliche Beatmung in absehbarer Zeit beendet werden musste, wozu man allerdings die Einwilligung von Karbe brauchte. Offenbar hatte Karbe die bisher verweigert.

»Warum bloß?«, hatte er gefragt.

Und Eschweiler hatte echohaft geantwortet: »Ja, warum?«

Dann hatte er hinzugefügt: »Es ist eine Art Stellungskrieg. Karbe hält fest, was er hat. Vielleicht weil er glaubt, es würde als Eingeständnis seiner Schuld gedeutet, wenn er seine Rechte als Ehemann und Vater aufgäbe.«

»Aber kann es nicht auch die Unerträglichkeit des Verlustes sein?«, hatte er eingewandt.

»Vielleicht auch das«, hatte Eschweiler gesagt. »Es ist eben immer ein dickes Knäuel von Motiven, das sich nicht ganz aufdröseln lässt. Aber ist der Verlust nicht längst eingetreten?«

Er schien damit anzudeuten, dass es keinen Sinn

habe, weiter über solche Subtilitäten nachzudenken. Sie waren in seinen Augen praxisfern und führten nur in Verwirrung. Doch nach seiner Auffassung enthielt der Fall Ansätze für eine Lösung. Die Eltern von Kerstin Karbe hatten mit ihren Strafanträgen eine Position aufgebaut, die nicht besonders stark war. Zu einem vorläufigen Aufschub der Bestattung hatten sie wohl gerade noch gereicht. Doch wenn bei den laufenden Untersuchungen keine neuen belastenden Details gefunden wurden, mussten die Anträge ihre Triftigkeit verlieren.

Gerüchteweise sei von Kopfverletzungen bei Kerstin Karbe zu hören gewesen. Das passte gut zum Schema eines Unfalls und nötigte deshalb nicht die viel schwieriger zu beweisende Annahme auf, während der Fahrt zum Baggersee habe ein Gewaltakt stattgefunden, zum Beispiel um die Frau wehrlos zu machen, bevor das Auto in den See stürzte. Möglicherweise hatte es vorher Anzeichen drohender Gewalt gegeben, Wutausbrüche und Todesdrohungen, mit denen Karbe die ihm entgleitende Frau einzuschüchtern versucht hatte. Vielleicht hatten Kerstins Eltern auch Spuren von Verletzungen an ihrer Tochter gesehen. Aber ein so prozesserfahrener Mann wie Hermann Sievert wusste natürlich, dass seine Position viel hypothetisches Material enthielt, das einer kritischen Überprüfung kaum standhalten würde. Zwar hatte er mithilfe seiner Rechtsanwälte den Aufschub der Beerdigung und weitere Untersuchungen erreicht. Aber das war es vielleicht schon. Mehr war wohl nicht zu erreichen, außer vielleicht noch ein Kompromiss mit ihrem in die Enge gedrängten Schwiegersohn. Wahrscheinlich war das Ehepaar Sievert bereit, die Strafanträge zurückzuziehen, wenn Karbe seine Rechte als Ehemann und Vater aufgab und ihnen die Tochter und das Enkelkind zur Beerdigung in ihrer Nähe überließ. Für sie musste das die späte Heilung einer Lebenswunde sein. Sie wollten sich zurückholen, was Karbe ihnen genommen hatte. Karbe dagegen konnte ohnehin nicht hierbleiben, in der Nähe der Toten. Auch nicht, wenn die Anklage gegen ihn fallen gelassen wurde. Die Schulbehörde würde ihn auf jeden Fall versetzen, und zwar in seinem eigenen Interesse möglichst weit weg von hier. Jemand musste ihm klarmachen, dass er bei einem Kompromiss nichts preisgab, was er nicht schon verloren hatte. Natürlich musste man mit beiden Seiten reden als ein ehrlicher Makler, der über den Gegensätzen stand. So hatte Eschweiler argumentiert und ihm dann nahegelegt, der Makler, der Moderator des Konfliktes könne nur er sein.

Mit wachsendem Erstaunen hatte er dieser Argumentation zugehört, deren Logik ihn im ersten Augenblick überrumpelt hatte. Eschweiler hatte ihm vorgeführt, wie scheinbar unüberwindbare menschliche Konflikte aufgelöst werden konnten, wenn man ihre Mechanik durchschaute und außer Kraft setzte. Für ihn war das vor allem ein Darstellungsproblem. Man musste deutlich machen, dass die Puzzleelemente ineinanderpassten und dabei für beide Seiten ein Gewinn heraussprang. Aber war das nicht ein bloßes Hirngespinst? Wie sollte man Karbe davon überzeugen, dass es für ihn ein Vorteil sei, den Leichnam seiner Frau und dann auch den seines Kindes seinen Schwiegereltern zu überlassen und sich davonzumachen. Und wie sah es in der Seele von Kerstin Karbes Eltern aus? Konnte man unterstellen, dass sich irgendetwas bei ihnen bewegen würde, solange sie davon ausgingen, dass Karbe der Mörder ihrer Tochter und ihres Enkelkindes war?

Er hatte diese Einwände nur angedeutet, aber dabei kein gutes Gefühl gehabt. Denn sie hörten sich für ihn wie wohlfeile, bequeme Resignation an. Hatte er wirklich sagen wollen, den Menschen sei nicht zu helfen? Eschweiler, ein Mann von ausgeprägter, routinierter Verbindlichkeit, hatte ihm nicht mehr widersprochen. Was er als mögliche Problemlösung dargestellt hatte, war für ihn wohl nur ein Gedankenspiel gewesen, das ihn nicht weiter beschäftigte. Er hatte es ihm überlassen, daraus praktische Konsequenzen zu ziehen.

Als Eschweiler gegangen war, nach einem unbeschwerten, alltäglichen Abschied, hatte er sich plötzlich völlig niedergeschlagen gefühlt. Er hatte versagt. Er war gescheitert. Sein ganzes Verhalten in den letzten zwei Wochen, seine Versuche, die erregte, krisenhafte Stimmung in der Gemeinde zu besänftigen und Karbe als einen unglücklichen Menschen gegen die aufkochenden Aggressionen in Schutz zu nehmen, hatten sich als hilflose Stümpereien erwiesen, die alles nur noch schlimmer gemacht hatten. Lag es vielleicht daran, dass er in der Tiefe seines Bewusstseins keine Klarheit gewonnen hatte, was er wirklich dachte und wirklich empfand? War er deshalb von Situation zu

Situation geschlingert und hatte notdürftig seine Rolle als Pfarrer auszufüllen versucht, ohne jemanden überzeugen zu können?

Auch Karbe hatte kein Vertrauen zu ihm gefasst. Es hatte nur vorübergehend so ausgesehen. Aber dann war unter dem zunehmenden Druck der öffentlichen Meinung der Kontakt wieder abgerissen, und er hatte sich darauf beschränken müssen, Karbe nach allen Seiten gegen Angriffe und Schuldvermutungen zu verteidigen. Karbe hatte sich völlig abgekapselt. Nur einmal war es ihm noch gelungen, zu ihm vorzudringen. Allerdings erfolglos. Der Polizeimeister Pfeiffer, den er aus der Unfallnacht kannte und dessen Telefonnummer er auf einem zerknautschten Zettel in einer Seitentasche seiner Jacke wiedergefunden hatte, war auf seine Bitte trotz einiger Bedenken bereit gewesen, ihn bei einer seiner regelmäßigen Sicherheitsüberwachungen in Karbes Wohnung mitzunehmen. Die Kontrollen waren angeordnet worden, weil Karbe seiner Meldepflicht nicht nachgekommen war. Pfeiffer bemühte sich, den Eindruck von Polizeigewalt zu vermeiden, indem er sich durch ein verabredetes Klingelzeichen meldete und nicht den ausgelieferten Zweitschlüssel benutzte. Bisher hatte das ohne Schwierigkeiten funktioniert. Doch dieser freundlich gemeinte, aber unerwartete Besuch zu zweit wurde ein kompletter Fehlschlag. Karbe, inzwischen vollbärtig, mit strähnigen Haaren und verquollenen Augen in seinem bleichen, abgezehrten Gesicht, erstarrte, als er ihn neben Pfeiffer in der Tür stehen sah. Offenbar war sein unerwartetes

Erscheinen zusammen mit der Polizei für Karbe ein bedrohlicher Besuch, vielleicht nur, weil es etwas Neues war. Er verstummte fast völlig. Eine Unterhaltung kam nicht in Gang. Pfeiffer, der sich im Eingang und im Wohnzimmer umgeschaut und auch einen Blick in die Küche und den Kühlschrank geworfen hatte, machte einige freundlich ermahnende Bemerkungen über die wachsende Unordnung und Verschmutzung der Wohnung und öffnete nebenbei ein Fenster, um, wie er sagte, »atembare Luft« hereinzulassen. Er fragte auch, ob Karbe genug trinke und ob jemand ihm die Tiefkühlkost mitgebracht habe, die er im Kühlschrank gesehen hatte. Es hörte sich an, als hake Pfeiffer die Punkte einer Strichliste ab, während er hin und her ging und seine Fragen an Karbe stellte, der manchmal nur nickte oder den Kopf schüttelte und einen Laut von sich gab. Zum Schluss fragte Pfeiffer, ob er einen Arzt brauche. »Nein«, hatte Karbe geantwortet. »Ich hab noch alle meine Tabletten.« Dabei hatte er auf die Fensterbank gewiesen, wo wie beim ersten Besuch mehrere Tablettenschachteln lagen.

»Setzen wir uns doch«, sagte Pfeiffer. »Pfarrer Henrichsen hat etwas Wichtiges mit Ihnen zu besprechen.«

Anscheinend hatte Karbe nur seinen Namen verstanden. Denn er machte keine Anstalten, Platz zu nehmen und ihnen einen Platz anzubieten, sondern drehte sich ihm mühsam zu wie eine schon halbwegs festgezogene Schraube in ihrem Gewinde. Die Langsamkeit dieser Bewegung hatte in seinen Augen etwas

Unverschämtes. Sie schien zu sagen: »Ach, du bist ja auch noch da.«

Später war ihm klar geworden, dass diese Trägheit nichts bedeutet hatte, sondern nur ein Ausdruck von Karbes seelischer Erschöpfung war. Doch in diesem Augenblick hatte er sich durch Karbes seltsames Verhalten vor Pfeiffer gedemütigt gefühlt und schroff gesagt: »Gut, machen wir es kurz.« Er hatte Luft geholt und in schneidender Kürze gesagt: »Herr Karbe, Dr. Kühne, den Sie ja gut kennen, hat mich gebeten, Ihnen zu sagen, dass er dringend Ihre Genehmigung brauche, um die aussichtslose Beatmung Ihres bewusstlosen Kindes zu beenden.«

Karbe hatte mit unheimlicher Langsamkeit darauf reagiert. Er hatte den Kopf gesenkt und zu zittern begonnen und dann mit erstickter Stimme geschrien: »Nein! Nicht mit mir! Nein, nein!«

Welches Trostwort hätte er dagegen anführen können? Die unsterbliche Seele? Oder gar die Auferstehung des Leibes in voller Herrlichkeit und Ewigkeit? Nichts hätte dagegen verfangen. Noch um den erbärmlichsten Lebensrest und selbst noch um die Verfügung über die toten Leiber wurde erbittert gekämpft. Als wäre tot zu sein immer noch mehr als nichts.

Als er kurz danach, zusammen mit dem betroffen dreinschauenden Pfeiffer die Wohnung verließ, war ihm klar gewesen, dass er den letzten Rest von Karbes Vertrauen zerstört hatte. Schweigend waren sie zu Pfeiffers Dienstauto gegangen, schweigend waren sie losgefahren. Als sie aus der menschenleeren Vorgartenidylle des Buchenwegs hinausfuhren, sagte Pfeiffer: »Das Nächste wird sein, dass man ihn für unzurechnungsfähig erklärt.«

Er war so versunken gewesen, dass er erst mit Verzögerung begriff, dass sich die Bemerkung auf Karbe bezog.

»Wer wird das in die Wege leiten?«, fragte er.

»Sievert. Zusammen mit vertrauten Ärzten. Entweder macht er das im Zusammenhang mit seinen Strafanträgen, die meiner Meinung nach sehr hoch gegriffen und etwas wackelig sind. Oder er macht es alternativ und umgeht die Anklage wegen Mordes. Es wäre natürlich die elegantere Lösung. Das Gericht würde sie vermutlich vorziehen. Aber ich kenne die Beweislage nicht. Sieverts Rechtsanwälte werden ihn ja beraten.«

»Es ist der Kampf um die Bestattung der Toten.«

»Genau«, sagte Pfeiffer. »Ich kann es sogar verstehen.«

»Ich auch. Wer die Toten beerdigt, hat die letzte Möglichkeit, sich mit der Vergangenheit zu versöhnen. Das will Karbe auch. Es hat schon angefangen mit dem Kauf der Grabstätte. Seine Ehe war da wohl schon zerstört.«

»Nach allem, was man darüber hört.«

»Das könnte einen wirklich auf Gedanken bringen.«

»Ja«, sagte Pfeiffer.

»Führen Sie eigentlich Protokoll über Ihre Besuche bei Karbe?«

»Selbstverständlich. Das gehört zu meiner Aufgabe. Die Behörde muss sich ja absichern, falls was passiert. Und ich mich natürlich auch.«

»Das verstehe ich. Der Zustand, den wir heute gesehen haben, lässt ja alles vermuten.«

»Ausschließen kann man in diesem Fall nichts.«

Sie fuhren jetzt durch die offene Landschaft zwischen den beiden Ortschaften, die zu seiner Gemeinde gehörten. Die Kornfelder waren abgeerntet und sahen wie rasiert aus. Dazwischen standen wie dichte, stumpfgrüne Blöcke die Maisplantagen, die sich von Jahr zu Jahr weiter ausgebreitet hatten. Dahinter war der Fichtenwald zu sehen, in den die Herbststürme des vergangenen Jahres tiefe Brachen gerissen hatten, die jetzt von einem Meer leuchtend gelber Blumen überblüht waren. Dort, wo der Wald an die Straße heranrückte, warteten große Stapel auf gleiche Länge zurechtgesägter Baumstämme seit Monaten auf ihren Abtransport. Anscheinend gab es seit den Herbststürmen ein Überangebot an Holz. Er ließ seinen Blick daran vorbeigleiten, dann sagte er: »Wir haben eine Krise in der Gemeinde, die ich nicht in den Griff bekomme.«

»Wie meinen Sie das?«, fragte Pfeiffer.

»Der Fall Karbe löst zerstörerische Phantasien aus. Ein unheimliches Potenzial an Bosheit und Hass.«

»So sind eben die Menschen«, sagte Pfeiffer. »Andere gibt es nicht.«

Irgendjemand hatte das gesagt. Irgendeine historische Person. Er wusste nicht mehr, wer es gewesen war. Aber er wollte Pfeiffer nicht fragen, der es sicher auch nicht wusste.

Bei seiner Rückkehr ins Büro erzählte er Frau Meschnik von dem katastrophalen Eindruck, den Karbe auf ihn gemacht hatte. Schließlich sagte er, ein wenig kleinlaut, um sie zu beschwichtigen: »Ich glaube, ich muss unbedingt mal mit den Eltern von Kerstin Karbe reden. Auch schon wegen der Beendigung der künstlichen Beatmung des Kindes. Sie sind die nächste wichtige Adresse.«

»Das habe ich ja schon immer gesagt«, antwortete sie.

»Gut, dann machen Sie mir doch bitte einen Termin für die nächsten Tage.«

»Ich versuch es sofort«, sagte sie.

Aber bei Sieverts meldete sich niemand. Auch nicht in den nächsten Tagen. Vermutlich waren sie verreist, um sich allen aufdringlichen Anfragen und Belästigungen zu entziehen. Ein weiterer Anruf in der Firma bestätigte diese Vermutung.

Inzwischen hatte sich der Schwelbrand immer weiter gefressen. Auf die Fassade von Karbes Haus war erneut ein aggressives Graffito gesprayt worden. Und ihm selbst war zwei Tage später im Gottesdienst etwas Erschreckendes passiert: Beim Lesen des Glaubensbekenntnisses hatte er wie jemand, der sich bei einem falschen Geständnis ertappt glaubt, würgende Atemnot bekommen und nur mit gepresster Stimme und unbegründeten Pausen weitersprechen können. Es war eine sausende Panik, die wie eine schwarze Woge über ihm zusammenschlug. Nur entfernt hörte er seine eigene, fremd gewordene Stimme, wie sie kaum verständliche

Wortfetzen hervorstieß, als hätte eine mächtige Hand den Text in seinem Kopf in Stücke gerissen. ›Ich muss sterben‹, hatte er gedacht. In dem bodenlosen Schrecken, der ihn erfasst hatte, war ihm das als der einzige ihm verbliebene Fluchtweg erschienen. Die Geistesgegenwart des Organisten hatte ihn mit einer an dieser Stelle nicht vorgesehenen Orgelsequenz gerettet. Gegen allmählich abflauende Schwindelgefühle ankämpfend und mit immer noch rauer Stimme hatte er den Gottesdienst zu Ende gebracht. Gleich danach hatte er die Kirche durch den Hintereingang verlassen. Begleitet von den scheuen Seitenblicken heimkehrender Kirchenbesucher war er nach Hause gegangen und hatte sich so wie er war aufs Bett fallen lassen. Trotz seines hartnäckig läutenden Telefons hatte er sich über eine Stunde nicht gerührt und alle Gedanken, die ihm zu kommen drohten, abgewehrt. Als er schließlich aufgestanden war, um etwas zu trinken und sich etwas zu essen zu machen, hatte er sich mit der Langsamkeit und Vorsicht eines Menschen bewegt, der die einfachen Lebenstechniken erst wieder lernen musste. Auch Frau Meschnik war offenbar über sein Desaster informiert, als sie am Montagmorgen ins Büro kam. Aber sie sprach nicht darüber. Er merkte es nur an ihrer Nervosität und an ihrer ungewohnten Schweigsamkeit, vor der er sich nach ein paar Worten in sein Zimmer zurückgezogen hatte. Dort saß er gedanken- und tatenlos an seinem Tisch, darauf wartend, dass sich etwas in ihm regte, eine Einflüsterung, die ihm sagte, was er tun solle. Frau Meschnik brachte ihm die Zeitung, die er im Vorzimmer liegen gelassen hatte.

Er wagte nicht, sie aufzuschlagen, weil sie nichts dazu gesagt hatte. Die schroff wirkende Stummheit, mit der sie die Zeitung vor ihm auf seinen leeren Schreibtisch gelegt hatte, war aber anscheinend ein Ausdruck ihrer eigenen Verlegenheit gewesen, denn als er etwas später das Blatt durchblätterte, fand er keinen Hinweis auf sich selbst. Es hing aber sicher mit seinem auffälligen Versagen zusammen, dass am nächsten Tag Dr. Pauly, der Superintendent im Landeskirchenamt und Referent für pastorale Theologie, für einen der folgenden Tage seinen Besuch ankündigte. Gut, dachte er, dann weiß ich jedenfalls Bescheid.

Doch vorher geschah etwas, womit er nicht mehr gerechnet hatte. Er bekam einen Brief von Luiza Suarez. Sie war verreist gewesen und hatte erst bei ihrer Rückkehr nach Hamburg seinen kurzen Brief vorgefunden, in dem er ihr geschrieben hatte, dass er sie bei Gelegenheit besuchen wolle. Er hatte das zwar nicht vergessen, aber es war unwirklich geworden, wie eine Einzelheit aus einem anderen, erfundenen Leben, an die er sich nur beiläufig erinnerte. Auch der Brief, den er aufschlug, sprach von der Distanz, aber in einer völlig anderen Sprache.

»Es ist gleich Mitternacht. Vor einer halben Stunde bin ich nach Hause gekommen und fand Ihren Brief vor. Ich war in Süddeutschland bei meiner Schwester. Während der langen Heimfahrt bin ich zwischendurch in Ihrer Nähe gewesen und fand es plötzlich sinnlos weiterzufahren. Alles drängte mich auszusteigen.

Ich denke unentwegt an Sie. Ich muss wie ein

Diktator mit mir umgehen, sonst tue ich nichts außer träumen. Ich war krank am Freitag. Ich wusste mir nicht mehr zu helfen. Meine besorgte Schwester schickte mich ins Bett. Nachts wachte ich auf, weil ich an meiner Seelenquelle berührt worden war. Ganz unerwartet kamen die erlösenden Tränen und ich war gesund. Ich wollte Ihnen das gleich schreiben, tat es aber nicht, weil das Gefühl der Erlösung so leicht war. Ich bestand nur noch aus Gedanken. Das wollte ich nicht unterbrechen. Dann bin ich wieder eingeschlafen, weil ich wusste: Jetzt kannst du ihn treffen, jetzt bist du bereit! Alle Angst war auf einmal verschwunden.

Ich warte so sehr, dass Sie mir schreiben, wann ich Sie sehen kann. Ihr Brief, danke! Ich lese ihn immer wieder. Ja, ich kann Ihre Schrift lesen. Jedes Wort ist eine Botschaft für mich. Immer möchte ich meine Briefe an Sie beginnen mit ›mi querido‹, das heißt ›mein Begehrter‹. Ich habe meine Wange auf Ihren Brief gelegt, auf dem Ihre Hand gelegen hat. Ich dachte noch: Man lebt so, dass man durch viele Menschen hindurchgeht, bis man plötzlich in einen Menschen hineingeht, weil man da zu Hause ist. Gute Nacht! Ich dränge Sie nicht. Ich warte. Darf ich so viel schreiben?«

Einen Tag später kam eine Briefkarte mit den Worten: »Das Leben hat nur Sinn, wenn das, was wir wirklich sind, berührt wird. Kommen Sie erst, wenn Sie es wirklich wollen. Ich warte. Ich kann warten. Viele Wochen kann ich warten, um Sie zu sehen. Ich hoffe jedoch, Sie kommen bald.«

Auf der anderen Seite der Karte stand in großen beschwörenden Buchstaben »Sie sind in meinen Gedanken verankert wie ein Schiff in seinem Hafen!«

War es vor allem dieser letzte, besitzergreifende Satz oder die ganze Karte oder vielleicht sogar der Brief, der in ihm ein eigentümliches Gefühl von Befremden hinterlassen hatte, das er erst allmählich begriff? Er war sich so vorgekommen, als starre er in ein leuchtendes Feuer, das sich fortwährend an sich selbst entzündete und immer neue farbige Flammenwunder hervorbrachte. Er selbst stand abseits, wie überflüssig geworden, und betrachtete die tanzenden Flammenzungen dieser an sich selbst entzückten Leidenschaft. Es war eine plötzliche, unvorhersehbare Entfaltung ruhender, verborgener Kräfte, die vielleicht schon Jahre lang darauf gewartet hatten, einen Anlass zu finden. Und zufällig waren in dem Moment, da sie sich gegenübersaßen, die Bedingungen so gemischt, dass er für diese liebessüchtige Frau, die sich fremd in der Gesellschaft fühlte, der geheime Andere geworden war, auf den sie immer schon gewartet hatte. Von da ab hatte sie damit begonnen, ihm zu schreiben, dass sie trotz aller Unterschiede, und obwohl sie so viel älter war, vielleicht gerade wegen dieser Distanzen füreinander bestimmt seien. Er war sicher, sie glaubte es und würde für diesen Glauben alles wagen, alles aufs Spiel setzen. Sie hatte angefangen, ihn zu diesem Glauben zu bekehren. Vielleicht war das das Geheimnis der Leidenschaft: sich gemeinsam gegen die Welt, ihre Urteile und Gewohnheiten zusammenzuschließen. Er hatte etwas davon zu spüren bekommen: ein Schwebegefühl, das ihn gegen alle Schwierigkeiten gefeit hatte, aber inzwischen verloren gegangen war. Er war ausgebrannt. Er konnte ihr nicht mehr folgen. Das hatte er gespürt, als er den Brief und die Karte las und wieder las und es ein fremder Text wurde, dem er nicht gewachsen war. Vielleicht würde es ja wieder anders werden, wenn er sie sah, wenn er sie umarmen konnte? Sie schien so vollkommen davon überzeugt zu sein, dass sie auch ihn überzeugen würde. Aber er wusste es nicht, er dachte es nur. Und er schämte sich, sagte sich, dass er ein Versager sei, sagte sich das, um sich zu bestrafen. Vorläufig wollte er den Brief nicht wieder lesen, vorläufig nicht.

Er gestand sich ein, dass er in den letzten Tagen oft an Kerstin Karbe gedacht hatte, ihr strähniges Haar, ihre Blässe, ihre Unscheinbarkeit, ihre Scheu, so wie er sie ein- oder zweimal gesehen hatte, als er nichts weiter von ihr wusste, eine unauffällige, schutzbedürftige Frau, deren Bild erst nach ihrem Tod persönliche Deutlichkeit für ihn gewonnen hatte. Er hätte gerne mehr von ihr gesehen, um mehr an sie denken zu können. Als er neulich mit Pfeiffer in Karbes Wohnung gewesen war, hatte er noch einmal einen verstohlenen Blick auf ihr Foto geworfen und nachts wach liegend von ihr phantasiert. Er hatte sie sich nackt vorgestellt, ihren mädchenhaften Körper, der sich an ihn geschmiegt und jäh an ihn geklammert hatte, während er sich selbst befriedigte, um sie so dicht wie möglich zu spüren und zu behalten. Er hatte ihren Namen geflüstert und gedacht, dass sie für ihn die Richtige sei, die einzig Richtige, obwohl er wusste, dass das Geständnis, das er ihrer eingebildeten, flüchtigen Nähe machte, nur Selbstbetrug war. Verwirrt und ungetröstet war er danach eingeschlafen. Das darf ich nicht fortsetzen, hatte er am nächsten Tag gedacht. Das Nagen eines nicht zu stillenden Mangels war in ihm zurückgeblieben, und ein unversöhnliches Urteil über sich selbst, seine Blindheiten, seine Vernagelungen und seine in der Luft hängenden Gefühle. Was für Reserven hatte er noch, um sich wieder aufzubauen?

Nun stand ihm der Besuch von Dr. Pauly bevor, von dem er bisher nur amtliche Post bekommen hatte. Er entpuppte sich als ein mittelgroßer Mann von Mitte fünfzig in einem hellen Sommeranzug, der ihm an Bauch und Hüften zu eng geworden war. Er hatte eine Stirnglatze und dünn gewordene, ausgebleichte Haare, die ehemals blond gewesen waren. In seiner demonstrativen Liebenswürdigkeit war er schwer einschätzbar. Doch die joviale Art der Begrüßung deutete an, dass er gekommen war, um Harmonie herzustellen und Probleme, falls welche entstanden sein sollten, zu minimieren. Er kam wie angekündigt am frühen Nachmittag mit einem Dienstwagen. Der Fahrer hatte anschließend noch einen anderen Auftrag und sollte in zwei Stunden wiederkommen. Pauly entschuldigte sich eingangs, dass er lange nicht hier gewesen sei. Frau Meschnik, die er herzlich begrüßte, kannte er noch aus der Amtszeit seines Vorgängers. Er fragte, ob sie noch immer so guten Tee koche. »Das Wasser ist schon aufgesetzt«, hatte sie lächelnd geantwortet. Als sie kurz danach mit der Kanne und Geschirr hereingekommen und mit Paulys liebenswürdigem Dank wieder gegangen war, hatte Pauly zu ihm gesagt: »Da haben Sie eine hervorragende Mitarbeiterin.«

»Ich weiß«, hatte er geantwortet. »Manchmal ist sie ein wenig streng, aber immer mit Berechtigung.«

»Jaja«, hatte Pauly, wie in tiefe Erinnerungen versunken, gesagt und vorsichtig einen kleinen Schluck von dem heißen Tee getrunken. Dann hatte er aufgeblickt und ihn mit einem ernsten, Verständnis signalisierenden Ausdruck angeschaut und war zu seinem Thema gekommen: »Es tut mir außerordentlich leid, Herr Henrichsen, dass ich erst jetzt kommen konnte. Sie haben sich zeitweise bestimmt auf einsamem Posten gefühlt. Aber ich hatte gleichzeitig viele andere Probleme. Zwei Pfarrämter mussten neu besetzt werden. Und wir hatten erschreckend viele Kirchenaustritte in der letzten Zeit. Ich war sehr oft unterwegs. Nicht zuletzt auch wegen der Vorbereitung der soziologischen und theologischen Debatte in der Akademie, die wohl großes Aufsehen erregen wird. Schließlich sind viele Dinge im Fluss. Ich habe zu meiner Freude in der Gästeliste auch Ihren Namen gesehen. Sie werden also kommen?«

»Ich hab's mir vorgenommen.«

»Sehr gut. Sehr gut. Die neue Definition der pastoralen Theologie ist eine Überlebensfrage. Wir brauchen Perspektiven. Vor allem für jüngere Leute wie Sie, die unsere Zukunft gestalten müssen. Hatten Sie nicht ursprünglich auch einen Vortrag zugesagt?«

»Ja, aber ich bin nicht dazu gekommen, wegen der aktuellen Probleme.«

»Ich habe oft an Sie gedacht, lieber Herr Henrichsen. Und ich habe Sie bewundert wegen der Konsequenz, die Sie bewiesen haben. Auch wenn es die Konflikte verschärft hat.«

»Das war nicht meine Absicht.«

»Das glaube ich Ihnen sofort. Es ging ja um schwierige Abwägungen und Gegensätze bei der Deutung des Geschehens.«

»Ich habe eigentlich immer nur den Standpunkt vertreten, dass die Unschuldsvermutung zu gelten hat, solange nicht bewiesen ist, dass es sich um ein Verbrechen handelt.«

»Juristisch und theologisch ist das korrekt. Selbst die Schuldigen dürfen wir nicht aus unserer Fürsorge entlassen. Aber wir müssen auch an die Opfer und an die Angehörigen denken. Tatsache ist, dass Sie ziemlich stark polarisiert haben. Viele haben das jedenfalls so empfunden. Auch die Presse.«

»Die Presse hat den Konflikt angeheizt. Das hat mich genötigt dagegenzuhalten.«

»Den Mechanismus kenne ich. Das Dumme ist, wir haben sechs neue Kirchenaustritte in Ihrer Gemeinde, und es kann durchaus sein, dass es noch mehr werden. Das können wir einfach nicht ignorieren. Haben Sie mal mit den Eltern der Verstorbenen gesprochen?«

»Ich hab's versucht, aber leider keinen Termin bekommen.«

»Ach so, das wusste ich nicht. Schade. Vielleicht können Sie das nachholen. Die Sieverts sind seit vielen Jahren unsere wichtigsten Sponsoren. Es sind großzügige Leute. Aber sie fühlen sich in ihren Rechten und in ihren Gefühlen nicht gebührend wahrgenommen«.

Dr. Pauly seufzte. »Das ist alles sehr schwierig«, sagte er. »Ich kann nur hoffen, dass dieser unselige Konflikt bald zu Ende geht.«

Er machte eine lange Pause, als wollte er einen Teil der Krisenzeit, in der sie lebten, wortlos vergehen lassen. Dann sah er ihn wieder an.

»Was ist Ihnen denn neulich im Gottesdienst passiert? Sie hatten einen Stimmausfall, habe ich gehört. Oder wie haben Sie es erlebt?«

Er musste schlucken, bevor er antwortete: »Die Kehle hat sich mir zugeschnürt. Ich konnte nicht mehr atmen.«

»Das ist eine Stressfolge, die wir kennen. Sie sind nicht der Erste, der darunter zu leiden hatte. Ich weiß, es ist schrecklich.«

»Es ist ein Grund zu sterben«, sagte er.

»Langsam, langsam«, sagte Pauly und legte eine Hand auf seinen Unterarm.

»So machen Sie es nur noch schlimmer. Lassen Sie uns ein Stück spazieren gehen, dann reden wir darüber.«

»Gerne!«, sagte er.

Als sie draußen waren und er seinen gewohnten Weg aus dem Ort hinaus einschlug, fragte ihn Pauly, ob sie in dieser Richtung zum Baggersee kämen.

»Nicht direkt«, antwortete er. »Und es ist auch etwas zu weit.«

»Ich glaube, ich bin sogar daran vorbeigefahren«, sagte Pauly. »Es kam mir ganz ungefährlich vor.«

»Ist es auch«, sagte er.

»Was ich fragen wollte«, begann Pauly wieder. »Hatten Sie, als Sie diese plötzliche Sprachstörung bekamen, ein Problem mit dem Text?«

»Ja«, sagte er. »Aber es kam völlig überraschend.«

»Es handelte sich um das Glaubensbekenntnis, nicht wahr?«

»Ja.«

»Was ist denn in Ihnen vorgegangen?«

Er zögerte. Dann sagte er: »Es war der totale Schrecken. Ich musste plötzlich denken, alles, was da steht und was ich immer gesagt habe und jetzt wieder sagen soll, glaube ich nicht. Weder die Erschaffung von Himmel und Erde durch Gott noch seine eigene Existenz. Und auch nicht die Auferstehung Christi, seine Himmelfahrt und seine Wiederkehr beim Jüngsten Gericht. Nichts war mehr da. Ich bin ins Bodenlose abgestürzt.«

»Und dann konnten Sie nicht mehr sprechen.«

»Meine Stimme war weg, und ich hörte mich keuchen vor Angst.«

Pauly nickte.

»Das ist ein bekanntes Phänomen«, sagte er. »Sie stehen damit nicht allein.«

»Ich habe mich in meinem ganzen Leben noch nie so allein gefühlt.«

»Das glaube ich Ihnen gerne. Wie gesagt: Das kennen wir.«

Pauly machte eine Pause, während sie bedächtig, beide mit gesenktem Blick, nebeneinanderher schritten, sodass er sich mit wachsender Beklommenheit fragte, ob das alles sei, was Pauly zu seinem Geständnis zu sagen hatte. Vielleicht war er total konsterniert von ihm abgerückt und überlegte die fälligen Konsequenzen. Ja, dieser Mann, der neben ihm herging, war die Instanz, die über ihn zu entscheiden hatte. Er selbst hatte sich ja entschieden, allerdings ohne langes Nachdenken, indem er plötzlich zu seinem eigenen Erstaunen alles gestanden hatte, was in ihm vorgegangen war. Das hätte er eigentlich nicht tun müssen. Doch es war in diesem Augenblick der einzige Weg gewesen, auf dem er sich befreien konnte.

Aber nun begann Pauly wieder zu sprechen, in einem ganz anderen, erzählerischen Ton: »Waren Sie als Kind oder auch später als Erwachsener einmal in einem Zirkus und haben die Trapezkünstler gesehen, wie sie mit doppeltem oder dreifachem Salto durch die Zirkuskuppel fliegen und im Bruchteil einer Sekunde die Hände des Fängers ergreifen, der ihnen entgegenschwingt? Das ist atemberaubend, nicht wahr? Obwohl unter ihnen ein Netz ausgespannt ist, das den Springer auffängt, wenn er die Hände des Fängers verpasst. Es gehört zum Höhepunkt der Vorstellung, dass der Springer bei seinem kühnsten Sprung die greifenden Hände des Fängers erst einmal verfehlt und in das Netz stürzt. Aber gleich danach klettert er auf einer Strickleiter wieder hoch zum Absprungplatz, um den tollkühnen Sprung noch einmal zu wagen. Und diesmal gelingt der Sprung, und alle sind erleichtert und begeistert von dem Mut des Artisten und seiner unwahrscheinlichen Präzision. Man hat etwas kaum Glaubhaftes gesehen. Aber das Kunststück konnte nur gelingen in der Gewissheit, dass da dieses Netz ist. Sie verstehen sicher, was ich Ihnen damit sagen will. Sie haben mitten im Sprung gedacht: Da ist überhaupt kein Netz!«

»Ja, so war es. Ein Sturz ins Leere. Aber es war noch bestimmter als dieses Bild. Ich habe mich gefragt: ›Was erzählst du den Menschen eigentlich? Das sind doch alles nur Fiktionen!‹«

»Sehen Sie«, sagte Pauly, »da sind wir gleich einen Schritt weiter. Ja, es sind Fiktionen, alte Geschichten, neue Gedanken und Bilder, Kunstwerke und ehrwürdige Rituale, Gewohnheiten und Gefühle. Und das alles zusammen bildet das Netz, das uns auffangen soll und das wir Religion nennen. Es besteht aus Altem und Neuem, es hat Lücken, ist stellenweise morsch. Und es wird ständig repariert und erneuert und immer wieder erprobt. Es ist ein work in progress. Und das ist auch die Lebendigkeit der Religion.«

Er hatte erstaunt zugehört und gedacht: ›Das Netz ist sein Standardbeispiel. Das hat er bestimmt schon oft gesagt.‹ Aber Pauly war mit seinem Vortrag noch nicht am Ende.

»Das Problem«, begann er wieder, »das Sie und manche Ihrer Altersgenossen haben – und ich zögere nicht zu sagen, es sind die Gewissenhaftesten unter unserem Pfarrernachwuchs –, das ist die geradezu dokumentarische Treue zum Ursprung. Ich bin darin übrigens ganz auf ihrer Seite. Wir müssen zu unserem Erbe stehen. Unser Glaube bezieht daraus, vor allem auch gottesdienstlich, seine ganze Kraft. Aber ich habe immer wieder beobachten müssen, dass viele ihrer Generationsgenossen in die Wörtlichkeitsfalle tappen. Gott wird zunächst einmal aufgefasst, wie er im Glaubensbekenntnis definiert ist, als allmächtiger Weltenschöpfer und Weltenherrscher. Und wenn dieses Bild fragwürdig wird, genauso wie umgekehrt das rührende Bild einer Vatergestalt, die sich ständig alle menschlichen Bittgebete anhört, dann wird Gott insgesamt in Zweifel gezogen.«

»Und das liegt an der Wörtlichkeitsfalle?«

»So sehe ich es.«

Wieder entstand eine Pause, in der erneut das unruhige Wuchern von Vermutungen in ihm begann, bis er fragte: »Was wäre denn ein neuer, zeitgerechter Gottesbegriff?«

Gleich danach sagte er, erschrocken über seine eigene Frage: »Entschuldigen Sie.«

»Keine Ursache«, sagte Pauly.

Er hatte es nur leise gemurmelt. Schweigend gingen sie weiter nebeneinanderher – zwei Leute, die auf ihre Füße und den Weg achteten, um nicht zu stolpern.

Nach einer Weile sagte Pauly: »Die Gottesfrage ist schwer zu beantworten. Jedenfalls nicht mit dem Anspruch auf allgemeine Gültigkeit. Gegenwärtig ist alles multiperspektivisch, alles ist im Fluss.«

»Deshalb wohl auch eine Tagung mit so vielen gegensätzlichen Rednern und Diskussionsteilnehmern?«

»Das war von Anfang an unser Konzept. Wir hatten nicht vor, es uns einfach zu machen. Hoffentlich läuft es nicht auf eine ähnliche Verwirrung hinaus wie der Turmbau zu Babel.«

Pauly lächelte über seinen Vergleich: ein Mann, der seine Einfälle liebte und sie wohl auch brauchte, um sich der amtlichen Phrasen zu erwehren. Pauly war ein lebhafter, gesprächiger Mensch. Aber das Gehen schien ihn anzustrengen. Er humpelte, weil er seinen rechten Fuß ein wenig einwärtssetzte. Anfangs war ihm das nicht aufgefallen. Vielleicht waren sie zu schnell gegangen. Oder zu weit. Vermutlich auch was das Gespräch anging. Trotzdem konnte er es nicht unterlassen zu fragen: »Wäre denn für Sie und für die Kirche ein Pfarrer akzeptabel, der nicht an Gott glaubt?«

»Sie stellen verfängliche Fragen«, sagte Pauly. »Aber ich weiß, es treibt Sie um. Also, ich kann in diesem Fall nur für mich sprechen. Ich könnte es akzeptieren unter der Bedingung, dass die christliche Grundorientierung erhalten bleibt und der Gottesglaube anderer Menschen nicht angetastet wird. Ich bin sogar überzeugt, dass es oft so läuft.«

Eigentlich, dachte er, glaubt Pauly auch nicht an Gott. Oder nur in der unbestimmten, nicht weiter hinterfragten Weise, wie ich es bis vor Kurzem auch getan habe.

»So, wir sollten mal umkehren«, sagte Pauly und

fügte noch hinzu: »Das war jetzt nicht theologisch gemeint.«

Wieder erschien auf seinem Gesicht das Zustimmung erheischende, freundliche Lächeln.

Als sie zurückkamen, war der Dienstwagen schon da. Sie gingen aber in sein Arbeitszimmer, weil Pauly noch etwas anderes mit ihm besprechen wollte, was ihm sehr dringlich erschien. Durch ihr Gespräch während des Spaziergangs war er anscheinend davon abgekommen. Vielleicht hatte er es sich auch aus taktischen Gründen aufbewahrt, um zum Schluss, wenn die Zeit drängte, leichter darüber hinwegzukommen. Es war der Vorschlag, er solle nach der Tagung für zwei oder drei Wochen in Urlaub fahren, um sich zu erholen und sich durch einen jungen Kollegen, der sich im Hilfsdienst bewährt hatte und den Pauly nachdrücklich empfahl, vertreten zu lassen. Pauly sagte das mit einer solchen fürsorglichen Wärme und Herzlichkeit, als habe er ihm ein kunstvoll eingepacktes Überraschungsgeschenk auf den Tisch gelegt, in der Erwartung, dass er es gleich aufschnüren und sich daran freuen werde.

Doch er fühlte sich vor den Kopf gestoßen. Wollte man ihn abschieben? War man im Landeskirchenamt der Meinung, dass er versagt hatte? Als er das fragte – um einen sachlichen Ton bemüht, aber ohne seine Erregung ganz verbergen zu können –, bekam er eine zweigeteilte Antwort: Nein, nein, man schätze seine Arbeit und seine innere Einstellung sehr. Leider hätten sich die Dinge unglücklich entwickelt und seien für manche Leute mit seiner Person verbunden. Für die Landeskirche komme es jetzt darauf an, wieder Ruhe und Normalität im Gemeindeleben herzustellen. Das sei, so wie die Dinge im Augenblick stünden, in enger Verbindung mit ihm nicht ganz leicht zu erreichen. Schon deshalb nicht, weil man ihm keine Revision seiner Haltung zumuten wolle. Ein kurzer Urlaub, den er ohnehin verdient habe, wäre deshalb eine gute Lösung. »Sie würden uns damit einen großen Dienst erweisen«, fügte er hinzu.

Während er Paulys wohlgewählten Worten zuhörte, war er mehr und mehr erstarrt. Er hatte das hinter seiner knappen Zustimmung verbergen können. Pauly hatte sich mit den Worten »Wir sehen uns ja in ein paar Tagen schon wieder« verabschiedet und war durch die von seinem Fahrer aufgehaltene Tür umständlich in den Rückraum des Dienstwagens gestiegen, wo er sich im Davonfahren in eine winkende Silhouette verwandelte.

»Wie war es«, fragte Frau Meschnik, als er ins Büro zurückkam.

»Fragen Sie mich was Leichteres«, antwortete er.

Sie lächelte verständnisvoll. »Dann wünsch ich Ihnen einen schönen Abend.«

»Danke«, sagte er. »Es kann nur besser werden.«

»Das ist doch 'ne Aussicht«, sagte sie.

War es das Wort, das sie gebraucht hatte, das ihn veranlasste, gegen seine Gefühle von Vorsicht und Scham, zu erzählen, dass Pauly ihm einen Urlaub verordnet hatte? Es war nicht in seinem Interesse, dass sie es vorzeitig erfuhr und natürlich darüber reden würde. Lieber wäre er spurlos verschwunden. Ohne Zuschauer und Kommentatoren. Aber das war ja sowieso nicht möglich.

»Es ist nur für zwei bis drei Wochen«, sagte er. »Niemand ist unersetzbar«, fügte er überflüssigerweise hinzu.

»Freuen Sie sich doch«, sagte sie. »Ich glaube schon, dass Sie es nötig haben.«

»Hab ich auch«, sagte er. »Pauly will einen sympathischen und kompetenten Vertreter schicken. Vielleicht soll ich an ihm Maß nehmen.«

»Ach was«, sagte Frau Meschnik. Um ihn aufzumuntern, zeigte sie ihm eine Faust mit hochgerecktem Daumen, eigentlich eine Geste männlicher Dominanz. »Also«, sagte sie und wandte sich zum Gehen. Dann fiel ihr noch etwas ein: »Ich hab Ihnen einen Brief auf den Tisch gelegt, den ich gerade unter den Drucksachen entdeckt habe. Vielleicht wollten Sie ihn gar nicht lesen?«

»Kann schon sein«, sagte er so trocken wie möglich.

Er hoffte, dass es ein neuer Brief von Luiza Suarez war. Schon als er in sein Zimmer trat, sah er den breiten, leicht getönten Umschlag, der demonstrativ mitten auf seinem leer geräumten Schreibtisch lag. Das war in seiner ironischen Anzüglichkeit ein typisches Arrangement von Frau Meschnik. Aber es entsprach auch seiner besonderen Erwartung, in der er schon aus der Entfernung die unverwechselbare, stürmische Schrift erkannte. Als wäre es ein Beutestück, steckte er den Brief in seine innere Jackentasche und stieg in seine Wohnung hoch, in der es hinter den zugezogenen Gardinen schon dämmrig war. Er würde also in drei Tagen zu dieser Tagung fahren und von dort aus Luiza Suarez in Hamburg besuchen, falls sie das noch wollte. Bei ihm stand dem seit Paulys Abschied nichts mehr im Wege. Er war frei. Doch er spürte, dass er niedergedrückt war und in der Verfassung, Enttäuschungen für wahrscheinlich zu halten. Um sich seine Unabhängigkeit und Unverletzbarkeit zu beweisen, aß er erst zu Abend und räumte dann das Zimmer und die Küche auf, bevor er den festen, sorgfältig zugeklebten Briefumschlag mit einem Küchenmesser aufschlitzte und die zwei Briefbögen herausnahm und entfaltete. Der Brief begann ohne Anrede in völliger Gegenwärtigkeit:

»Ich habe eine schlechte Nacht gehabt. Man sagt ›schlecht‹, weil man nicht geschlafen hat oder nur wenig. Dabei sind das die Nächte, in denen sich das Wichtige in uns kristallisiert, ob wir wollen oder nicht. Sodass ich diese Nächte nicht missen möchte. Obwohl ich dann am Morgen so müde bin, dass mich schon ein heruntergefallener Kleiderbügel aus der Fassung bringen kann. Ich wünsche mir nichts so sehr, als dass Sie kommen und ich Sie sehe – ich bin so weit, dass ich sage: Wo Sie wollen. Keine Angst, vor nichts! Ich bin so eingebildet, dass ich sage, wo ich auch bin, werden Sie Ruhe finden, die Ruhe, die Sie brauchen, um Ihre Unruhe zu ertragen. Ihre Unruhe ist ja Ihre Quelle, die noch nicht ganz gefasst ist. Sage ich das richtig?«

Mit einigen Zeilen Abstand folgte, wie sie es offenbar liebte und wie es ihrem Temperament entsprach, noch ein nachgestellter, alles verdichtender Satz:

»Ich könnte Ihnen alles, was ich Ihnen schreiben möchte und geschrieben habe, in drei ganz einfachen und schon oft gesagten Worten mit mir zusammen geben.«

Darunter stand ohne einen weiteren Zusatz ihr Name.

Aber sie hatte nicht Schluss machen können und auf dem nächsten Blatt einen langen Nachtrag geschrieben:

»Bis ich Sie gesehen und gespürt habe, muss ich marternde Angst ertragen, ob ich in Ihnen etwas erwecken kann, ob mein Körper und mein Geist Ihren Fragen antworten können. Bevor wir uns sehen, werde ich viele kleine Stoßgebete schicken: ›Lieber Gott, ich möchte ihm gefallen, wenigstens heute. Bitte verkläre ihm die Augen, nur für diese Stunden!‹

Denken Sie nicht, dass Sie nachher an mich gebunden sind. Alles kann geschehen, aber nichts muss sein. Gemeinsam werden wir uns von allem Erstarrten befreien. Ich möchte Ihnen das sein, was Sie mir sind. Doch im Leben ist alles ungleich. Und gerade das Schwanken der Waage macht aus uns das, was wir sein sollen. Vergessen Sie mich, bis wir uns gegenüberstehen.«

Dieses Blatt hatte sie nur mit einem großen L unterschrieben.

Seltsam, wie aufgewühlt und aufwühlend dieser Brief war. So intim und so unbedenklich hatte noch nie eine Frau zu ihm gesprochen. Nur einmal hatten sie sich gesehen, mitten in einer fremden Gesellschaft, nur zweimal waren sich ihre Blicke begegnet, und schon war er Teil einer vorauseilenden Phantasie, die vermutlich lange vorher begonnen hatte, als sie aus ihrer Ehe und ihrer Familie geflüchtet war. Sie hatte anscheinend etwas in ihm gesehen, das wie für sie gemacht schien. Sie hatte seine Einsamkeit erkannt, hatte in den Worten seiner Predigt seine verborgenen Wünsche und Gefühle entdeckt und sich ihm als Zuflucht angeboten. Das war eine Form von Grenzenlosigkeit, der er sich nicht gewachsen fühlte. Aber sie schien auch das zu wissen. Sie hatte eigene Ängste und Hemmungen ausgedrückt, um ihm seine Schüchternheit zu nehmen. Ja, sie musste sehr klug und sehr einfühlsam sein, denn sie schien alles Wesentliche über ihn zu wissen. Sie kannte ihn besser, als er sich selbst kannte. Während er ihre Briefe gelesen hatte, war ihm an vielen Stellen bewusst geworden, wie begrenzt seine Erfahrungen mit dem Leben waren. Konnte man überhaupt davon reden?

Was sollte er tun? Er hatte die Frage schon beantwortet, als er sie sich stellte. Er wollte sie kennenlernen, obwohl sie schätzungsweise zwanzig Jahre älter war als er. Vielleicht sogar mehr. Im Grunde wurde es dadurch sogar leichter. Er hatte, vielleicht auch in ihren Augen, immer einen Vorbehalt. »Denken Sie nicht, dass Sie nachher an mich gebunden sind«, hatte sie geschrieben. Das war der entscheidende Satz. Es war eine Begegnung auf Widerruf, vielleicht auch für sie. Selbst wenn sie sich das Gegenteil wünschte.

Er schob die beiden Briefbögen wieder in den Umschlag. Ihr Rat – oder war es eine Regieanweisung –, sie zu vergessen, bis sie sich gegenüberstehen würden, war eine irritierende Zweideutigkeit, dazu angetan, die abgewehrten Gedanken immer wieder wachzurufen. Eine Frau wie sie war ihm noch nie begegnet. Eine ausschweifende Träumerin? Eine Frau in einem Ausnahmezustand? Scheu und leidenschaftlich zugleich? Er hatte diese irritierende Erinnerung an ihren zweimaligen Blickwechsel mitten unter fremden Leuten. Das war ein Moment gewesen, der sie beide, so fremd wie sie einander waren, für Sekunden zu einer Einheit verschmolzen hatte. Und dann waren ihre Briefe gefolgt, lauter Versuche festzuhalten, was in diesem Augenblick geschehen war. Vorstellen konnte er sie sich nicht.

Vielleicht war es gut, dass ihm zunächst die Tagung in der Akademie bevorstand. Von dort würde er dann zu ihr fahren. Dem Geheimnis musste man sich schrittweise und auf Umwegen nähern. Vielleicht hatte sie das auch gemeint, als sie ihm geschrieben hatte, er solle sie bis dahin vergessen.

7

Als er am Freitagmorgen in sein Auto stieg, um zur Akademietagung und anschließend in den verordneten Urlaub zu fahren, stand neben Frau Meschnik, die ihm zuwinkte, noch ein wenig abgerückt, der Kollege Frank Rademacher am Straßenrand, der ihn während seiner Abwesenheit vertreten sollte, und dieses Bild, das schnell hinter ihm verschwand, hinterließ in ihm ein flaues Gefühl von Ortlosigkeit und Verbannung. Er verließ seinen Alltag und hinterließ eine Reihe ungelöster Probleme, die nun einem anderen übergeben waren. Man konnte das eine Entlastung nennen, wie Pauly ihm eingeredet hatte. Aber es war auch ein Verlust an Orientierung und innerem Gewicht.

Er fuhr langsam, ohne innere Eile, um den seltsamen Zwischenzustand noch etwas auszudehnen und sich mit seiner Situation vertraut zu machen. Ein prickelndes Gefühl von unbestimmter Erwartung erfüllte ihn. Etwas Neues stand ihm bevor, vielleicht eine unabschätzbare Veränderung.

Als er sich dem Tagungsort näherte und erst recht, als er auf den Parkplatz der Akademie fuhr, auf dem schon viele mittlere und große Wagen standen, spürte er seine Beklommenheit und blieb noch einen Augenblick in seinem Auto sitzen. Der Teilnehmerliste hatte er entnommen, dass nur wenige Gemeindepfarrer, und zwar ausschließlich jüngere, sich zu der Tagung angemeldet hatten. Die meisten Teilnehmer waren bekannte Theologen, Soziologen, Historiker, Religionswissenschaftler, Ethnologen und Psychoanalytiker. Auch einige bekannte Mitarbeiter großer Zeitungen standen auf der Liste. Keinem dieser Leute war er bisher begegnet. Patrik Graefe war der Einzige, den er kannte. Aber der fungierte hier als Mitveranstalter in einer anderen Kategorie. Durch Patrik hatte er die Chance bekommen, sich mit einem eigenen Statement am Programm zu beteiligen, war aber nicht dazu gekommen, etwas zu formulieren, und fand das auch besser so.

Im Foyer empfing ihn hallender Stimmenschwall. Die Teilnehmer der Tagung waren wohl in der Hauptsache schon eingetroffen und standen in kleinen Gruppen zusammen und redeten. Auch mehrere Pastorinnen waren darunter, junge Frauen in seinem Alter, umringt von älteren Herren. Es wurde gescherzt. Man zeigte Zusammengehörigkeit und wechselseitige Anerkennung. Die meisten Leute kannten sich wohl von anderen Gelegenheiten oder hatten sich gerade bekannt gemacht. Manche kamen mit Kaffee- oder Teetassen in der Hand vom Getränkeausschank im Hintergrund des Raumes herüber, um sich zu irgendeiner Gruppe zu stellen, wo man sie sofort in das laufende Gespräch einbezog. Dazwischen eilte Dr. Pauly umher, begrüßte die Neuankömmlinge und ließ sich hier und da auf einen kurzen Austausch von Höflichkeiten oder Bonmots ein. Patrik war nirgendwo zu sehen. Vielleicht hatte er besondere Aufgaben, überprüfte die Mikrofone oder die Leinwand für die Projektionen. Die Türen zum großen Vortragssaal waren noch geschlossen. Dafür sah er nah bei der Garderobe einen Büchertisch, auf dem wahrscheinlich die einschlägigen Publikationen der Teilnehmer ausgestellt waren. Das war der einzige Ort, wo er sich hinstellen konnte, ohne verloren zu wirken. Er wurde auch gleich von einem Kollegen seines Alters angesprochen, der in der gleichen Verlegenheit zu sein schien wie er. Er stellte sich als Christoph Kessler vor und kam aus der Nähe von Bremen. Über die Bücher, die vor ihnen ausgebreitet lagen, sagte er: »Das ist die geballte Ladung christlicher Selbstinfragestellung.«

Wie war das gemeint? War es nur einer der Witze, die auf solchen Tagungen kursierten? Oder war es eine Testbemerkung auf der Suche nach Allianzen? Jedenfalls schien der Kollege die meisten Bücher zu kennen. Er selbst hatte auf den ersten Blick neben Klassikern wie Barth, Bultmann, Bonhoeffer und Tillich auch Patriks schmales Büchlein entdeckt. Er nahm es in die Hand, um darin zu blättern und in das Inhaltsverzeichnis zu schauen. Ach ja, er erinnerte sich. Es war das Thema der wachsenden Kluft zwischen der Volksfrömmigkeit und der Theologie. Damit würde man hier zu tun bekommen.

»Ich bin gespannt«, sagte er und legte das Büchlein zurück.

Die Buchhändlerin wartete in freundlicher Neutralität, ob jemand eines der ausgelegten Bücher kaufen würde. Aber natürlich hatten die Teilnehmer an der Tagung sich längst gegenseitig ihre neuesten Publikationen geschickt.

»Worauf bist du gespannt?«, fragte Kessler.

»Was der Stand der Dinge ist.«

»Der Stand der Dinge ist im besten Fall das Chaos.«

»Und im schlimmsten Fall?«

»Das gebügelte Chaos.«

»Also die kultivierten Widersprüche.«

»So kannst du es sagen.«

Das kollegiale Du, mit dem Kessler ihn angesprochen hatte, war genauso wie der flotte ironische Wortwechsel ein Bündnisangebot. Er wollte es bestätigen, indem er ihn in einem seiner nächsten Sätze auch mit Du ansprach. Aber es fiel ihm kein selbstverständlicher Satz ein. Schließlich fragte er: »Bist du aus allgemeinem oder einem speziellen Interesse hergekommen?«

»Beides«, sagte Kessler.

Dann spürte offenbar auch er, dass ihr Gespräch zu stocken drohte, und fügte hinzu: »Ich schreibe etwas über Selbstbestimmung und Religion.«

»Ein lutherisches Thema.«

»Auch. Aber nicht unbedingt. Das müsste eher Glaube und Gnade heißen.«

»Vielleicht bekommst du Anregungen hier.«

»Mit Neuem rechne ich eigentlich nicht. Kennst du den Pauly?«

»Ich hatte vor Kurzem die Gelegenheit, ihn kennenzulernen.«

»Ein großer Harmonisierer.«

»Das kann ich bestätigen. Ich bin sozusagen ein Harmonisierungsopfer.«

»Wieso?«

»Na ja, ich hatte Stress in der Gemeinde und bin vorübergehend beurlaubt worden. Freundlich und fürsorglich natürlich.«

»Das musst du mir erzählen.«

Lieber nicht, dachte er. Das konnte Ärger geben, wenn es sich herumsprach. In dieser Gesellschaft, in der sich die meisten kannten und sicher auch übereinander redeten, empfahl es sich, vorsichtiger zu sein. Ein plötzliches Bedürfnis nach Übereinstimmung hatte ihm diese vieldeutige Andeutung entlockt. Wahrscheinlich ein typischer Anfängerfehler. Glücklicherweise unterbrachen ein musikalisches Signal und die anschließende Aufforderung, sich in den Vortragssaal zu begeben, ihr Gespräch. Die Flügeltüren waren gerade geöffnet worden und hatten den Blick freigegeben auf mehrere Reihen dunkelgrauer Polsterstühle an langen Tischen, auf denen Handmikrofone für die Diskussion und kleine Schreibblocks lagen. Rechts und links vom Rednerpult prangten zwei große Blumenarrangements.

Begleitet vom Stimmengewirr füllten sich die Reihen. Christoph und er setzten sich an einen der Seitentische. Etwas entfernt von ihnen eilte Patrik umher und verteilte irgendwelche Papiere in einer – wie Christoph formulierte – »pantomimisch gelungenen Darstellung des Begriffs der Geschäftigkeit«. Dass Patrik ihn noch nicht entdeckt oder in seinem Eifer, den wichtigen Leuten zu Diensten zu sein, bewusst übersehen hatte, war ihm ganz recht. Er fühlte sich als Außenseiter und mit seinem neuen Bekannten Christoph neben sich sogar als Mitglied einer Widerstandszelle gegen die von den meisten Tagungsteilnehmern ausgestrahlte Aura von Kompetenz. Er war überzeugt, dass Christoph etwas Ähnliches empfand.

Jetzt wurden die Flügeltüren geschlossen, und in der ersten Reihe erhob sich Dr. Pauly, um zum Pult zu gehen, wo er sein Manuskript entfaltete und glatt strich und dann das Mikrofon auf Mundhöhe zurechtbog, beides rituell wirkende Gesten der Vorbereitung, die Ruhe im Saal herstellten. Es folgte die Begrüßung der Ehrengäste und der Referenten, eine lange Liste, die einige Zeit in Anspruch nahm und vermutlich sorgfältig abgewogen war nach einer gegenwärtig geltenden Skala der Bedeutsamkeiten. Darüber hätte er gerne mit Christoph eine Bemerkung ausgetauscht. Doch der saß unbeweglich neben ihm und starrte auf Pauly. Wie ein Raubtier auf seine Beute, schoss es ihm durch den Kopf.

Pauly war jetzt dazu übergegangen, einige Bemerkungen zum Konzept der Tagung zu machen, die in einem Teil der Presse als eine theologische Tagung angekündigt worden sei. Das sei sie aber, wie man der Liste der Referenten und ihren Themenstellungen entnehmen könne, gerade nicht. »Was uns vorschwebt und was uns hoffentlich gelingen wird«, schwang sich Paulys Stimme in eine höhere Tonlage auf, »das ist der Versuch, die Theologie und die kirchliche Seelsorge im Gespräch mit Philosophen, Soziologen, Psychoanalytikern, Religionshistorikern und selbstverständlich auch Naturwissenschaftlern kritischen multiperspektivischen Ansichten ihrer selbst auszusetzen. Wir verbinden damit keine bestimmten Absichten, sondern wollen in kurzen Vorträgen und Statements und daran anschließenden Diskussionen und ab morgen auch in verschiedenen Arbeitskreisen dieses Gespräch als einen offenen Prozess der Begegnung und der Reflexion gestalten, in der zugegebenermaßen kühnen Vorstellung, dass daraus aktualisierende Impulse für das Gemeindeleben und ein neues Verständnis für die Rolle der Kirche in der säkularen Gesellschaft hervorgehen werden. Ich weiß, das klingt äußerst ehrgeizig und gewagt. Aber ich denke, wir haben das Potenzial dazu. Also sollten wir auch den Mut haben.«

Er machte eine Pause. Dann sagte er: »Jede Infragestellung trägt in sich die Möglichkeit eines neuen Beginns. Das sollte in den nächsten Tagen unsere Hypothese und unser Motto sein.«

Es gab matten Beifall, der bald versiegte. So direkt ließ sich dieses Auditorium, in dem ganz unterschiedliche Leute saßen, nicht in eine gemeinsame Stimmung versetzen. »Danke«, sagte Pauly trotzdem. Und er sagte es auch noch ein zweites Mal in einem beschwichtigenden Ton, als wollte er aus Bescheidenheit dem schon abgeebbten Beifall noch einmal Einhalt gebieten.

War Pauly ein Mensch ohne Selbstzweifel? Das glaubte er eigentlich nicht. Wahrscheinlich war er jemand, der seine Selbstzweifel durch Routinen überbaut hatte. Vor allem durch ständiges Reden. Pauly musste seine Stimme hören, um sich existent zu fühlen. Bei Menschen wie ihm fügten sich die Worte ganz von selbst zueinander, als wüssten sie, wo sie hingehörten. Das war das Gegenteil der plötzlichen Sprechstörung, die ihn befallen hatte und immer noch wie ein nur oberflächlich gezähmter Schrecken in ihm steckte. Hier, wo er von lauter fremden, prominenten Leuten umgeben war, spürte er wieder, wie einen inneren Schatten, ein Gefühl von Fremdheit und Scheu, das er aus seiner Jugend kannte, aber längst für überwunden gehalten hatte. Er durfte nicht zulassen, dass es sich wieder in ihm festsetzte. Er war sich nicht darüber im Klaren, wie er sich verhalten sollte. Musste er sich in die Diskussionen einmischen oder war es klüger, zu schweigen und alles als ein Schauspiel fremder Eitelkeiten und künstlicher Probleme vor sich ablaufen zu lassen? Leisten konnte er sich das. Es würde nicht auffallen, da ihn hier, außer Pauly und Patrik Graefe, niemand kannte.

Pauly kündigte nun als ersten Redner einen Soziologen an. Er bezeichnete ihn als einen ausgewiesenen Fachmann für Gesellschaftsbeschreibungen von physiognomischer Plastizität. Sein Thema: »Der gegenwärtige Schwächezustand der Kirche. Eine Diagnose.«

Der Referent, eine untersetzte Gestalt, ging in einer Art Marschschritt auf das Pult zu und sagte dort, ohne sich schon postiert zu haben, mit einer schnell hingeworfenen Vorbemerkung, sein Untertitel habe ursprünglich gelautet: »Zur Diagnose und Therapie«.

Glücklicherweise seien ihm aber rettende Bedenken gekommen und er habe das Wort »Therapie« als einen für ihn unerfüllbaren Anspruch wieder gestrichen. Er hoffe aber, dass die Tagung mit der Vielfalt ihrer Kompetenzen zu einem konstruktiven Ziel gelangen könne. Sein eigener Beitrag sei allerdings nur als ein skizzenhaftes Statement zu verstehen. Damit legte er sein Manuskript auf das Pult und beugte sich darüber, als lese er es zum ersten Mal. Vielleicht hatte er sich nur Stichworte gemacht.

Er führte dann aus, dass die Religion – die beherrschende Sinndeutungsinstanz und lebensgestaltende Macht der traditionalen Gesellschaft vor allem des Mittelalters und, im Einklang mit den reformatorischen Impulsen, auch darüber hinaus –, sich im Zuge der fortschreitenden Modernisierung allmählich in eine altehrwürdige Hintergrundautorität der Gesellschaft verwandelt habe. Dabei habe sie immer mehr praktische Funktionen und Gestaltungsräume abgetreten oder verloren. Zwar lebten im aufgeklärten humanen und sozialen Denken christliche Grundgedanken weiter, aber sie seien fast ganz in die Regie und die Verantwortung der Zivilgesellschaft übergegangen. Seit es die verfassungsrechtlich garantierte Religionsfreiheit gäbe, seien die Konfessionen Konsumgüter geworden, die man wie alle anderen Konsumgüter wählen könne oder nicht. Man könne von ihnen je nach Bedarf seinen persönlich dosierten Gebrauch machen. Religion sei Privatsache geworden und verflüchtige sich in subjektiven Varianten oder lebe zum Feiertagsritual reduziert wie ein braves und geschütztes Haustier innerhalb der säkularisierten Gesellschaft weiter, die mit ihrer gesammelten Medienmacht anstelle der Sorge um das Seelenheil Tag für Tag die Jagd nach dem vielgestaltigen Glück irdischer Selbstverwirklichung propagiere. Das aktuelle Wunschbild körperlicher und seelischer Wellness und des gesellschaftlichen Erfolgs habe die religiöse Erlösungshoffnung überlagert und als etwas Unüberprüfbares und Vages in den Hintergrund gedrängt. Da sei es kein Wunder, dass nur noch zehn Prozent der Bevölkerung mit einiger Regelmäßigkeit in die Kirche gingen.

Er schilderte das Gemeindeleben mit all seinen sozialen Betreuungsangeboten als eine gesellschaftliche Nische für Zuflucht suchende Menschen, die in der Unübersichtlichkeit und Instabilität der Leistungsgesellschaft menschliche Nähe und Wärme vermissten. »Die Formelhaftigkeit«, sagte er, »zu der die Glaubensinhalte in ihrer rituellen Vermittlung erstarrt sind, wird dabei von den Kirchenbesuchern als Preis der Geborgenheit in Kauf genommen. Weder glauben noch zweifeln sie an den Glaubensverheißungen. Die meisten sagen sich: ›Vielleicht ist doch etwas daran. Man kann es ja nicht wissen.‹ Das gilt auch für viele Menschen, die nicht mehr in die Kirche gehen. Durch den agnostischen Vorbehalt wollen sie sich die mögliche Teilhabe an den versprochenen himmlischen Gütern offenhalten. Glaubensinbrunst und persönliche Zeugenschaft werden ja nicht von ihnen erwartet, nur die Zahlung der Kirchensteuer und eine bequeme, kaum belastende Konformität. Oder sogar nur religiöse Toleranz und friedfertige Koexistenz. Für die meisten ist das nicht mehr als der Kauf eines Lotterieloses in den unteren Rängen. Man rechnet nicht wirklich mit dem großen, alles verändernden Glückstreffer. Doch so eine kleine Hoffnung auf einen Gewinn kann man sich schon einmal leisten, um den erheblichen Druck der Konkurrenzgesellschaft ein wenig aufzulockern und das unvermeidliche Ende des Lebens freundlich zu umkränzen und zu verschleiern. Unbestreitbar ist das immer noch eine wichtige religiöse Funktion. Man lese nur die Todesanzeigen in der Zeitung. Auch ihnen lässt sich allerdings entnehmen, dass der verklärende Rückblick auf das irdische Leben der Verstorbenen die Hoffnung auf ein ewiges Leben längst deutlich übertrifft. Das ist ein bedeutendes Zeichen eines gewaltigen psychologischen und sozialen Wandels, der sich überall bemerkbar macht. Wir sind dabei, ein neues Verständnis des Todes zu gewinnen. Der Tod, begriffen als das absolute, unüberschreitbare Ende des Lebens, ist für immer mehr Menschen die sinnstiftende Notwendigkeit für ein selbst gestaltetes Leben geworden. Man könnte das eine Religion ohne Religion nennen.«

Damit schloss er seine Rede und blickte zu Pauly hinüber, als erwarte er ein Zeichen von ihm, was jetzt noch zu tun blieb.

»Gibt es Wortmeldungen?«, fragte Pauly, der offenbar jede vermittelnde Stellungnahme vermeiden wollte. Im Auditorium regte sich nichts. Es war ein Augenblick der Lähmung, der gesenkten Gesichter.

Christoph, der neben ihm geflüstert hatte: »Nicht

ganz falsch und nicht ganz richtig, aber jedenfalls banal«, hob seinen Arm.

»Bitte!«, sagte Pauly.

Es klang ein wenig flehentlich. Als hätte er gesagt: ›Bitte, machen Sie es gut!‹ Vielleicht kannte er Christoph oder hatte von ihm gehört. Jedenfalls schien er besorgt zu sein. Christoph hatte jetzt die Aufmerksamkeit des ganzen Saals, als er sagte: »Als einem kurzen Überblick kann ich Ihrer Diagnose zustimmen. Neu ist sie nicht. Nicht einmal in den Formulierungen. Doch da Sie gesagt haben, Sie hätten Ihren Therapievorschlag wieder gestrichen, bin ich sehr neugierig geworden, was Sie uns vorenthalten haben und weshalb? Aber ehe ich spekuliere, erlauben Sie mir bitte eine Frage: Sehnen Sie sich nach dem Gottesstaat?«

Hier und da war ein verlegenes Lachen zu hören, das gleich wieder verstummte. Die meisten empfanden die Frage wohl als eine plumpe Unverschämtheit.

»Schwerlich«, antwortete der Soziologe. »Es wäre eine zu große Umstellung für mich.«

Jetzt lachte der ganze Saal.

Eine neue Wortmeldung beendete die Szene. Jemand, der kurz seinen Namen und seinen Beruf nannte, also einer der weniger Prominenten, stellte die Frage, ob in der jüngst zu beobachtenden neuen Offenheit der Jugend für religiöse Gefühle nicht auch ein Ansatz zu einer Renaissance der Religion stecke.

»Das glaube ich eigentlich nicht«, sagte der Soziologe. »Was ich persönlich bisher wahrgenommen habe, waren an Massenereignisse gebundene, flüchtige Stimmungen, die sich selbst genug waren und sich selbst konsumierten. Wenn's vorbei ist, läuft man auseinander, und nichts bleibt zurück außer dem Bedürfnis nach einem neuen Event und neuen Massenbegeisterungen.«

»Woher wissen Sie das?«, wurde aus einer anderen Ecke des Saals gefragt.

»Im strengen Sinne des Wortes weiß ich das nicht. Es sind Beobachtungen und Eindrücke. Sie sind gut beraten, wenn Sie meinen Vortrag als den Versuch einer Beschreibung komplexer gesellschaftlicher Veränderungen verstehen und mit eigenen Erfahrungen vergleichen.«

»Es gibt eben andere Erfahrungen«, meinte der Frager, »und mit Mehrheitseinschätzungen ist ihnen nicht beizukommen.«

»Das habe ich eigentlich auch nicht behaupten wollen. Eher das Gegenteil.«

»Es klang für mich so«, sagte der Frager.

»Danke für die Richtigstellung.«

Eine weitere Frage wurde nicht gestellt, was Pauly zu der Bemerkung veranlasste, dass es für eine grundsätzliche Diskussion nach dieser Situationsbeschreibung noch zu früh sei. Zunächst müssten noch mehr Aspekte und Probleme zusammengetragen werden. Jetzt zum Beispiel sei laut Programm ein besonders weiter Sprung vorgesehen. Man werde einen Blick tun in die Anfänge des religiösen Denkens, des Gottesglaubens und des Christentums, um von da aus zu den Problemen der Gegenwart zurückzukehren. Der nächste Vortragende wurde von Pauly als ein philosophisch, theologisch und kulturhistorisch umfassend gebildeter Generalist angekündigt, der auch Autor zahlreicher Bücher sei. Pauly bat ihn aufs Podium mit dem Satz: »Bitte, Herr Sovic, beantworten Sie uns die im Titel Ihres letzten Buches gestellte Frage ›Wer oder was ist Gott?‹«

Sovic war ein großer, hagerer Mann, der das Mikro wieder höher einstellen musste und noch einen Schluck aus dem bereitgestellten Wasserglas trank, bevor er zu reden begann. Er sagte: »Ich will die Frage gleich beantworten: ›Gott ist die Summe der Erzählungen über Gott.‹ Man kann auch sagen: eine von Menschen geschaffene, Halt und Orientierung stiftende Fiktion. Das ist ein hoch abstraktes, anspruchsvolles Geistesprodukt, das zu seiner Entstehung ein entwickeltes menschliches Großhirn voraussetzt, also ein sehr spätes Produkt der biologischen Evolution. Ein Fisch, ein Krake, ein Vogel, eine Eidechse, ein Löwe oder ein Schimpanse können sich keine Vorstellung von einem Gott machen. Ihre Wahrnehmung der Welt ist festgelegt auf die ihrer Lebensweise zugehörigen Signale und kennt keine Außensicht, keinen abstrakten Überblick über die Gesamtheit des Seins und kann sich nicht die metaphysische Grundfrage stellen, warum überhaupt etwas ist und nicht vielmehr nichts. Der Gottesbegriff ist die personifizierte menschliche Antwort auf die Seinsfrage. Doch der Satz der biblischen Schöpfungsgeschichte ›Gott schuf den Menschen sich selbst zum Bilde‹ steht schroff und steil, ohne Anlehnung an bekannte Fakten für sich da. Man kann ihn nur glauben oder nicht. Wenn wir dagegen die Beziehung der beiden tragenden Worte umkehren zu dem Satz ›Der Mensch schuf Gott sich selbst zum Bilde‹, dann wird die Aussage anschlussfähig an alle evolutionsgeschichtlichen und kulturgeschichtlichen Faktenzusammenhänge. Der Mensch ist nicht aus einem Schöpfungsakt hervorgegangen, sondern ist als das bisherige Endprodukt der schon über zwei Milliarden Jahre andauernden Evolution des Lebens vor etwa zweieinhalb Millionen Jahren in Erscheinung getreten. Noch affenähnlich, doch schon abweichend in einigen Merkmalen, unterschied er sich von der eindeutigen Spezialisierung der erfolgreich an ihre Umwelt angepassten Tierarten. Er war unfertig und veränderungsfähig, ein Bündel verborgener Möglichkeiten. Ein problematischer, weitreichender Wurf, von dem sich nicht sagen lässt, wohin er noch führen wird.«

Sovic machte eine Pause und holte dann zu einem Bekenntnis aus: »Die Entstehung eines gestaltenreichen Lebens auf dem kosmisch gesehen winzigen Planeten Erde ist ein Geschehen von hochgradiger Phantastik. Keineswegs ist es durch seine wissenschaftliche Beschreibung entzaubert worden. Im Gegenteil: Die Evolution des Lebens aus anorganischen Anfängen bis zu der heutigen leider wieder gefährdeten Artenvielfalt ist in meinen Augen die größte Erzählung, die die Menschheit hervorgebracht hat. Und sie hat zum Überfluss, möchte man sagen, eine selbstreflektive Pointe bekommen, indem sie ein Lebewesen hervorgebracht hat, in dessen wachsendem Gehirn sich die ungeheueren Vorgänge in Form von mythischen Geschichten und Kunstwerken, von Religionen, Philosophien und eben auch in wissenschaftlichen Theorien spiegeln. Es ist ein Lebewesen, das sich von allen anderen Lebewesen unterscheidet, weil es nicht einfach nur lebt und stirbt, sondern sich fragt, wo bin ich hier und wozu bin ich hier und wo komme ich her?«

»Er bläst es ziemlich auf«, flüsterte Christoph neben ihm.

Er nickte kurz und blickte weiter zum Vortragspult hinüber.

»Womit konkurriert er?«, begann Christoph wieder. »Mit der Genesis?«

Er nickte und blickte starr geradeaus. Es war ihm unangenehm, in ein störendes Geflüster einbezogen zu werden. Christoph konnte seine Einfälle nicht für sich behalten. Vielleicht wollte er die Abfuhr kompensieren, die er für seine unpassende Wortmeldung bekommen hatte. Wahrscheinlich war Christoph ein Mensch, der stets in Opposition zum Etablierten stand und in ihm einen Gesinnungspartner suchte. Wie immer in solchen Situationen spürte er ein Bedürfnis nach Distanz. War er vielleicht nicht bündnisfähig? Manchmal hatte er das gedacht. Aber inzwischen war ihm klar, dass es sich anders verhielt. Er war allseitig bündnisbereit, weil er im Grunde indifferent war. Das durchschaute offenbar niemand. Da er sich selbst immer wieder zwang, gegen seine Bedürfnisse nach Rückzug und Distanz den moralischen Anforderungen seines Amtes zu genügen, galt er den meisten als ein uneigennütziger, kooperativer Mensch. Nur Karbe hatte das bei ihrer letzten Begegnung anders empfunden und war von sich aus auf Distanz gegangen, so radikal und verletzend, dass es unverständlich war. Doch er war nicht verletzt gewesen, nur verblüfft und ein wenig leer. Es war ihm leichtgefallen, ihm den Rücken zuzukehren und hierher zu fahren, zu dieser seltsamen Tagung zur Standortbestimmung der Religion. Im Gegensatz zu Christophs gespannter Diskussionsbereitschaft spürte er keine Neigung, sich zu äußern. Er fühlte sich als fremder Gast.

Wie von ferne hörte er die Stimme des Vortragenden. Er sprach über den Übergang des magischen Zeitalters und seiner Dämonenfurcht zum menschennäheren mythischen Zeitalter der Vielgötterei, um dann in rascher historischer Kulissenverschiebung zur monotheistischen Religion zu gelangen, die für den allmächtigen und alleinigen Weltenschöpfer und Weltenherrscher das uneingeschränkte Monopol der Sinnstiftung beanspruchte. Jahwe, der Gott, erschien als der grundsätzlich Andere und Unvergleichbare. Es war verboten, sich ein Bild von ihm zu machen, denn das hätte ihn zu nahe an die bunte Vielfalt der Natur- und Lokalgötter herangerückt. Sie alle mussten dem Absolutheitsanspruch des einen Gottes weichen, als um 1200 vor Christus jüdische Hirtenstämme aus Ägypten kommend in ihr Herkunftsland Kanaan zurückwanderten und sich als Gottes auserwähltes Volk westlich des Jordans niederließen.

»Im Alten Testament«, sagte Sovic, »begegnet uns Gott zwar in übermenschlicher Größe und Macht, aber durchaus analog zu den damaligen menschlichen Lebensformen als Herrscher, Stammesoberhaupt, Richter oder Vater. Und er zeigt sich als ein Wesen von archaischer Emotionalität: zornig, strafend, Opfer und Unterwerfung fordernd und den Andersdenkenden und Feinden – und manchmal allen Menschen – Vernichtung androhend. In all diesen Erzählungen von Gott, die bis heute wie unbewegliche Felsbrocken im Bewusstsein der Menschen liegen, drückt sich das menschliche Verlangen nach einem mächtigen Schutzherrn aus«, sagte Sovic. »Der alte Gott, dessen strenge, auf Gesetzen und Strafen gründende Weltordnung in der Bergpredigt durch die Botschaft eines umfassenden liebenden Verstehens überwunden schien, blieb unerschütterlich und schwieg, als der am Kreuz sterbende Jesus nach ihm rief. Vielleicht war die christliche Botschaft für viele Menschen zu unbestimmt und gewagt und bedurfte der Stützung durch alte und härtere Garantien. Also wurden der gekreuzigte Christus und der das Sühneopfer fordernde alte Gott wieder miteinander verbunden. Für jemanden, der die Liebesbotschaft der Bergpredigt als einen neuen evolutionären Schritt im menschlichen Selbstverständnis begreift, ist es schockierend, dass sich Christus im Glaubensbekenntnis als Beisitzer beim Jüngsten Gericht wiederfindet. Denn dieses Strafgericht über ›die Lebenden und die Toten‹ ist der Inbegriff des archaischen Denkens, das er überwinden wollte.«

War das der Schluss des Vortrages? Niemand klatschte, niemand reagierte. Sovic hatte mit wachsender Emphase gesprochen und plötzlich aufgehört. Er stand reglos hinter dem Pult und blickte in den

Saal, wo sich Unruhe regte. Es war eine spürbare Anspannung, der nur noch ein zündendes Stichwort fehlte. Man sah sie in vielen Gesichtern und hörte sie im allgemeinen Schweigen. Auch Pauly schaute mit gesenktem Kopf vor sich hin, als denke er nach und versuche sich klarzumachen, was jetzt von ihm erwartet wurde. Offenbar hatte er den Text von Sovics Vortrag nicht gekannt, und nun lag es an ihm, die Diskussion wieder in allgemein akzeptierbare Bahnen zu lenken.

Aber der Vortragende war noch nicht am Ende.

Er sagte: »Man kann eine Ironie der Religionsgeschichte darin sehen, dass der monotheistische Gott, der keine anderen Götter neben sich dulden wollte, in Jesus einen Beisitzer bekam, der ein ganz anderes, sensibleres Programm vertrat als die alte, mit grausamen Strafen und Gehorsamsprüfungen sich präsentierende göttliche Herrschergestalt. Um diesen Widerspruch zu überbrücken, musste der Mensch Jesus erst durch das Nadelöhr seines Todes gehen, um so imaginär zu werden, dass er in den göttlichen Rang erhoben werden konnte. Aber war er nun noch derselbe?

Es war zweifellos eine strategische Leistung der Apostel und vieler nachfolgender religiöser Denker, dass sie diesen Widerspruch überbrückt haben, indem sie einerseits die Gegensätze verschmolzen und Jesus Christus als die Menschwerdung Gottes interpretierten, andererseits aber den alten Gott als metaphysische Garantiemacht im Hintergrund lebendig erhielten. Ohne sich auf Gott berufen zu können, wäre Jesus ein Wanderprediger geblieben, der wie viele andere mit der Zeit wieder aus dem Gedächtnis der Menschen verschwunden wäre. Da er den ›Mühseligen und Beladenen‹ aus der Seele gesprochen hatte, fand seine Lehre in den antiken Sklavengesellschaften zwar wachsenden Zulauf. Aber gerade diese Klientel verlangte göttlich beglaubigte Heilsbotschaften und erwartete wunderbare Errettungen. Auch einer der beiden Schächer, die auf dem Hinrichtungsplatz von Golgatha neben ihm an ihren Kreuzen hingen, hatte Jesus auf seine angeblich enge Beziehung zum allmächtigen Gott angesprochen und als Echtheitsbeweis seiner Gottessohnschaft ein rettendes Wunder von ihm verlangt. Jesus, der sich nach einem Augenblick der Schwäche wieder gegen seine eigenen Zweifel gewappnet hatte, versprach ihm und sich selbst, morgen würden sie gemeinsam im Paradiese sein. Sterbend kehrte er unter das Schutzdach göttlicher Übermacht zurück. Damit begann seine welthistorische Rolle als Erlöser der leidenden Menschheit.«

Sovic sah jetzt so aus, als habe er das Ende seines Vortrages erreicht. Aber zunächst meldete sich niemand, der etwas dazu sagen wollte. Niemand hatte offenbar mit diesem Vortrag gerechnet. Schließlich meldete sich Thomas Häusler, ein bekannter Theologe. Er zeigte nicht auf, um von Pauly das Wort zu erhalten, sondern sprach spontan von seinem Sitz aus mit einer wohlklingenden Stimme, die ganz auf milde Nähe gestimmt war.

»Lieber Herr Sovic«, sagte er, »während Sie mit Gott so streng ins Gericht gingen, habe ich mich gefragt, was Sie wohl für einen Vater gehabt haben.«

»Lehrreiche Frage«, sagte Sovic. »Wenn es ein strenger Vater war, ist vermutlich alles klar. Interessanter wäre es wohl mit einem freundlichen Vater. Aber damit kann ich auch nicht dienen. Ich habe meinen Vater nicht gekannt.«

»Entschuldigung, das tut mir leid«, sagte Häusler.

Sovic, der immer noch hinter dem Pult stand, antwortete von dort aus.

»Sie müssen sich nicht entschuldigen, Herr Häusler. Aber vielleicht verraten Sie mir, was Sie für einen Vater gehabt haben?«

»Einen freundlichen und fördernden«, antwortete Häusler, der sich wieder gesammelt hatte.

»So soll es ja auch sein«, sagte Sovic.

Sein Lächeln war nicht ungefährlich. Es war ihm anzusehen, worauf er hinauswollte.

»Ich schließe aus Ihrer Eingangsfrage an mich, dass Sie es nicht für abwegig halten, daraus Rückschlüsse auf Ihr Gottesbild zu ziehen?«

»Das betrifft vor allem die gefühlsmäßige Beziehung«, sagte Häusler. »Ich weiß natürlich, dass Gott unverfügbar ist und wir keinen anderen Zugang zu ihm haben, als an ihn zu glauben.«

»Aber in Ihrem Seelenbild ist es ein freundlicher und fördernder Gott, der es gut mit Ihnen meint?«

»Das haben Sie schön formuliert, Herr Sovic. Auch die Schöpfung ist in meinen Augen nicht nur das Zufallsprodukt der Evolution, sondern ein göttliches

Geschenk. Das heißt nicht, dass ich das wissenschaftliche Konzept und die Fakten der Evolutionstheorie bestreite. Aber meine emotionale Zustimmung ist geprägt durch den Satz des biblischen Schöpfungsberichtes: ›Gott sah alles an, was er gemacht hatte, und siehe da, es war sehr gut.‹«

»Einschließlich Pest, Cholera und Krebs?«

»Wir müssen die Natur als Totalität erkennen. Das sollten Sie als überzeugter Darwinist doch wissen.«

»Ich habe eigentlich anders fragen wollen: Einschließlich Krieg und Völkermord? Und noch anders gefragt: Ist Gott auch zuständig für die Milliarden auseinanderdriftenden Galaxien und ihr rasendes Verschwinden im dunklen Raum und für die Schwerkraftfallen der schwarzen Löcher in ihrer Mitte, die ganze Sternsysteme verschlingen und zu Nichts zusammenpressen. Oder ist er nur der Lokalgott eines kosmisch gesehen winzigen, bedeutungslosen Planeten?«

»Was wollen Sie damit sagen, Herr Sovic? Das Christentum ist eine auf Menschen bezogene Religion, und sie erkennt im Begriff der Sünde und des Abfalls von Gott die von Irrtum, Vergänglichkeit und Leiden bedrohte und hinterfragte menschliche Existenz. Ihr zentrales Symbol ist der leidende, der gekreuzigte Gottessohn.«

»Dessen Sterben der archaische Gottvater ungerührt zusieht als Repräsentanz der Totalität.«

»Ist das nicht ein Bild für den ganzen Ernst der menschlichen Situation?«

»Durchaus. Aber anschließend wird diese Erfahrung in der Auferstehungsgeschichte wieder aufgehoben. Verständlich ist das ja. Die Mehrheit der leidenden Menschen brauchte einen solchen Trost. Es verschaffte ihnen Distanz gegenüber der Übermacht der bedrängenden Realitäten.«

»Das ist heute grundsätzlich nicht anders. Sterben müssen wir immer noch.«

»Lieber Herr Häusler, Sie versuchen jetzt im Rückgriff auf existenzielle Fundamentalien sogenannte ewige Wahrheiten zu stabilisieren. Aber das ist ein grobmaschiges Argument, das alle Veränderungen des menschlichen Lebens, wie wir sie heute im ersten Vortrag gehört haben, einfach übergeht. Das Urchristentum und das Christentum der Kreuzzüge und unser sozialpädagogisches Christentum unterscheiden sich gewaltig. Das werden Sie nicht bestreiten.«

»Nein. Aber die Kraft eines wahren Gedankens setzt sich unter historisch wechselnden Bedingungen immer wieder durch. Und Sie werden mir doch zustimmen, Herr Sovic, dass der Gehalt einer Wahrheit nicht dadurch beeinträchtigt werden kann, dass sie auf einem – wie Sie gesagt haben – winzigen, unbedeutenden Planeten formuliert worden ist.«

»Weiß ich nicht. Der Planet hat eine begrenzte Lebenszeit. Und das Leben der Menschheit hat voraussichtlich noch eine viel kürzere Dauer. Dass Gott etwas ist, das außerhalb unserer Gehirne eine Existenz hat, bezweifle ich. Wenn also nach dem planetarischen Countdown hier oder anderswo unter anderen Bedingungen eine neue Evolution begönne, würden andere Lebewesen entstehen und in ihren anderen

Gehirnen andere Fiktionen. Der Gott der Bibel wäre nicht mehr dabei.«

»Müssen wir uns darüber Gedanken machen?«

»Nein. Aber verboten ist das glücklicherweise nicht.«

Im Saal war es unruhig geworden, und Pauly, der sichtlich nervös zugehört hatte, sagte: »Ich danke den beiden Herren für ihr interessantes Intermezzo und schlage vor, wir machen hier einen Break.«

»Schade!«, rief jemand.

Sovic zuckte die Achseln, um anzudeuten, dass er gerne weitergesprochen hätte.

»Wir kommen wieder darauf zurück«, sagte Pauly.

»Worauf?«, fragte der Zwischenrufer.

»Wir werden nachher über erwünschte und notwendige Reformen sprechen. Das gibt uns genug Gelegenheiten, unseren Diskurs zu erweitern«, sagte Pauly.

Aber er bekam Widerspruch. Aus der zweiten Reihe meldete sich ein Mann, der sich Vossländer oder so ähnlich nannte und, wie Christoph wusste, ein Anthropologe war. Er sagte: »Wir sollten die Diskussion des Vortrages von Herrn Sovic nicht auf dieses zugegebenermaßen amüsante Geplänkel beschränken, sondern noch einmal auf sein zentrales Statement zurückkommen. Wenn Sie gestatten, Herr Pauly.«

Pauly, der offensichtlich genervt war, weil nichts nach Plan verlief, sagte: »Bitte sehr. Wenn es geht, in Form einer Anmerkung.«

»Danke«, sagte Vossländer. »Ich beschränke mich

auf eine Frage an Herrn Sovic: Ist es vorstellbar und verständlich, dass der Mensch, der im Gegensatz zu den Tieren ein nicht festgelegtes, problematisches Lebewesen ist, das so und anders sein kann und ständig im Werden ist, das Maß und Halt gebende Gegenüber eines Absoluten braucht, das wir Gott nennen?«

»Kulturgeschichtlich ist das so gelaufen«, sagte Sovic. »Der zornige Gott des Alten Testaments, der mit Seuchen, Sintfluten und Dürrezeiten die Menschheit für ihre Verfehlungen bestrafte, hat durch sein strenges Regiment die menschliche Lebensordnung geformt und immer wieder stabilisiert. Das konnte allerdings nur so lange dauern, wie es gelang, den Gedanken zu verdrängen, dass Gott eine menschliche Fiktion ist.«

»Wie sehr dieser Gedanke gefürchtet wurde, zeigen die Ketzerverfolgungen. Schon geringe Abweichungen vom Dogma wurden grausam bestraft. Es war eine todeswürdige Sünde.«

»Aber diese Schreckensjustiz war unvereinbar mit dem beginnenden Humanismus und der Aufklärung – laut Kant ›der Ausgang der Menschheit aus ihrer selbst verschuldeten Unmündigkeit‹. Deshalb hat die neuzeitliche Theologie einen anderen Weg beschritten. Sie hat Gott in die Transzendenz entrückt. Er ist unsichtbar und unanfechtbar geworden. Er schweigt. Er greift nicht mehr ein ins Weltgeschehen, obwohl alle kriegsführenden Parteien sich immer wieder auf ihn berufen haben. Stattdessen gibt es die Vorstellung eines ohnmächtigen Gottes, der als passiver Zeuge des Weltgeschehens leidet. Ein Gott wie von Samuel Beckett, möchte man sagen.«

»Verblasst dieser Gott nicht allmählich zum bloßen Zitat unserer Gottesdienste?«

»Möglich. Es gibt Tendenzen, die in diese Richtung weisen. Aber Prognosen sind nicht meine Sache. Immerhin steckt ein Potenzial für religiöse Wiederbelebungen in der menschlichen Bedürftigkeit nach Schutz, die man zwar sozial polstern, aber nicht ein für alle Mal abschaffen kann.«

»Wollen Sie uns also keine weltliche Utopie anbieten?«

»Beim gegenwärtigen Weltzustand lieber nicht.«

Im Saal wurde geklatscht. Es war eine Minderheitenäußerung, die von undeutlichem Gemurmel begleitet wurde und wahrscheinlich nur bedeutete, dass man es für angemessen hielt, an dieser Stelle erst einmal Schluss zu machen, eh alles noch spekulativer wurde.

Auch Pauly mischte sich ein.

»Danke meine Herren«, sagte er. »Ihr Austausch hat uns Anregungen und zugespitzte Hypothesen gebracht, mit denen wir uns noch beschäftigen werden. Jetzt muss ich Sie erst einmal um Aufmerksamkeit für meinen Mitarbeiter Patrik Graefe bitten, der eine Mitteilung zum weiteren Verlauf des heutigen Programms machen wird. Bitte, Patrik.«

Patrik, der in der Nähe bereitgestanden hatte, ging zum Vortragspult und sagte: »Im Schatten unserer interessanten Diskussionen ist inzwischen etwas geschehen: Im Garten ist ein Zelt aufgebaut, in dem es Kaffee und Kuchen gibt. Dort werden wir zu einer Pause erwartet. Bitte sehr«, fügte er hinzu.

Die ersten Leute bewegten sich zum Ausgang. Die meisten redend. Sovic hatte Häusler angesprochen, oder vielleicht war es umgekehrt. Patrik kam auf ihn und Christoph zu, um sie nach draußen zu begleiten.

»Wird Zeit, dass ich mich um euer Seelenheil kümmere«, sagte er.

»Vergiss nicht dein eigenes«, sagte Christoph.

Draußen begegneten ihnen zwei junge Männer mit auffallenden Hahnenkammfrisuren. Sie trugen hellblaue T-Shirts mit der Aufschrift »Heaven is not a place. It's a feeling.«

»Hi«, sagten sie, als Patrik sie im Vorbeigehen grüßte.

»Das waren zwei von unserer Rap-Band, die heute Abend hier auftritt«, erklärte er.

»Mit theologischer Botschaft?«, fragte Christoph.

»Ist ja wohl das Mindeste«, sagte Patrik.

»Wer unterstützt denn das Ganze?«

»Wieder einmal Hermann Sievert. Ralf kennt ihn.«

»Nein, ich kenne ihn nicht. Er war nicht für mich zu sprechen.«

»Die junge Frau, die umgekommen ist, war Sieverts Tochter?«

»Ja.«

»Aber sie ist noch nicht beerdigt.«

»Nein, man hat sie vorläufig eingefroren. Für mich ist Hermann Sievert ›Der Eismann‹. Aber ich will ihm nicht unrecht tun.«

Plötzlich dachte er: Morgen fahre ich nach Hamburg und besuche Luiza Suarez. Doch nichts war unwirklicher als das.

Die Nachmittagssitzung verlief spannungslos. Das geplante Gespräch über die Reformierbarkeit des Gemeindelebens kam nur mühsam in Gang. Eigentlich war doch fast alles geschehen. Man hatte die Sozialarbeit erweitert und mediale und künstlerische Aktivitäten in den Gottesdienst eingebaut. Aber die Gezähmtheit einer Trost- und Wohlfühlkirche, die keine Anziehungskraft auf Menschen hatte, die religiöse Inbrunst und seelische Erneuerung suchten, war so nicht zu überwinden. »Dafür haben wir nicht mehr die richtige Klientel«, wurde gesagt. Der durchschnittliche Gottesdienstbesucher wolle Beruhigung, Bestätigung und Harmonie. Deshalb könne eine Erneuerung des Glaubens nicht aus der Institution kommen, sondern nur durch erschütternde, Grenzen durchbrechende Erfahrungen, die man nicht organisieren könne, schon gar nicht in einer Gottesdienstroutine, die die Kirche als beruhigende Herberge für Schutz suchende Menschen verstand. Und natürlich war es absurd, sich eine Katastrophe zu wünschen, um die menschlichen Erfahrungen durch Erschütterungen und Leiden zu schärfen und zu vertiefen.

»Sag du etwas dazu«, forderte Patrik ihn auf. »Du hast doch eine schwere Krise in deiner Gemeinde erlebt.«

Auch Christoph nickte: »Ja, erzähl uns was über den Mordverdacht und den Streit um die Beerdigungen. Hier hast du genau das richtige Publikum.«

Aber er konnte sich nicht dazu aufraffen. Er mochte nicht einmal daran denken. Was er in den vergangenen Wochen erlebt hatte, war verwirrend und banal gewesen. Und es war noch nicht zu Ende. Pauly hatte ihn zu der Tagung eingeladen, um Ruhe herzustellen. Und er hätte es sicher nicht gerne gesehen, wenn er die Probleme wieder aufgerollt hätte. Anfänglich hatte er das als Befreiung empfunden. Lange würde er es allerdings nicht mehr aushalten in dieser Gesellschaft von intellektuellen Meinungsführern, die sich ständig gegenseitig profilierten.

Auch in der nachmittäglichen Diskussionsrunde breitete sich Missbehagen aus, weil es nur Selbstverständliches zu sagen gab. Schließlich war man froh, in den Garten gehen zu können, wo die Rap-Band »The broken Angels« ihren Auftritt vorbereitet hatte. »Broken Angels sind wir doch alle«, sagte jemand im Vorbeigehen.

Die fünf jungen Leute, alle in den hellblauen T-Shirts mit der provokanten Aufschrift, hatten sich auf der Terrasse postiert, wo sie Stromanschluss hatten. Sie stimmten gerade ihre Instrumente: Geige, Gitarre, Saxofon und Bass. Der Fünfte war der Bandleader und Sänger. Er spielte auch die Querflöte und leitete mit einer schrillen Sequenz seinen Auftritt ein. Mit rauer Stimme sagte er: »Guten Tag, guten Abend.« Dann zeigte er nach oben und sagte: »Der Himmel ist heute freundlich. Anscheinend mag er uns. Sie und vielleicht sogar uns. Seit eh und je hat er sich geduldig angehört, was über ihn gesagt und gesungen worden ist, und hat immer wieder sein wunderbares blaues Lächeln gezeigt: Das sogenannte blaue Wunder. Ich weiß nicht genau, was damit gemeint ist: schönes Wetter oder blaue Flecken. Ich hoffe, der Himmel akzeptiert uns. Sagt man das nicht auch in der Kirche?«

Er machte eine Pause und schaute fragend ins Publikum, wo eine leichte Unruhe herrschte.

»Nein? Sagt man was ganz anderes?«

Niemand antwortete.

»Schade. Hätte ich gerne gewusst. Ich bin unwissend, aber lernfähig. Sie lesen es ja in der Zeitung: Wir brauchen eine Bildungschance. Also, wo waren wir stehen geblieben? Beim blauen Wunder.«

»Anfangen!«, rief jemand im Hintergrund.

Das war Christoph, wenn er sich nicht täuschte. Der Sänger schien nicht irritiert zu sein, aber er reagierte.

»Gutes Stichwort«, sagte er.

Damit drehte er sich um und gab dem Bass ein Zeichen, der mit einem einfachen Rhythmus begann, in den nacheinander die Gitarre, die Geige und das Saxofon einfielen, während er, der Bandleader, eine Weile vor seinem Mikro, wie von Stromstößen gepeitscht, zuckende Bewegungen machte, bevor er rhythmisch in einer monotonen Stimmlage zu sprechen begann. Es wirkte, als wäre er auf einen fahrenden Zug gesprungen, der nun mit seiner Sprechweise volles Tempo aufnahm:

»Vorwärts-rückwärts im Über- oder Untergang
wir sind zwar Spitze, doch kommen wir nicht an.
Wir kommen, wir kommen nicht
trotz aller Prophetie.
Wer anklopft, dem wird aufgetan.
Doch wir kommen nie.

Wir hören zwar die message
ja ja ja
wir sind auf unserer passage,
doch sind wir noch nicht da.
Heaven is a feeling und kein Ort.
Wenn du ankommst, ist niemand dort.
Auf Wolke sieben haben sie's getrieben.
Auf Wolke acht haben sie's auch gemacht.
Sechs, sieben, acht, neun und zehn:
Sie sind nirgendwo zu sehn:
Die Engel und die Seligen,
die ganz und gar Unzähligen.
Wo sind sie bloß geblieben?
Wer hat sie vertrieben?
Die Welt ist eine Startbahn,
der Himmel ist kein Ort.
Life is a race. Heaven is not a place.
Enthüllst du auch dein face
und klopfst noch einmal an:
Im galaktischen space geht niemand ran.
Nun kannst du ruhig abschnallen,
aufstehn oder niederfallen.
Ist doch schrill, wenn niemand dich will
und niemand dich braucht.
Oh, das schlaucht!
Es ist das falsche feeling
und der falsche Ort.
Der Himmel ist unendlich,
die Engel sind fort.
Sie sind wie nie gewesen,
denn die Evolution

hat sie ausgelesen
lange schon.
Ihre goldenen Flügel
hängen auf dem Bügel
der Himmelsgarderobe,
matt und schlapp, flapp, flapp, flapp, die sind ab.
Doch sind sie wie zur Probe
noch mal vorbeigeflogen,
und das ist nicht gelogen –
wenn du es gesehen hast,
wenn du es geträumt hast.
Wenn du es gedacht hast,
aber nicht gelacht hast.
Oder doch oder nein.
Das Unmögliche kann sein.
Heaven is a feeling.
Heaven is a feeling.
Heaven is a feeling!«

Die Band endete mit einem lang gezogenen Akkord und brach schlagartig ab. Die meisten Zuhörer klatschten. Einige gingen stumm weg. Er selbst fühlte sich gespalten. Der Schwung der Darbietung hatte ihm gefallen. Aber es war in seinen Augen dabei zugegangen wie beim Sommerschlussverkauf: Die religiöse Metaphysik war zu kleinen Preisen über den Ladentisch gegangen. Das sollte wohl postmoderne Ironie sein, wenn er es richtig sah. Er hatte keine Lust, mit jemandem darüber zu sprechen und Vorurteile auszutauschen. Auch nicht mit Christoph. Und schon gar nicht mit Patrik, dessen Idee das Spektakel wohl war. Er wollte allein sein. Auch an dem gemeinsamen Abendessen im Zelt wollte er nicht teilnehmen. Lieber irgendwo eine Pizza essen und danach in das nahe gelegene Gästehaus gehen, um sich früh ins Bett zu legen.

Während er ging, hörte er im Hintergrund wieder den Sänger, der ein neues Stück ankündigte. Er redete ziemlich lang. Anscheinend glaubte er, sich dieser Gesellschaft von intellektuellen Zuhörern auf diese Weise empfehlen zu müssen. Er war einer jener verquatschten Ehrgeizlinge und Comedy-Entertainer, wie sie heute überall aus dem Boden schossen. Jetzt setzte wieder die Musik mit ihrem stampfenden Rhythmus ein, noch ohne Worte.

In der Pizzeria waren kaum Gäste. Er wählte einen Platz im hinteren Teil des Raumes an einem Vierertisch zwischen lauter eng beieinanderstehenden unbesetzten Tischen. Drei andere Gäste, vermutlich Leute aus dem Ort, hatten sich an einen Tisch in der Nähe der Tür gesetzt, wo noch helles Tageslicht war. Er wartete auf seine Bestellung – wie üblich eine Pizza Margherita, die er wegen ihres schlichten Belags aus Käse und Tomaten für die ehrlichste Pizza hielt –, als zwei Tagungsteilnehmer hereinkamen und zwei Tische von ihm entfernt Platz nahmen. Einer hatte dabei kurz zu ihm herübergeschaut, ihn aber nicht erkannt. Sein Blick war gleich wieder von ihm abgeglitten und hatte sich dem Begleiter zugewandt. Sie studierten die Speisekarten, tauschten sich aus und gaben beim Wirt ihre Bestellungen auf, um gleich danach wieder ihr

Gespräch fortzusetzen. Irgendetwas beschäftigte sie – eine fachliche oder freundschaftliche Beziehung – und hatte sie veranlasst, sich von der Tagung zurückzuziehen, bei der jetzt im Zelt das Büfett eröffnet wurde. Er hätte gerne gewusst, worüber sie sprachen. Vielleicht redeten sie über die Vorträge und die Diskussionen oder über den Auftritt der Rap-Band und die ganze Veranstaltung und ihren Sinn oder Unsinn. Aber vielleicht war die Tagung für sie auch nur eine in Kauf genommene Gelegenheit, sich wieder einmal zu treffen und über ganz andere Dinge zu reden. Er hätte es gerne gewusst, hätte gerne ihre Meinungen kennengelernt. Aber die beiden bildeten eine geschlossene Gruppe, in der für andere kein Platz war.

Jetzt kam auch die Pizza, sein Wasser hatte er schon. Die beiden Herren hatten Pasta und Weißwein bestellt. Sie aßen und tranken und unterhielten sich in kurzen Bemerkungen, als wären sie sich grundsätzlich einig über alles, was sie besprachen. Der Wirt trat an ihren Tisch und goss den Wein nach und zog sich mit einer angedeuteten Verbeugung wieder zurück. Sie saßen genau in seiner Blickrichtung, doch ihm nicht zugewandt. Für sie war er wie nicht vorhanden. Er beugte sich über seine Pizza Margherita und hörte sie reden, ohne etwas zu verstehen. Es waren die selbstbewussten Stimmen arrivierter Leute, die sich gegenseitig anerkannten.

Als er gezahlt hatte und ging, schaute ihn einer der beiden Herren an, als ob er ihn erkannt hätte oder sich fragte, ob er ihn kenne. Automatisch nickte er, in dem Gefühl, dass es verkrampft wirkte und erklärungsbedürftig war. Die Reaktion bekam er nicht mehr mit. Wahrscheinlich blickten sie ihm nach, während er zur Tür ging. Vielleicht war er ihnen aufgefallen, weil er neben Christoph gesessen hatte, als der sich mit seinen Wortmeldungen exponierte.

Eigentlich hatte er vorgehabt, noch einmal in die Akademie zurückzukehren. Aber auf dem Parkplatz entschied er sich anders, holte sein Gepäck aus dem Kofferraum seines Autos und ging in der Absicht, sich eine Stunde hinzulegen, schräg über den Platz zum Gästehaus hinüber. Dort traf er auf Christoph, der ihn gesucht hatte und vorschlug, noch in einem Gasthof in der Nähe ein Bier zu trinken und, wie er sagte, dem berechtigten und unwiderstehlichen Impuls nachzugeben, gemeinsam über das ganze Palaver zu lästern.

»Ja, gut, ich bring nur rasch mein Gepäck aufs Zimmer«.

»Du hast mich gerettet«, sagte er, als er wieder herunterkam. »In dem Zimmer hätte ich's nicht lange ausgehalten.«

»Meins ist genauso. Die perfekte Überlebenskammer im Minimalformat.«

»Du sagst es.«

Wieder wehte ihn das Gefühl an, das er schon den ganzen Tag über gespürt, aber immer wieder abgewehrt hatte. Es war die fast körperliche Empfindung, neben sich zu stehen und in allem, was er tat und sagte, nicht anwesend zu sein. Er fühlte sich steif und vernebelt und von seiner Umgebung abgeschnitten. Doch irgendein Notprogramm in seinem Kopf, das sich immer wieder einschaltete, erlaubte es ihm, sich trotz seiner Betäubung angemessen zu verhalten.

Auch jetzt fing er sich wieder, als sie aufbrachen und in einer nahe gelegenen, nur mäßig besuchten Kneipe einen separaten Tisch fanden und zwei große Pils bestellten.

»Hier sitzen wir gut«, sagte Christoph.

Er stimmte ihm zu. Im Unterschied zu der Pizzeria war von den Tagungsteilnehmern niemand zu sehen.

»Als ich gegangen bin, saßen noch einige im Zelt und bedienten sich am Büfett«, sagte Christoph. »Aber die meisten sind nach der zweiten Nummer der Rap-Band in ihre Hotels geflohen. Bei uns im Gästehaus wohnt nur das Fußvolk: Gottes Infanterie.«

»Guter Ausdruck. So bin ich mir in den ganzen letzten Wochen vorgekommen.«

»Dann darfst du jetzt deine Wunden pflegen.«

»So hat es mir Pauly schon nahegelegt. Aber was hier stattfindet, ist nicht gerade heilsam.«

Christoph nickte. »Es ist die große Konfusion. Jeder hat auf seine Weise recht. Und jeder beschränkt sich darauf. Am meisten haben mich die Rapper angekotzt.«

»Theologisch hatten sie doch recht. Der Himmel ist kein Ort.«

»Das war für diese Typen nur ein flotter Allgemeinplatz wie Ficken ist gesund. Das ist der Tonfall, wie man sich verkaufen muss.«

»Zum Schluss haben sie aber alles gedreht und für die Existenz der Engel plädiert.«

»Na klar. Alles ist beliebig. So wollen es die Leute haben. Und wir? Was machen wir? Wir predigen doch auch nur im allgemeinen Als ob.«

»Wie meinst du das?«

»Uns fehlen die Worte und die Wahrheiten und der Glaube. Wir simulieren nur.«

»Das sagst du jetzt aus Erbitterung.«

»Kennst du das nicht? Dieses Gefühl, etwas vorzutäuschen?«

»Ich hab mir immer gesagt, es liegt an mir. Es ist mein Versagen, meine Schwäche.«

»Das führt zu nichts. Das ist ein Zirkelschluss. Du zweifelst an dir selbst, weil die Gewissheiten schwinden. Also stehst du nackt da, im grellen Licht kontrafaktischer Glaubenspflichten, und schämst dich.«

»Pauly wollte mich davon freisprechen, als er sagte, ich säße wie viele andere junge Leute in einer Wörtlichkeitsfalle.«

»Das stimmt. Anders geht es nicht. Ich vermute, die meisten machen sich das nicht klar. Sie glauben einfach, dass sie glauben, und machen Dienst nach Vorschrift.«

»Gewöhnlich spricht man ja nicht darüber.«

»Was früher eine Sünde war, ist heute eine Peinlichkeit. Aber was jetzt auf uns zukommt, das kannst du wörtlich nehmen.«

Es war der Ober, der die beiden großen Pils servierte. Als Christoph ihm sein Glas entgegenhielt, sagte er: »Auf die Erlösung vom Übel des Durstes!«

Darauf wollte er eigentlich nicht trinken. Aber er

wollte sich nicht als pedantischer Moralist aufspielen und sagte: »Und auf das freie Wort!«

Wie bei einem stillen Wettkampf dauerte es lange, bis sie ihre Gläser absetzten – Christoph mit einem Stöhnen des Wohlbehagens. Er tauchte wie aus einem inneren Bad auf und schaute ihn an.

»Wann warst du zum letzten Mal betrunken?«, fragte er.

»So richtig wohl noch nie.«

»Hab ich mir schon gedacht. Dann könnten wir ja heute Premiere feiern.«

»Meinst du, das löst unsere Probleme?«

»Nein, das meine ich nicht.«

Christoph nahm einen weiteren tiefen Schluck. Er schien über etwas nachzudenken, als er das Glas absetzte. Denn er schaute mit einem Ausdruck von Abwesenheit vor sich hin, bevor er sich ihm wieder zuwandte.

»Die Gebete der Abtrünnigen sind die einzig realen«, sagte er, nahm einen neuen Schluck und machte dem Ober ein Zeichen, dass er ein neues Glas brauche.

Dann sagte er: »Ich hab neulich einen Satz von James Joyce gelesen – auch ein schwerer Alkoholiker und einer der größten Schriftsteller des 20. Jahrhunderts. Joyce sagt, ein Schriftsteller müsse die Welt und die Menschen betrachten wie Gott: in oder hinter oder jenseits oder über seinem Werk stehend, unsichtbar aus dem Leben herausgelöst, gleichgültig damit beschäftigt, sich die Nägel zu schneiden.

Für mich ist das das Beste und Tiefsinnigste, was

heute über Gott und die Welt gesagt werden kann. Der alte zornige Weltenschöpfer und Weltenherrscher hat längst die Gewalt über die Welt verloren. Sie ist so komplex geworden, dass er sie nicht mehr lenken und nicht mehr korrigieren und auch nicht mehr beurteilen kann. Sie ist ein ungeheurer, sich selbst immer weiterentwickelnder und ständig beschleunigender Prozess ohne vorgegebenes Ziel. Und er ist ihre einzige mögliche Entsprechung in seiner totalen ungerührten Wahrnehmung des laufenden Geschehens.«

»Aber das ist doch schrecklich.«

»Ich sehe das nicht so. Gott ist die Selbstwahrnehmung der Wirklichkeit. Und daran können wir auf unsere bescheidene Weise teilhaben. Aber ich gebe zu, es kann einem den Atem verschlagen.«

»Vielleicht ist das gemeint, wenn wir sagen: Weiß Gott!«

»Da hast du recht. Wenn er überhaupt etwas wahrnimmt, dann gleich alles. Das ist 'ne Rangfrage im Vergleich zu uns. Aber göttliche Allwissenheit und göttliche Ohnmacht gehören zusammen. Und die göttliche Gleichgültigkeit lässt ihn alles überdauern.«

»Wie soll man damit umgehen?«

»Ohne Angst. Niemand sitzt uns im Nacken. Wir haben nur noch selbst geschaffene Probleme. Neulich habe ich einen geistvollen Witz gehört. Ein Verstorbener, der gerade in den Himmel kommt, bittet Gott, ihm eine einzige Frage stellen zu dürfen, die er auf Erden nicht beantworten konnte: ›Welche Religion ist eigentlich die richtige?‹ Gott antwortet: ›Das weiß ich nicht. Ich bin nicht religiös.‹«

»Ich glaube, nun muss ich mich doch betrinken.«
»Dann Prost!«, sagte Christoph.

Als sie zwei Stunden später die Kneipe verließen und ins Gästehaus gingen, fühlte er sich benommen und schwerfällig, aber zugleich von allem abgehoben. Alles war ungreifbar und kulissenhaft. Was er hinter sich hatte – die Probleme, die Schwierigkeiten in der Gemeinde –, lag weit zurück. Morgen wollte er irgendwann die Tagung verlassen, um nach Hamburg zu fahren und Luiza Suarez zu besuchen. Aber es war nur noch ein abstraktes Vorhaben. Er hatte kein Bild mehr von ihr. Und er fürchtete, er würde alles verderben, wenn er jetzt den Versuch machte, zu seiner Selbstversicherung wieder ihre Briefe zu lesen. Am besten legte er sich ins Bett und schaute die Zimmerdecke an. Vielleicht fiel ihm etwas ein, wenn die Wirrnis dieses Tages sich gelichtet hatte.

Sein Kopf war dumpf und schwer und lag tief eingesunken in der Wärme des weichen Kissens. Ich hab vergessen, das Fenster zu öffnen, dachte er, konnte sich aber nicht entschließen, noch einmal aufzustehen, und glitt in eine Folge zerrissener Träume hinüber.

Mitten in der Nacht wurde er wach mit dem dringenden Bedürfnis, ins Bad zu gehen, stieß dabei im Dunkel mit dem Kopf gegen die Wand und wusste nicht, wo er war.

Erst als er um sich herumtastete und gegen die Nachttischlampe stieß, erkannte er das Zimmer wieder, aber noch in dem seltsamen Gefühl, es habe sich gerade um ihn herum wiederhergestellt. Als er aus dem Bad zurückkam und sich im Dunkel ausstreckte, fiel ihm das Traumbild ein, das ihn geweckt hatte. Es war ein großer Teich voller nackter badender Menschen gewesen, aus deren Mitte mit hochgerissenen Vorderhufen ein riesiger schwarzer Pferdeleib hervorwuchs. Das war ein Angst einflößendes Bild, das er erst wegschieben musste, bevor er sich wieder hinlegte, um weiterzuschlafen, diesmal schwer wie ein Stein.

Er war der Letzte beim Frühstück, weil er noch seinen Koffer gepackt hatte, den er schon ins Auto legte, bevor er noch einmal in die Akademie hinüberging, um Christoph zu suchen und sich von ihm zu verabschieden. Er entdeckte ihn nirgendwo auf den Fluren, weil die verschiedenen Arbeitsgemeinschaften, die für den Vormittag auf dem Programm standen, schon begonnen hatten. Er entschloss sich, in die philosophische Arbeitsgemeinschaft zu gehen, weil er Christoph dort vermutete. Doch unter den etwa dreißig Leuten, die sich dort versammelt hatten, war er nicht.

Um nicht zu stören, setzte er sich in die hintere Stuhlreihe, während der Dozent, der ihn bei seinem Eintreten kurz gemustert hatte, weiterredete. Sein Thema, das draußen angeschlagen war, lautete: »Der Gottesbegriff. Eine erkenntnistheoretische Annäherung.« Der Vortrag hatte wohl noch nicht lange begonnen. Der Vortragende, ein Mann von etwa vierzig Jahren, war noch nicht über grundlegende Überlegungen hinausgelangt. Er hatte eine helle, gleichwohl monotone Stimme, die Satz für Satz aus sich herausstellte und logisch verkettete. Nur in dieser Kette fanden sie ihren Halt.

»Die Philosophie als Reflexion von Erfahrung reflektiert nur die Erfahrungen, die vorkommen«, sagte er. »Erfahrungen sind Tatsachen des Bewusstseins. Die Tatsächlichkeit der Erfahrungen ist nicht zu verwechseln mit der Tatsächlichkeit ihres Inhalts. Der Inhalt kann unwirklich, möglich, vergangen, erdacht oder nicht tatsächlich sein. Auch die religiöse Erfahrung ist Erfahrung von nicht Tatsächlichem. Gott ist keine empirische Tatsache, sondern dasjenige, worauf der Mensch sich in seinen religiösen Erfahrungen bezieht. Die erste Voraussetzung eines Begriffs von Gott ist also die Erfahrung von so etwas wie Gott, mag es nun mit diesem oder einem anderen Namen bezeichnet werden. Doch allein die Erfahrung Gottes oder eines Gottes oder eines Göttlichen genügt nicht, um die Frage nach einem Begriff von Gott zu evozieren.

Vielmehr muss die Erfahrung affirmiert, das heißt, im Kult oder im Bekenntnis als wahrhaft behauptet sein. Ist religiöse Erfahrung affirmiert, so wird man sich, falls ein Interesse an einer begrifflichen Fassung des Gehalts dieser Erfahrung besteht, jener Begriffe bedienen, die dafür besonders geeignet erscheinen: ›Höchstes Sein‹, ›unendlich‹, ›absolut‹ und so weiter. Der Begriff ›Gott‹ ergibt sich hingegen auf diesem Wege nicht. Die Festlegung aber ist damit schon erfolgt, dass der transzendentale Aktus des Entschlusses material eben dieser und nicht ein anderer ist. Freiheit als Selbstbestimmung und diese wiederum verstanden als originärer Entschluss für Gehalt enthält das Charakteristikum transzendentaler Unbedingtheit.«

Wie in Luftnot und plötzlicher Panik stand er an dieser Stelle auf, schob dabei, ohne es beabsichtigt zu haben, seinen Stuhl hörbar zurück und verließ den Raum. Erst draußen begriff er, dass sein stürmischer Aufbruch wie eine ironische Pointe des Textes gewirkt haben musste. Hinter ihm schien das kleine Auditorium in eine Schreckstarre verfallen zu sein. Er spürte es wie einen Sog fremder Energien, die sich an ihn zu heften versuchten, Luftgeister, die nach ihm griffen, um ihn zu halten oder zurückzuholen. Aber er drehte sich nicht um.

Im Flur waren alle Türen geschlossen. Hinter ihnen tagten die Arbeitsgemeinschaften. Das Summen, das er ringsum zu hören glaubte, war nur in seinem Kopf. Als müsste er die Flucht ergreifen, stieg er im Hof eilig in sein Auto und fuhr rückwärts aus dem engen Abstellplatz heraus. »Hast du das gehört, Gott?«, sagte er laut. »Hast du es verstanden? Schneid ruhig weiter deine Fingernägel. Mehr verdienen sie nicht.«

Noch während er auf die Landstraße fuhr, die zur Autobahn führte, konnte er sich nicht beruhigen.

8

Im dichten Verkehrsstrom der Autobahn fuhr er in Richtung Norden, einem Ziel entgegen, das er vielleicht gar nicht vorfinden würde. Die Frau, die ihm diese ungewöhnlichen Briefe geschrieben hatte – so nannte er sie jetzt in seinen Gedanken, weil sie ihm in den letzten Tagen zunehmend undeutlicher geworden war –, wusste nicht, dass er aufgebrochen war, um sie zu besuchen. Zurzeit wusste sie gar nichts von ihm. Denn er hatte sich aus einem inneren Widerspruch, über den er immer wieder hinweggegangen war, nicht angemeldet. Mehrmals hatte er sich schon gesagt, dass er es noch tun müsse und auf dem nächsten Rastplatz endlich auch tun werde. Doch an der ersten Gelegenheit war er schon vorbeigefahren.

Wie würde sie reagieren, wenn er ihr plötzlich gegenüberstand? Konnte sie sich einstellen auf so überraschenden Besuch? Völlig überraschend war es ja nicht. Es lag nicht außerhalb ihrer Erwartungen oder ihrer Wünsche. Eher war er von sich selbst überrascht, dass er nun zu ihr fuhr, um sich auf etwas einzulassen, was eigentlich einen anderen Menschen voraussetzte als ihn. Die Eindringlichkeit ihrer Briefe war von ihrer seltsamen Gewissheit ausgegangen, dass sie ihn besser kannte als er sich selbst. Immer wieder hatte sie die Vorstellung umkreist, dass sie einander etwas Wesentliches zu geben hätten. Was das war, hatte sie offengelassen. Er war anfällig für solche Gedanken. Denn es fiel ihm nicht schwer zu glauben, dass er ein Mensch war, dem etwas Wesentliches fehlte. War es das Leben? Die vitale, unersetzbare Wahrheit des wirklichen Lebens?

Anscheinend teilten sie diese Erfahrung. Vielleicht verband sie das?

Es war eher so etwas wie eine gewagte Gewissheit, die sie auf ihn übertragen wollte, um sie den eigenen Zweifeln zu entziehen. Ein Bündnisangebot mit unabsehbaren Verheißungen. Am Schluss eines ihrer Briefe, etwas abgesetzt von ihrer Unterschrift, hatte sie ihre Telefonnummer für ihn notiert, sie aber in Klammern gesetzt, als handele es sich nur um eine vorsorgliche Mitteilung für den Fall, den erwünschten, ersehnten Fall, einer sich plötzlich ergebenden Gelegenheit, sich irgendwo zu treffen oder sie zu besuchen.

Dass er gezögert hatte, auf diesen Wink einzugehen, und es vorübergehend vergessen hatte, mochte mit seinen vielen Pflichten und Problemen zu erklären sein. Doch er wusste es besser. Es war der Ausdruck eines ganzen Bündels unklarer, nicht überwundener Bedenken.

Ja, er hätte sie anrufen müssen. Spätestens heute Morgen, als er das Seminar und die Akademie verlassen hatte. Er hatte noch vergeblich nach Christoph Ausschau gehalten, war dann schnell zum Auto gelaufen und losgefahren mit dem Entschluss: Jetzt fahre ich zu ihr!

Nun war er tatsächlich unterwegs. Ohne Vorbereitung, ohne sich anzumelden. Er fuhr in der mittleren Fahrspur der Autobahn, wo sich der Verkehr inzwischen zu einer dichten Wagenreihe aufgestaut hatte, die sich manchmal ein wenig öffnete, aber gleich wieder zusammenzog und dann kaum noch schneller war als der Schwerverkehr rechts daneben, wo die großen Lastzüge mit so bedenklich geringem Abstand hintereinanderher fuhren, dass sie wie eine geschlossene hohe Wand wirkten, in der es nur noch kurze Durchblicke auf das dahinter sich ausdehnende flache Land gab. Längere Zeit rollten rechts neben seinem Seitenfenster bedrohlich nah die riesigen schwarzen Pneus eines vielachsigen Kühllastzuges, der laut seiner geschwungenen blauen Aufschrift aus Taragona kam. Es dauerte lange, bis der Anhänger zurückblieb und das Fahrerhaus des Lastzuges neben ihm auftauchte, von dem er, langsam vorbeiziehend, kaum mehr als den Einstieg zur Fahrerkabine sah. Davor erschien die verriegelte Hecktür des nächsten Anhängers, an dem kurz die Bremslichter aufleuchteten, weil sich das Fahrttempo der Kolonne erneut verlangsamte. Mehrmals hatte er versucht, auf die Überholspur auszuweichen. Aber die einander jagenden großen Limousinen und Sportwagen hatten ihm keine Lücke gelassen. Es hätte auch nichts gebracht, denn inzwischen war auch die Überholspur dicht. Der Verkehr hatte sich in eine dreispurige Fahrzeugschlange verwandelt, die sich abwechselnd dehnte und zusammenzog. Das lief auf einen Stau hinaus. In dem Schneckentempo, in dem sie jetzt fuhren, hätte er problemlos mit dem Handy telefonieren können, um sich in Hamburg anzumelden. Aber die Briefe mit ihrer Telefonnummer hatte er bei seiner eiligen Abreise ins Seitenfach seines Koffers geschoben, und der lag im Kofferraum.

Egal, dachte er. Entweder ist sie da oder nicht. Wenn nicht, würde er warten und es mehrmals wieder versuchen. Und falls sie sich wieder nicht meldete, würde er einen neuen Entschluss fassen müssen. Darüber mochte er jetzt noch nicht nachdenken, denn er spürte im Voraus, dass es eine tiefe Enttäuschung für ihn sein würde, sie nicht zu sehen. Er würde sich selbst beschuldigen für seine Dummheit, seine Unentschlossenheit, er würde sich sagen, dass er nichts anderes verdiene.

Nun stockte alles so weit sein Blick reichte. Er stand in einem nicht absehbaren Stau. Ob es einen Unfall gegeben hatte? Vielleicht konnte er schnell aussteigen und die Briefe aus dem Seitenfach seines Koffers holen. Aber das war verboten und gefährlich. Und vorne ruckten die Fahrzeuge wieder ein Stück weiter. Nichts zu machen, dachte er. In kurzen Schüben, mit immer neuem Aufleuchten der Bremslichter, setzte sich die Fahrt fort.

Er kam am frühen Nachmittag in Hamburg an. Bei einer Tankstelle am Stadtrand, zu der eine Imbissbude gehörte, hatte er angehalten, um zu tanken und schnell etwas zu essen und zu trinken. Er wollte bei seinem unerwarteten Auftritt nicht darauf angewiesen sein, bewirtet zu werden. Das wäre ein plumper, trivialer Anfang, dachte er, weit unterhalb ihrer gemeinsamen Erwartungen. Aber wie würde sie ihn empfangen? Fing alles wieder von vorne an, als sei man sich wieder fremd? Nein, das konnte sie nicht wollen.

Als er ihre Briefe aus dem Seitenfach seines Koffers zog und durchblätterte, um ihre Telefonnummer zu finden und noch einmal den Namen ihrer Straße und die Hausnummer zu vergleichen, fiel sein Blick wieder auf eine Stelle, wo sie ihre Ängste vor der ersten Begegnung ausgedrückt und das Stoßgebet formuliert hatte, das sie vorher sprechen wollte: »Lieber Gott, verklär ihm die Augen, damit ich ihm gefalle!« Für ihn stellte das die Verhältnisse auf den Kopf. Er konnte einfach nicht verstehen, dass sie ihn nicht infrage stellte, sondern nur sich selbst. Aber vielleicht war es ja gar nicht so. Es waren nur Worte, um ihn und sich selbst auf die Leidenschaftlichkeit ihrer Erwartungen einzustellen, eine vorauseilende Phantasie.

Die Ottersbeckallee war eine kurze, ruhige, von Platanen gesäumte Wohnstraße mit vier- und fünfstöckigen stuckverzierten Häusern. Es gab keine Parkuhren, und erstaunlicherweise waren noch mehrere Parkplätze frei. Wahrscheinlich waren viele Anwohner zum Wochenende aufs Land gefahren, die meisten wohl ans Meer. Morgen, am späten Nachmittag, würden sie alle innerhalb weniger Stunden zurückkehren. Da es eine Einbahnstraße war, hatte er zwei Wohnblocks umkurven müssen, bis er die Einfahrt entdeckte. Dann aber fand er auf der anderen Straßenseite, schräg gegenüber ihrem Haus, einen idealen Stellplatz.

Hier wohnte sie also. Es passte zu ihr. Doch andere Umgebungen hätten auch zu ihr gepasst. Er hatte sich nie Gedanken darüber gemacht, wo und wie sie lebte. Als er nun auf dem Klingelschild unter vielen anderen Namen ohne jede weitere Kennzeichnung Suarez las, war ihm das wie ein Trugbild erschienen.

Nach der Anordnung der Namen zu schließen, wohnte sie im zweiten Stock. Er zögerte, auf den Klingelknopf zu drücken, denn er wollte sie nicht erschrecken, indem er ihr am Haustelefon sagte, er stünde vor ihrer Tür. Einem Einfall folgend, ging er ein Stück die Straße hinunter und rief mit dem Handy an. Er musste ungewöhnlich lange warten und wurde von dem bangen Gefühl ergriffen, sich in der nächsten Minute allein an einem völlig sinnlosen Ort vorzufinden, sozusagen an einem Platz außerhalb der Phantasie, in der er sich bis jetzt bewegt hatte. Er wartete, während die Zeit ablief, die Zeit der vernünftigen Begründbarkeit ihres Schweigens. Vielleicht musste sie sich erst von etwas lösen, was sie in Anspruch nahm. Vielleicht hatte sie geschlafen. Vielleicht war sie nicht da.

»Ja«, sagte sie.

Es klang lustlos. Beinahe hätte er die Stimme überhört. Überstürzt sagte er: »Hier spricht Henrichsen, Pfarrer Ralf Henrichsen aus Hüngsbach.«

»Wirklich? Darauf bin ich ja überhaupt nicht gefasst.«

»Tut mir leid«, sagte er. »Ich hätte Ihnen natürlich schreiben müssen. Ich bin in Hamburg. Die Gelegenheit hat sich plötzlich ergeben. Ich war bei einer Tagung, die ich vorzeitig verlassen habe.«

»Um zu mir zu kommen?«

»Ja. Ich hab mir gesagt, es ist eine Gelegenheit.«

»Ich kann es noch nicht fassen.«

»Das kann ich verstehen. Ich wollte mich von unterwegs melden. Aber Ihr Brief mit der Telefonnummer lag dummerweise im Kofferraum, und ich konnte nirgendwo halten, weil der Verkehr so dicht war.«

»Verstehe.«

Es entstand eine Pause, die er nicht deuten konnte. Dann fragte sie: »Wo sind Sie jetzt?«

»Gleich in Ihrer Nähe. Um es genau zu sagen, in Ihrer Straße. Tut mir leid, dass ich Sie so überfalle.«

»Nein, nein«, sagte sie hastig. »Ich freue mich. Aber ich kann Sie nicht sofort empfangen. Sie müssen mir eine Stunde Zeit geben.«

»Selbstverständlich«, sagte er.

Das klang nach unterdrückter Enttäuschung. Deshalb sagte er noch: »Lassen Sie sich ruhig Zeit.«

Auch das klang falsch in seinen Ohren. Irgendwie großspurig und wenig interessiert. Er fand einfach nicht den richtigen Ton. Aber auch sie war nicht bei sich selbst. Ihre Stimme hatte anders geklungen, nicht so warm und so lebendig wie an der Hochzeitstafel, wo sie sich gegenübergesessen hatten. Es waren ja nur wenige Sätze gewesen. Doch in den Briefen, die sie ihm anschließend geschrieben hatte, war ihre Stimme weiter für ihn zu hören gewesen und hatte sogar noch mehr an Ausdruck gewonnen. Nun hatte sie sich für ihn flach und spröde angehört, als spräche er irrtümlich mit einer anderen Frau.

Sie schlug ihm für die Wartezeit ein Gartencafé in der Nähe vor, nicht mehr als drei, vier Minuten entfernt. Sie beschrieb ihm den Weg, der angeblich nicht zu verfehlen sei. Aber er hatte sich ihre Beschreibung nicht merken können. Nach seinem missglückten Auftritt wollte er das auf keinen Fall zugeben. Stattdessen bedankte er sich, ohne das Gespräch gleich zu beenden. Es war ein Augenblick auswegloser Stummheit, der sich endlos zu dehnen schien, bis er begriff, dass sie leise gesagt hatte: »Komm bitte wieder.«

»Auf alle Fälle«, sagte er.

Als er ohne größere Schwierigkeiten das Gartencafé gefunden hatte, kam er sich wie gestrandet vor. Er hielt es für möglich, dass seine Reise auf einem Missverständnis beruhte. War das wieder die Wörtlichkeitsfalle, in die er geraten war? Wer war diese Frau? Was tat sie in dieser Stunde, die sie sich erbeten hatte? Baute sie eine Szene auf, die zu ihren Briefen passte? Verbarg sie etwas vor ihm? Eine heruntergekommene Wohnung? Die unübersehbaren Spuren depressiver Einsamkeit? Er kannte das ja, hatte es bei Karbe beobachtet und in Anfängen auch bei sich selbst, als Claudia ihn verlassen hatte. Und in den Monaten danach. Sein Amt hatte ihn gerettet. In seiner Seminarzeit hatte einer seiner Lehrer sich mit dem Spruch hervorgetan: Das Leben ist ein Abgrund und ein Amt ein Geländer, an dem entlang man hindurchgehen kann. Das hatte ihm damals nicht gefallen, weil es nach seinem Verständnis Verzicht auf Leben bedeutete. Doch es hatte Situationen gegeben, in denen der Spruch bestätigt worden war. Erst die Briefe von Luiza Suarez hatten wieder eine andere Vorstellung vom wahren Leben in ihm erweckt. Er hatte sie erleuchtend gefunden, erfüllt von einem mitreißenden geistigen Schwung und einer Offenheit, die sich von allen kleinlichen Bedenken befreit hatte. Noch nie hatte jemand so zu ihm gesprochen. Doch während er hier saß, umgeben von Kaffee trinkenden und Kuchen essenden Familien oder einzelnen, sich unterhaltenden Paaren, die in seinen Augen eine biedere, selbstverständliche Gemeinsamkeit ausstrahlten, hatte sich das alles wieder verschleiert. Vielleicht hatte sie ja auch Besuch gehabt, einen anderen Mann, der auch Briefe von ihr bekommen hatte, schon vor ihm oder in letzter Zeit. Er wollte diesen Gedanken sofort vertreiben, aber leicht war das nicht.

Er blieb zwanzig Minuten länger dort sitzen als die Stunde, um die sie ihn gebeten hatte, denn er wollte ihr mehr Zeit lassen, für das, was sie vorbereiten oder in Ordnung bringen wollte, bevor sie ihn empfing. Sie war hörbar in Panik geraten. Das wollte er nicht zum zweiten Mal riskieren. Es war rücksichtslos und auf jeden Fall unklug gewesen, auf gut Glück zu ihr zu fahren, in dem Gefühl, dass ihre Briefe dafür eine umfassende Lizenz waren.

Während er in einem langsamen, klapprigen Aufzug in den zweiten Stock hinauffuhr, kam neue Unsicherheit in ihm auf. Und Fremdheit war auch sein erster Eindruck, als die Aufzugstür sich öffnete. Vor ihm, in der geöffneten Wohnungstür, stand eine Frau in einem zitronengelben Kleid, das in einem harten Kontrast zu ihren dunklen, fast schwarzen Haaren stand. Er hatte ihre Haare weniger dunkel in Erinnerung gehabt, vielleicht weil er sie damals bei der Hochzeitsfeier weniger aufmerksam angeschaut hatte. In dem Licht, das aus der Diele und der Treppenhausbeleuchtung auf sie fiel, konnte er einige graue Fäden erkennen. Für ihn war das interessant und reizvoll. Vor ihm stand eine gut aussehende Frau an der ersten Schwelle zum Alter in einem jugendlichen Kleid. Sie lächelte. Doch es war ein Lächeln, das nach Nervosität oder unterdrückter Angst aussah.

»Da bist du ja!«, sagte sie. »Ich hab schon gedacht, du hättest es dir anders überlegt.«

»Wieso denn das?«, fragte er.

»Das ist meine Unsicherheit. Unsere Situation ist ja so schwierig und so unmöglich in den Augen anderer Leute.«

»Was für andere Leute?«, fragte er.

»Keine bestimmten. Entschuldige, es ist … Du hast mir ja nur ein einziges Mal geschrieben. Und das ist alles, was ich habe.«

Er wollte antworten, dass sie ihm geschrieben hatte, sie könne warten. Sie sei innerlich ganz sicher und habe Geduld. Aber darauf konnte er sich jetzt nicht berufen. Stattdessen sagte er: »Ich muss mich bei dir entschuldigen. Ich war überfordert in der letzten Zeit.«

»Nicht nötig«, sagte sie schnell. »Du musst mir nichts erklären. Jetzt bist du ja da. Komm herein.«

Sie hatte ihn sanft am Arm gefasst und in die Diele geführt und mit der anderen Hand die Wohnungstür hinter ihm geschlossen. Als wären sie jetzt in Sicherheit und nur noch füreinander da, umarmte sie ihn, lehnte sich dann, ohne ihn loszulassen, etwas zurück, um ihn forschend anzuschauen. Er hatte den Eindruck, dass in der Unruhe ihres Gesichts sich ein anderes Gesicht verbarg, das von einem alten Unglück gezeichnet war.

»Hallo«, sagte sie leise. Und mit geschlossenen Lippen berührte sie sachte einen Moment lang seinen Mund.

Alles war im Augenblick überraschend für ihn. Er hatte sie an der Hochzeitstafel nur sitzend gesehen, umgeben von lauter Leuten, die ihn ablenkten, weil sie alle mit ihm reden wollten. Doch während er die anderen Personen gleich danach vergessen hatte, war ihm ihr Blick in Erinnerung geblieben. Noch am selben Abend hatte sie ihm geschrieben.

Nun hielt er sie in den Armen. Und sie ihn. Im Flurspiegel konnte er ihren Rücken und seine Hände sehen, die eine kleine Falte ihres Kleides hochgeschoben hatten. Nicht nur ihre Haare waren anders als sein Erinnerungsbild. Sie war auch größer, als er gesagt hätte, wenn man ihn gebeten hätte, sie zu beschreiben. Aber das ganz Andere für ihn war nicht die Tatsache, dass sie sich von seiner Erinnerung unterschied, sondern dass sie spürbar gegenwärtig war.

»Wo hast du eigentlich dein Gepäck gelassen?«,

fragte sie, als sie in das an die Diele grenzende Wohnzimmer gingen.

»In meinem Auto.«

»Aber du willst doch hierbleiben, oder nicht?«

»Ich weiß ja nicht, was du dir vorstellst.«

»Doch, das weißt du. Du hast doch meine Briefe gelesen. Aber du musst offen sagen, was du dir vorstellst. Wenn du lieber im Hotel schläfst, akzeptiere ich das. Nichts muss sein, überhaupt nichts. Das sollst du wissen.«

»Ich wollte nicht gleich mit einem Koffer hereinkommen«, sagte er. »Aber ich hole ihn gerne sofort herauf.«

»Das muss nicht sein, Lieber. Zum Abendessen müssen wir sowieso mit deinem Auto oder einem Taxi wegfahren. Ich will nicht mit Kochen unsere Zeit vertun. Und ich bin eine miserable Köchin, habe es nie richtig gelernt, weil ich in meiner Ehe immer eine Köchin hatte.«

»Ach ja? Das musst du mir erzählen.«

»Ich hab dir doch geschrieben: Meine Ehe war ein goldener Käfig.«

»Dein Mann war reich?«

»Sehr reich. Er hat großen, von seinem Vater und den Generationen davor geerbten Landbesitz. Vor allem mit Rinderzucht und dazugehörigen Fleisch verarbeitenden Betrieben. Aber er war auch interessiert an Kultur und ein großer Förderer von Musik. Im Sommer haben wir meistens in einem unserer Landhäuser gelebt. In den Wintermonaten vor allem in unserem Stadthaus in Buenos Aires. Da bin ich viel in großartigen Konzerten gewesen, anfangs auch mit meinem Mann.«

»Und jetzt lebst du hier. Wie groß ist die Wohnung?«

»Drei Zimmer, Küche und Bad. Das ist mehr als ausreichend für mich. Ich hab sie, so wie sie ist, mit der ganzen Einrichtung von einer Kollegin im Konsulat übernommen, die nach Argentinien zurückgegangen ist.«

Er blickte sich um. Hier schien nichts neu zu sein. Das erinnerte ihn an seine Pfarrhauswohnung, obwohl die Möbel anspruchsvoller waren und besser zueinanderpassten.

»Mir gefällt es hier. Ich finde es einladend und behaglich.«

»Dann kann es uns ja gut gehen. Soll ich uns Tee kochen?«

»Das wäre schön.«

Er schaute ihr nach, wie sie in die Küche ging. Ein leichtes Schwingen in den Hüften. Die unbewusste Reaktion einer Frau, die spürt, dass sie gesehen wird.

Als er allein war, stand er auf, um sich ein eingerahmtes Foto anzusehen, das neben anderen Utensilien und Erinnerungsstücken auf dem Aufsatz eines Sekretärs stand. Es war offenbar ein Bild von ihr als junges Mädchen, vielleicht 17 oder 18 Jahre alt. Grundzüge ihres Gesichtes glaubte er zu erkennen. Es war ein Atelierfoto alten Stils. Sie hatte ein romantisch wirkendes weißes Kleid an und hielt, als wollte sie gerade zu spielen beginnen, mit leicht geneigtem Kopf eine Violine zwischen Kinn und Schulter fest.

Den Bogen hatte sie wie zum ersten Strich schon den Saiten genähert. In dem Gesicht des Mädchens glaubte er eine träumerische Inbrunst zu erkennen. Sie erschien ihm als der Anfang einer Lebensspur, die zu der Leidenschaftlichkeit und Phantastik ihrer Briefe führte, die sie wohl meistens an diesem Sekretär geschrieben hatte.

Er stellte das Bild gerade wieder hin, als sie mit einem Tablett voller Teegeschirr hereinkam.

»Hast du mich erkannt?«, fragte sie.

»Ja, ich hab's mir gleich gedacht, dass du es bist, als ich es von der Couch aus gesehen habe. Es ist sehr schön und poetisch. Auch wenn es ein wenig gestellt wirkt.«

»Es ist mein verlorenes Ich. Damals war ich auf dem Weg, Violinsolistin zu werden. Ich hatte Auszeichnungen und Stipendien bekommen. Aber ich bin den Weg nicht weitergegangen.«

»Warum nicht?«

»Weil ich geheiratet habe. Und zwar einen Mann, der mich verwöhnt und entmündigt und ganz für sich beansprucht hat. Viele dachten, ich hätte das große Los gezogen. Lange Zeit habe ich mir das auch selbst eingeredet. Ich hab mir gesagt, dass ich es ohnehin nicht geschafft hätte, eine berühmte Geigerin zu werden, und stattdessen dieses privilegierte Leben gewählt hatte. Ich war damit einverstanden. Glaubte es jedenfalls. Bis die Umstände sich änderten.«

»In welcher Hinsicht?«

»Ach, lassen wir das! Ich möchte jetzt nicht daran denken. Lass uns Tee trinken.«

Da es ein wenig dämmrig im Raum war, denn vor dem Fenster breitete sich das dichte Laub einer Platane aus, schaltete sie die Stehlampe an und verteilte das Teegeschirr auf dem niedrigen Tisch. Dabei stellte sie die bisherige Sitzordnung wieder her. Er saß auf der Couch, sie neben ihm in einem großen muschelförmigen Sessel, den sie ihren Fernsehsessel nannte. Sie saß dort dicht bei ihm mit übereinandergeschlagenen Beinen, die im Lampenlicht schimmerten. Er bemühte sich, nicht auffällig hinzusehen, weil sie mehrmals den Saum ihres Kleides über ihre Knie zog, während sie ihm von ihrer Arbeit im Konsulat erzählte. Er konnte seinen Blick nicht von ihr wenden. Sie spürte wohl die wachsende Spannung, ließ sich aber nichts anmerken und redete weiter, obwohl das Thema nichts mehr hergab. Ja, ihre Kollegin war für zwei Jahre zurück nach Argentinien gegangen. Wenn sie zurückkam, würde sie wieder in die Wohnung einziehen wollen.

»Das ist ja noch ziemlich viel Zeit«, sagte er.

»Die vergeht schnell«, sagte sie.

»Im Rückblick. Zuerst erscheint sie einem lang.«

»Vor allem, wenn man wartet. Aber das ist besser, als nicht mehr zu warten.«

»Hat es das gegeben in deinem Leben?«

»Was meinst du?«

»Nicht mehr zu warten.«

»O ja. Eine lange Zeit.«

Sie trank einen Schluck Tee. Dann sagte sie: »Du hast Erfahrung mit solchen Gesprächen.«

»Hab ich dich gelangweilt?«

»Nein. Aber ich hab mir vorgestellt, wie du mit deinen Klienten sprichst.«

»Mit meinen Klienten?«

»Mit den Gläubigen oder Ungläubigen, die in deine Sprechstunde kommen.«

Sie machte eine Pause. Dann sagte sie: »Wir müssen keine Konversation machen. Wir müssen gar nichts!«

Es hatte ärgerlich geklungen, ungeduldig über etwas, das schiefgelaufen war in ihrem kurzen Gespräch. Vielleicht weil er sie nach etwas gefragt hatte, was sie vergessen wollte. Aber er war sich nicht sicher.

Er war es nicht gewöhnt, dass jemand so plötzlich aus einem Gespräch ausbrach. Nun wusste er wieder, dass sie eine sensible, anspruchsvolle Person war. Er war gerade dabei gewesen, es zu vergessen. Aber einschätzen konnte er sie nicht. Denn unerwartet sagte sie: »Wenn du nichts dagegen hast, komm ich ein wenig zu dir auf die Couch.«

»Ja natürlich«, sagte er.

Es war auch nicht gerade das richtige Wort. Aber sie stand auf und setzte sich neben ihn. Bevor er irgendwie auf sie reagieren konnte, sagte sie: »Zeig mir mal deine Hände.«

Er gab ihr die eine und die andere Hand, und sie betrachtete sie aufmerksam wie seltene Fundstücke.

»Du hast schöne Hände«, sagte sie. »Doch die Nägel hast du vernachlässigt. Das werde ich jetzt in Ordnung bringen.«

Damit stand sie auf, holte ein Necessaire und ein Handtuch aus dem Badezimmer, ließ sich wieder eine Hand geben und begann sorgfältig und behutsam mit einer Feile seine Fingernägel zu bearbeiten. Dabei sprach sie darüber, wo sie zu Abend essen würden. Sie dachte an ein Restaurantschiff am Elbufer in Blankenese, wo es guten Fisch gab und hoffentlich noch einen Zweiertisch für sie beide.

»Ich lade dich ein«, sagte sie. »Du bist heute mein Gast.«

Er widersprach nur der Form halber. Es war unübersehbar, dass sie die Regie übernahm, und er wusste nicht, was sie damit bezweckte. Wollte sie ihn kontrollieren und auf Distanz halten? Oder war sie unentschieden und forderte ihn immer wieder heraus? Es kam ihm so vor, als trieben sie in einem unsichtbaren Strom und wären genötigt, sich aneinander festzuhalten.

Sie bearbeitete die Fingernägel seiner beiden Hände mit professioneller Aufmerksamkeit. Über ihren Schoß hatte sie das Handtuch ausgebreitet. Ihre Knie waren verdeckt. Sie saß mit vorgeneigtem Kopf dicht neben ihm, und er konnte sie ungestört anschauen, weil sie ganz auf ihre Arbeit konzentriert schien. Sie war ihm zugleich entzogen und nah. Zum Greifen nah und unberührbar. Indem sie geduldig, als sei es eine Liebhaberei von ihr, Finger für Finger bearbeitete, hielt sie ihn in dieser Situation fest. Das Spiel schien zu heißen: Du bist mein Eigentum. Ich pflege dich. Ich widme mich dir. Ich teile mich dir mit. Und ich halte dich in meiner Nähe fest.

In welcher Verfassung sie war, vermochte er nicht zu erkennen. Der Strom, der in ihm kreiste, ging vielleicht auch durch sie hindurch. Aber sie gab es nicht zu erkennen, so beschäftigt wie sie war. Er fragte sich, ob diese intime Zeremonie eine erotische Routine oder ein intuitiver Einfall von ihr war. Sein Part in diesem Spiel war jedenfalls, es wortlos geschehen zu lassen.

Schließlich brach sie ab und sagte: »So, schau es dir an.«

»Fabelhaft«, sagte er. »Das ist ein Kunstwerk.«

»Dann können wir ja jetzt zum Essen fahren.«

Sie faltete vorsichtig das Handtuch mit den abgefeilten Nagelresten zusammen und stand auf, um es zusammen mit dem Necessaire ins Badezimmer zu bringen.

»Ich hol eben meinen Koffer rauf«, rief er hinter ihr her. »Ich will mir ein frisches Hemd anziehen.«

Als er unten auf der Straße den Koffer aus dem Heckraum seines Auto hob, musste er an seinen stürmischen Aufbruch aus der Akademie und an seine hindernisreiche, stockende Autobahnfahrt denken. Es kam ihm sehr weit weg vor, wie aus einem anderen Leben. An seine Gefühle und Gedanken erinnerte er sich wie an eine andauernde Verwirrung. Inzwischen war es dunkel geworden, und die Straßenbeleuchtung hatte sich eingeschaltet. Ihr Licht glänzte matt auf dem Lack der geparkten Autos. Die Reihen hatten sich wieder aufgefüllt. Menschen waren nirgendwo zu erblicken. Er war allein in dieser stillen abendlichen Szenerie, aus der sich das Leben in die Häuser zurückgezogen hatte, um dort wie immer weiterzugehen. Auch er wurde erwartet. Auch er war Bestandteil eines Abendplans aus der Phantasie einer Frau, die er, wenn er mit sich allein war, nie mit ihrem Namen benannte. Es gelang ihm nicht, ihre Unbestimmtheit mit einem Etikett zu versehen. Er wollte es auch nicht. Während er mit seinem Koffer quer über die Straße auf ihr Haus zuging, sah er, dass im zweiten Stock die ganze Fensterfront ihrer Wohnung hell erleuchtet war. Es wirkte wie ein festliches Signal oder wie der Ausdruck der panischen Konfusion einer unruhig in den Räumen hin und her eilenden Frau, die sich auf etwas vorbereitete, was für sie zugleich erwünscht und beängstigend war. Zu seiner Überraschung dachte er: Sie ist einfach zu viel für mich.

Diesmal stand sie nicht in der Wohnungstür, als er mit seinem Koffer aus dem Aufzug trat. Aber die Tür stand einladend offen. Anscheinend hatte sie nach seinem Klingeln nur rasch auf den Türöffner gedrückt und war wieder verschwunden, weil sie mit etwas anderem beschäftigt war. Vielleicht war sie im Badezimmer. Er stellte den Koffer in der Diele ab und ging in das angrenzende Wohnzimmer. Auf dem Tisch standen noch Reste des Teegeschirrs. Er überlegte, ob er sich setzen sollte. Aber irgendwie sah er sich nicht in diesem Bild und trat ans Fenster, um in das erleuchtete Laub der Platane zu blicken. Da hörte er sie hinter sich hereinkommen. Sie hatte sich in der Eile umgezogen und zurechtgemacht, und wie zu einem Bild verwandelt stand sie dort, um sich ihm zu zeigen. Sie trug ein enges dunkelrotes Seidenkleid mit einem eingewebten schwarzen Rosenmuster. Dazu hatte sie kostbaren Schmuck angelegt – eine goldene

Halskette mit einem Anhänger und ein schmales goldenes Armband. Außerdem trug sie ungewöhnliche Ohrgehänge mit hellen Steinen.

»Donnerwetter«, sagte er. »Was hast du vor?«

»Ich will mit dir ausgehen«, sagte sie.

»Was muss ich mir vorstellen? Wo gehen wir hin? Da wird man mich vielleicht gar nicht reinlassen.«

»Das Lokal ist ganz normal. Ich habe mich nicht wegen des Lokals umgezogen.«

»Sondern warum?«

»Zur Erinnerung. In diesem Kleid habe ich dir gegenübergesessen, als wir uns zum ersten Mal gesehen haben. Du hast es also gar nicht bemerkt.«

»Ich kann mich nur an deinen Blick erinnern.«

»Das verstehe ich sogar. Es ging mir genauso.«

Sie machte eine Pause, dann sagte sie: »Zu deiner Beruhigung werde ich die Ohrgehänge abnehmen.«

»Nein. Das musst du nicht.«

»Doch, du sollst dich auf das Wesentliche konzentrieren können. Wie damals.«

»Das ist sowieso unvermeidbar«, sagte er.

Sie lächelte, dieses Mal ganz unbefangen. Und auch er fühlte sich zum ersten Mal frei.

»Willst du noch schnell dein Hemd wechseln?«, fragte sie. »Ich bestell dann schon ein Taxi.«

Im dunklen Fond des Taxis suchte sie seine Hand, während sie gleichzeitig dem Fahrer eine Anweisung gab. Dann saßen sie stumm nebeneinander, die Hände ineinander verschlungen und nur gelegentlich durch einen leisen Druck sich gegenseitig mitteilend, dass man die Nähe des anderen spürte. Mitten aus dieser Versunkenheit heraus hörte er, wie sie dem Fahrer, der ein Ausländer war und eine Rückfrage wegen einer möglichen Abkürzung hatte, eine klare Antwort gab, während ihre Hand dafür sorgte, dass der Strom zwischen ihnen nicht abriss. So hätte er lange fahren mögen. Und sie vielleicht auch. Aber dann waren sie da.

Sie bezahlte den Fahrer. Er stieg schon aus. Kühle feuchte Luft schlug ihm entgegen: der Atem der dunklen Strömung der Elbe, die hier ihre letzte Strecke bis zur Mündung begann und auf doppelte Breite angeschwollen war. Der Wasserstand schien ziemlich hoch zu sein, denn die Brücke zu dem erleuchteten Restaurant stieg an. Es war auf einem vom dunklen Wasser umströmten Schiffsanleger aufgebaut.

»Gehen wir doch rein«, sagte sie, als sie zu ihm trat.

Ohne zu warten, ging sie voraus. Und wie sie vor ihm eintrat und sofort die Aufmerksamkeit der Bedienung auf sich zog und sich an den reservierten Tisch führen ließ, wie sie die Speisekarte studierte und Fragen stellte, beeindruckte ihn. Der Eindruck, den sie auf das Personal und offenbar auch auf einige Gäste machte, hing sicher auch mit ihrer auffallenden Erscheinung zusammen. Und wahrscheinlich fragte man sich, wie dieses ungleiche Paar zusammengehörte. Vielleicht hielt man ihn für ihren ein wenig ungelenken Sohn.

Ja, dachte er, so ist es. Vermutlich war das auch ihre Sicht der Dinge. Er war für sie das Gegenstück zu ihrem Mann, vor dem sie davongelaufen war. Sie hatte ihn nur vor diesem Hintergrund gesehen. Aber das würde sich ändern. Nicht unbedingt zu seinen Gunsten.

Hör auf damit, sagte er sich. Das sind Hirngespinste, die uns im Wege stehen. Aber sie hatte sich merkwürdig verhalten. Ganz anders, als er erwartet hatte. Sie schien genauso wenig in der Situation zu sein wie er.

Er schaute sie an.

Was er sah, beunruhigte ihn. Es war der Anfang eines Lächelns, das sich gleich wieder auflöste und in einen Ausdruck von Besorgnis verwandelte.

»Geht es dir gut?«, fragte sie.

»Ja schon«, sagte er.

Es hörte sich gewunden an. Wie eine Verleugnung des Gegenteils. Deshalb fügte er schnell hinzu: »Ich möchte mich entschuldigen, dass ich dich so plump überfallen habe.«

»Vergiss das bitte. Jetzt bist du ja da.«

»Das weiß ich eben nicht so richtig.«

»Warum nicht? Bist du enttäuscht?«

»Nein, nein«, sagte er. »Das nicht. Aber ich glaube, wir haben einen Fehler gemacht.«

»Was für einen Fehler? Was meinst du damit?«

»Wir sind voreinander weggelaufen.«

»Wieso? Wir sind doch zusammen.«

Er nickte, versuchte zu lächeln. Gerne hätte er ihre Hand berührt, aber er fürchtete, dass sie zurückzucken oder erstarren würde. Und das würde von allen Seiten beobachtet werden. Sie saßen hier wie auf einer Bühne.

»Ja, du bist enttäuscht«, sagte sie. »Du hast es dir alles anders vorgestellt mit uns.«

»Du doch sicher auch. Nach deinen Briefen zu urteilen. Die waren uneinholbar. Das hab ich gleich gedacht.«

»Wie kannst du jetzt so etwas sagen? Und warum? Warum machst du das? Es ist so zerstörerisch.«

Ihre Stimme kippte. Um Fassung bemüht blickte sie vor sich hin.

»Entschuldige bitte. Es ist meine Unsicherheit. Das hängt mit meinen Erfahrungen zusammen. Man sagt manchmal Dinge, die man nicht sagen wollte. Entschuldige. Deine Briefe waren wunderbar. Ich konnte nur nicht glauben, dass sie an mich gerichtet waren.«

»Das verstehe ich«, sagte sie. »Ich hab auch gezweifelt, ob ich dir so schreiben durfte.«

»Es waren wunderbare Briefe.«

Beide schwiegen sie eine Weile. Dann fragte er: »Warum hast du eigentlich deinen Mann verlassen?«

»Weil er mich von Anfang an betrogen hat. Aber ich möchte nicht darüber sprechen.«

»Warum nicht?«

»Ich möchte nicht darüber sprechen. Und ich möchte auch nicht hierbleiben.«

»Wieso nicht?«, fragte er erschrocken. »Unser Essen kommt doch gleich.«

»Ich kann nichts essen«, sagte sie.

»Soll ich es wieder abbestellen?«, fragte er schroff. Wieder erschien der ängstliche, gehetzte Ausdruck in ihrem Gesicht.

»Nein, bitte nicht! Du musst doch etwas essen.«

»Denkst du, ich würde allein essen und du schaust mir zu?«

»Lass es jetzt. Es ist ja sowieso zu spät.«

Er schaute vor sich auf den Tisch, um nicht weiter in ihr verstörtes, ratloses Gesicht zu sehen. An den Nachbartischen waren die Gespräche verstummt.

»Okay«, sagte er, »beruhige dich.«

»Ich war nicht die richtige Frau für meinen Mann«, sagte sie. »Aber ich hatte immer Angst, zurückgewiesen zu werden. Deshalb habe ich versucht, alles noch einmal anders und besser zu machen.«

»Verstehe«, sagte er.

Er wusste nicht, was sie gemeint hatte. Vielleicht die Briefe, die sie ihm geschrieben hatte.

Das Essen wurde serviert. Sie schaute darauf wie auf eine unlösbare Aufgabe, während er zu essen begann. Eine Zeit lang versuchte er, sie in Ruhe zu lassen. Da war irgendeine Schwelle, über die sie nicht hinwegkam, eine Angst, die sie umklammert hielt.

»Versuch es doch mal«, sagte er. »Es ist sehr gut.«

Sie hatten beide gedünsteten Zander bestellt. Ein leichtes Essen. Dazu einen Weißwein. Er hob ihr sein Glas entgegen.

»Trink erst mal«, sagte er, und sie folgte ihm, nahm einen Schluck und einen zweiten, stellte das Glas wieder hin und begann zögernd zu essen.

Er spürte, wie er sich entspannte. Ich muss mich neu auf sie einstellen, dachte er. Ich habe mir vorgestellt, alles wäre im Voraus geklärt und ausgemacht. Aber das war dumm von mir.

Der Ober, der vielleicht ihr seltsames Verhalten beobachtet hatte, kam an den Tisch und fragte, ob alles zur Zufriedenheit sei.

»Ja, danke«, sagte er kurz.

Er wunderte sich über seine eigene Stimme, denn es hatte geklungen, als hätte er gesagt: Verschwinden Sie!

Allmählich ließ der Druck der Umgebung nach. Sie hatte langsam weitergegessen, jedenfalls so viel, dass der übrig gelassene Rest keine Provokation war.

»Möchtest du noch ein Dessert oder einen Kaffee?«, fragte er.

»Nein, ich möchte nur nach Hause.«

Das entsprach auch seinem Wunsch.

Als der Ober kam, um abzuräumen und nach weiteren Wünschen fragte, sagte er: »Bringen Sie uns die Rechnung.«

Sie hatte stumm zugesehen. Und als der Ober gegangen war, sagte sie leise »Danke«.

»Wir können ja auch bei dir noch etwas trinken«, sagte er, nur weil er noch etwas sagen wollte, was sie beruhigte. Sie sah erschöpft und apathisch aus. Doch als der Ober in einer kleinen schwarzen Ledermappe die Rechnung auf ihren Tisch legte und wieder verschwand, wachte sie aus ihrer Trance auf, griff nach ihrer Handtasche, legte einen großen Schein in die Mappe und schob sie ihm hin.

»Mach du das bitte«, sagte sie.

Momentweise hatte er das Gefühl, es mit zwei verschiedenen Frauen zu tun zu haben, die sich gegenseitig verdunkelten und ihn orientierungslos zurückließen. Es kam ihm so vor, als wate er weit vom festen Land entfernt durch steigendes Wasser und sei in Gefahr, die Richtung zu verlieren. Gerade eben aber hatte sie umsichtig und entschlossen reagiert, und er hatte ihre Hand greifen und festhalten wollen, wie er es im Taxi getan hatte. Doch es war ihm gleich wieder eingefallen, dass sie – dieses seltsame, auffallende Paar eines vergleichsweise jungen Mannes mit einer viel älteren, eleganten, aber offenbar verstörten Frau – von den Gästen an den Nachbartischen beobachtet wurden, und er hatte es unterlassen. Er winkte den Ober an ihren Tisch, indem er die Rechnungsmappe hob und sagte: »Rufen Sie uns bitte ein Taxi.«

»Sofort«, sagte der Ober und verschwand. Sie mussten lange warten, was er genauso schlecht aushielt wie sie, die ihm reglos und blass gegenübersaß. Dann kam der Ober mit dem Wechselgeld zurück und sagte: »Ihr Taxi ist da.« Wortlos und eng aneinandergedrängt fuhren sie zurück.

Als sie ausstiegen und mit dem Aufzug zu ihrer Wohnung hochfuhren, spürte er plötzlich, wie müde er war. Die letzte Nacht war kurz gewesen. Und die schreckliche Autobahnfahrt und der Nachmittag und Abend hatten ihn anscheinend sehr angestrengt. Ihm war auf einmal schwindelig, sodass er seine linke Hand Halt suchend nach der Wand ausstreckte.

»Was hast du?«, fragte sie.

»Nichts. Ich muss mich nur einen Augenblick hinlegen.«

»Ja, mach das. Leg dich im Wohnzimmer auf die

Couch. Ich will sowieso erst ins Badezimmer und mich umziehen.«

Aber statt zu gehen, trat sie näher an ihn heran und schaute ihm eindringlich ins Gesicht.

»Ich hab dich sehr angestrengt heute Abend. Entschuldige.«

»Keine Ursache«, sagte er kurz, im Wunsch, dass sie gehen möge.

»Soll ich dir etwas zu trinken bringen?«

»Ein Glas Wasser wäre gut.«

»Dann leg dich jetzt bitte hin. Ich bring es dir. Kannst du gehen?«

»Ja, sicher«, sagte er und wandte sich ab, hörte sie eilig in die Küche gehen.

Da die Gardinen beiseitegezogen waren, fiel genug Licht von der Straßenbeleuchtung in das Wohnzimmer. Es war genau das richtige Halbdunkel, um sich hinzulegen und die Augen zu schließen. Er streifte die Schuhe von den Füßen, zog sein Jackett aus und warf es über die Lehne des nächsten Sessels, bevor er sich auf der Couch ausstreckte.

Schon besser, dachte er.

Kurz danach kam sie mit einem Glas Wasser herein und setzte sich neben ihn auf die Couchkante.

»So, trink jetzt«, sagte sie, »dann wird dir gleich besser.«

Er richtete sich halb auf und trank, gab ihr dann das fast leere Glas zurück, um sich wieder auszustrecken. Sie blieb neben ihm sitzen und beugte sich über ihn, um ihn ruhig anzusehen. »Mi querido«, sagte sie leise. Im dämmerigen Halbdunkel des Zimmers wirkte ihr Gesicht sanft und geglättet und bis zur Formelhaftigkeit vereinfacht. Nichts erinnerte mehr an das Schreckgesicht mit den aufgerissenen Augen, den hervortretenden Halssehnen und den tief eingekerbten Leidensfalten, das ihm beim Abendessen über den Tisch hinweg angestarrt hatte, als bedrohe er sie oder würde unerreichbar von ihr fortgerissen.

Nun, da er hier lag und sie bei ihm saß, schien ihre Angst nicht nur verflogen, sondern auch vergessen zu sein.

Seltsam, dachte er, das ist der Weg, sich ihr zu nähern und ihr die Angst zu nehmen. Ihr Mann muss völlig anders mit ihr umgegangen sein.

»Ich danke dir«, sagte sie. »Ich hab dich furchtbar genervt. Und du warst so verständnisvoll und so beschützend.«

Es lag ihm auf der Zunge zu sagen: »Ist ja mein Beruf.«

Doch er konnte es vermeiden. Es wäre für sie eine Zurückweisung gewesen, denn sie hatte begonnen, sich ihm vorsichtig zu nähern und zu öffnen, was offensichtlich schwierig für sie war. Vielleicht war deshalb das Schreiben von Briefen der ideale Ausweg für sie gewesen, weil sie dabei mit sich alleine war. Er war für sie aus irgendwelchen Gründen ihr Adressat geworden. Dass er tatsächlich gekommen war, um auf ihre Phantasien einzugehen, war nicht nur unerwartet für sie, sondern auch beängstigend. Aber war es ein Missverständnis? Das glaubte er nicht. Er selbst war losgefahren, als sich seine Gedanken und Gefühle unerwartet geordnet hatten. Durch den unsäglichen Vortrag und eigentlich durch die ganze Tagung war ihm klar geworden, dass er eine deutliche Unterscheidung suchte, die Überschreitung der Grenzen, in denen er bisher gelebt hatte. Er hatte sich vorgestellt, dass er das durch sie oder bei ihr finden könnte.

»Ich weiß nicht, wie du es gesehen hast«, sagte sie. Sie sprach von dem Restaurant, in dem sie so lange nicht mehr gewesen war. Zum letzten Mal vor acht oder neun Monaten mit Kollegen. Damals sei es ihr ganz anders vorgekommen. »Die Tische waren nicht alle besetzt, und sie standen nicht so dicht beieinander wie heute Abend.«

»Es war normal«, sagte er.

»Ich fühlte mich von allen Seiten beobachtet und belauscht.«

»Du warst ja auch eine auffallende Erscheinung.«

»Ich glaube, sie haben über uns geredet, über dieses seltsame ungleiche Paar. Vielleicht haben sie mich für deine Mutter gehalten.«

»Wie eine Mutter hast du nicht gerade ausgesehen.«

»Aber ich habe gedacht, dass dir alles peinlich war.«

»Es war ungewöhnlich. Aber es war aufregend.«

»Auch das macht mir Angst.«

»Warum?«

»Weil … Weil es unbeherrschbar ist. Ich kenn mich nicht aus im Leben wie andere erwachsene Menschen.«

»Ich auch nicht. Ich hab im Wesentlichen in vorgegebenen Formen und Konventionen gelebt und versucht, damit zurechtzukommen. Manchmal mehr schlecht als recht.«

»Aber du hast wunderbar über Vertrauen und Selbstvertrauen gesprochen. Damals dachte ich, dass das ein Fingerzeig für mich sei«.

»Wozu?«

»Das eigene Leben zu wagen.«

»Du warst doch schon von zu Hause weggegangen.«

»Ja. Aber das war nur ein erster Schritt. Ein Schritt ins Leere. Was dazukommen muss, ist ein neues Gefühl. Ein neues Selbstgefühl.«

Sie schwieg einen Augenblick, während er dachte, dass das auch sein Gedanke sei. Aber eben nur ein Gedanke. Dann sagte er: »Was ich damals in der Predigt gesagt habe, waren lauter geläufige Formeln aus dem Seminar. Da war nicht viel Erfahrung dahinter.«

»Aber ich hab gespürt, dass du es ernst meintest.«

Sie sah ihn nachdenklich an. Dann sagte sie: »Du solltest viel besser von dir denken, als du es tust.«

»Das hat mir noch niemand gesagt.«

»Dann glaub es bitte mir«, sagte sie.

»Ich werd darüber nachdenken. Falls Nachdenken etwas nützt.«

»Ruh dich lieber aus. Ich werd jetzt erst einmal duschen und mich umziehen.«

Damit beugte sie sich vor, um ihn flüchtig auf die Wange zu küssen, und ging.

Er schaute ihr nach. Er wusste nicht, was in ihr vorging und woran er mit ihr war. Genauso wenig wusste er, woran er mit sich selber war.

Als sie zurückkam, war er eingeschlafen. Er wurde wach durch das Gefühl einer fremden Anwesenheit. Dann sah er sie, eine Gestalt in einem dunklen bodenlangen Kleid. Sie hatte ihren Sessel der Couch zugedreht, auf der er lag, und saß bei ihm, um ihn anzuschauen. Das jedenfalls sagte sie, als er hochschreckte und fragte: »Was ist?« Wie lange sie schon da saß und wie spät es überhaupt war, wusste er nicht. Er hatte nur das unbestimmte Gefühl, dass die Zeit sich ohne ihn weiterbewegt hatte, während er dort lag. War es später Abend oder schon Nacht? Der Raum hatte sich nicht verändert, sah aber fremd aus. Gebrochen durch das Laub der Baumkronen drang der Lichtschein der Straßenlampen von unten herauf und haftete blass und fleckenhaft an den Wänden und der Zimmerdecke. War es dieses geisterhafte Licht, das die dunkle Frauengestalt im Augenblick des Erwachens so bedrohlich erscheinen ließ?

»Soll ich Licht machen?«

Die Stimme war sanft, eine behütende Stimme.

»Ja bitte«, sagte er.

Sie griff nach dem Lichtschalter der Stehlampe, und ihr dunkles Kleid verwandelte sich in ein blaugrünes Schuppenmuster. Ihre Haare waren aufgelöst, und ihr Gesicht erschien ihm blass. Er hatte sich ruckartig aufgesetzt und mit dem Handrücken seine Augen gerieben.

»Entschuldige!«, sagte er. »Ich bin plötzlich tief eingeschlafen. Ich weiß auch nicht, warum.«

»Du bist erschöpft von allem, was du hinter dir hast in der letzten Zeit.«

»Leider nicht ganz hinter mir.«

»Wenn du schlafen willst … mein Bett ist frisch bezogen für dich.«

»Und was ist mit dir? Kommst du auch ins Bett?«

Sie schwieg einen Augenblick. Dann sagte sie: »Ich möchte noch Musik hören. Das mache ich immer vor dem Schlafengehen.«

»Dann komm gleich danach.«

»Ich weiß nicht, Lieber. Es ist sehr eng.«

»Das macht doch nichts. Das ist doch gerade gut.«

»Vielleicht komme ich. Aber nur, wenn du dir nicht so viel versprichst. Was man sich sehnlich wünscht, kann ja so zerstörerisch sein. Es ist sehr lange her, dass ich zum letzten Mal mit meinem Mann geschlafen habe. Und das waren keine guten Erfahrungen mehr.«

»Komm einfach ins Bett. Und dann nehmen wir uns in die Arme.«

Sie lächelte. Es war ein wehmütiges oder schmerzliches Lächeln. Aber ihr Blick war voller Zärtlichkeit.

»Du bist ja ein solcher Schatz«, sagte sie.

»Gut, dann schlaf ich schon eine Runde. Du hörst deine Musik, und dann kommst du.«

Bevor er ging, küsste er sie, nicht fordernd, sondern sanft, zur Besiegelung ihres Einverständnisses. Er dachte an sie, während er sich auszog und wusch und sich dann nebenan in ihrem Schlafzimmer in das aufgedeckte Bett legte und das Licht löschte. Im Wohnraum war Musik zu hören, irgendein klassisches Streichquartett, das er nicht kannte, aber manchmal doch an Einzelheiten zu erkennen glaubte, bis er gleich darauf den Faden wieder verlor. Es war ein unstetes Gewoge von Klängen, das sich im Wechsel der Tonarten zu flüchtigen Zusammenhängen formte und wieder auseinanderfiel. Manchmal schien es zu versiegen und zu verschwinden. Einen Augenblick lang hörte er nichts. Dann begann es wieder wie ein trotziges Aufbegehren.

Bald wird sie kommen, dachte er. Ich werde stumm die Decke anheben, und sie wird zu mir schlüpfen und sich an mich drängen, und so werden wir daliegen. Alles würde stimmen, alles würde richtig sein. Genauer konnte er es sich nicht vorstellen. Es blieb dem wirklichen Augenblick vorbehalten, auf den er wartete. Manchmal hörte er die Musik nicht mehr. Dann war sie wieder da. Vielleicht hatte er einen Augenblick geschlafen. Die Musik schien flacher geworden zu sein. Ferner gerückt. Ein Gewebe, das sich auflöste in verschwimmende, wegtreibende Fetzen.

Als er wieder wach wurde, war es still, und das erste Dämmerlicht stand im Raum. Sie war nicht gekommen. Sie hatte ihr Versprechen nicht eingelöst. Er musste sich erst rüsten, um diese Erkenntnis festzuhalten. Nach einer Weile stand er auf und ging in den Wohnraum, wo sie zusammengekauert in ihrem Sessel saß. Er hatte den Eindruck, dass sie geweint hatte. Das Gesicht, das sie ihm zuwandte, als er vor ihr stand, war bleich und aufgelöst. »Verzeih mir«, sagte sie, »ich konnte nicht.«

Er fragte nicht, warum, sondern führte sie zum Badezimmer. Sie wirkte völlig ausgekühlt und starr. »Jetzt kannst du gleich in deinem Bett schlafen«, sagte er. »Ich lass dich in Ruhe.«

»Verzeih mir«, sagte sie wieder.

Er antwortete nicht darauf, sondern holte seine Kleider aus dem Schlafzimmer, um sich anzuziehen. Er hörte sie hinter sich aus dem Badezimmer kommen. Ein schlurfender Schritt, ein unsicheres Tasten. Er drehte sich nicht danach um. Im Wohnzimmer zog er sich an und setzte sich in einen der Sessel, noch benommen von seinem kurzen Schlaf und in fast völliger Gedankenleere. Die Gedanken, die ihm kamen, zerfielen gleich wieder und ließen nur Unruhe in ihm zurück. Allmählich wurde es hell. Die Straßenbeleuchtung war schon erloschen. Das Zimmer hatte sich in den Anblick des gestrigen Nachmittags zurückverwandelt. Hier war er gestrandet. Es kam ihm so vor, als wäre er in eine Falle geraten, eine aus fremden und eigenen Sehnsüchten zusammengesetzte Falle. Es war lächerlich, ein Irrtum, den er nicht länger fortsetzen sollte, keine weitere Stunde mehr. Sie schlief noch, wahrscheinlich noch lange. Und wenn sie aufwachte, würden sie beide weitermachen und sich wieder in ihren Zwängen verfangen. Dazu war er nicht bereit.

Leise, um sie nicht zu wecken, holte er sein Waschzeug aus dem Badezimmer und packte es in seinen Koffer. Im Flur neben dem Telefon steckten auf einem Spieß zugeschnittene Notizzettel. Er nahm sich einen, um einen Abschiedsgruß und eine Erklärung für sie zu hinterlassen. Aber was er geschrieben hatte, kam ihm falsch und unzulänglich vor. Und es war auch kaum leserlich. Er wollte es in den Mülleimer werfen. Aber dort würde sie den Zettel vielleicht finden. Also knüllte er ihn zusammen und steckte ihn in seine Hosentasche. Auch seine weiteren Versuche zerknüllte er. Plötzlich bekam er Angst, sie würde im nächsten Augenblick hereinkommen und bleich und mit entsetzten Augen in der Tür stehen und erkennen, dass er dabei war, sie zu verlassen. Ja, es war eine schäbige Flucht, aber er konnte sich nicht mehr anders entscheiden. Hastig griff er einen letzten Zettel und schrieb mit fliegender Hand: »Verzeih mir! Ich bin gefahren. Ich melde mich wieder.«

Als er im Auto saß, aus der Einbahnstraße hinausfuhr und sich an den Weg zur Autobahn zu erinnern versuchte, den er gestern gekommen war, spürte er das heftige Schlagen seines Herzens, ein wildes Pochen hinter der Brustwand. Er konnte sich kaum konzentrieren. Einmal hupte jemand laut hinter ihm her, dem er die Vorfahrt genommen hatte. Entschuldigung, dachte er, aber er begriff, dass er es nur ihr sagte, die er verlassen hatte, während sie ahnungslos in tiefem Schlaf lag. Feige und unfair verlassen hatte. Schamlos und beschämend. Weil er gekränkt war, sich verletzt und getäuscht gefühlt hatte und vollkommen versagt hatte in der selbst geschaffenen Situation, diese verletzte Frau verstehen zu müssen und ihr Zeit zu lassen auf dem für sie so heiklen und schwierigen Weg zurück ins Leben. Vielleicht war sie gerade aufgestanden und suchte ihn, dachte vielleicht, er sei spazieren gegangen, und fand dann seinen Zettel, diese schmachvolle, dürftige Hinterlassenschaft, ein Dokument seines menschlichen Versagens.

Jetzt war er auf der Autobahn, hatte sich in die Überholspur eingeordnet und fuhr schneller, als er es gewohnt war, um weiter wegzukommen vom Ort seines Versagens, aber auch um die Gegenstimme zu übertönen, die in ihm zu reden begonnen hatte und fortwährend sagte: »Du musst wenden und sofort zurückfahren! Du musst alles wieder richtigstellen und ein Unglück verhindern!« Doch er fuhr unentwegt weiter in dem hohen Tempo, das ihm hier auch von allen anderen auferlegt war, und statt der Stimme zu folgen, begann er sich zu überreden: »Ich kann doch anrufen. Ich werde mit ihr reden. Ich werde alles in ein anderes, besseres Licht rücken. Ich werde so lange mit ihr reden, bis ich sie beruhigt habe.«

Beim nächsten Rasthof fuhr er hinaus, holte ihren Brief mit ihrer Telefonnummer aus dem Koffer und ging in das Restaurant, das um diese Zeit noch fast leer war. Entschlossen stellte er sein Handy an und wählte ihre Nummer. Das Rufzeichen ertönte, und seine Angst wuchs. Es war zuerst die Angst vor ihrer Stimme. Dahinter drängte sich die düstere Angst vor ihrem Schweigen vor. Nein, sie sprach nicht. Nicht mit ihm! Überhaupt nicht mehr? Umkehren, dachte er. Sofort umkehren! Aber er saß festgenagelt auf seinem Stuhl. Als sei es ein Ausweg oder der Ansatz einer Lösung, fiel ihm ein, zu Hause anzurufen. Im Büro und im Gemeindehaus war um diese Zeit niemand. Allerdings hatte er die Nummer von Frau Meschniks Handy. Er wollte ihr mitteilen, dass er zurückkam.

Auch hier empfing ihn langes Schweigen. Dann hörte er ihre verschlafene Stimme. Es war immerhin ein

Austausch: eine andere Frau, die sich von ihm wecken ließ, anstelle der schweigenden, der verstummten. Sie war überrascht, dass er zu so ungewohnter Zeit anrief. Aber sie war froh, dass er sich meldete. Denn sie hatte seit gestern vergeblich versucht, ihn zu erreichen. Sie hatte es in der Akademie versucht, weil sein Handy ausgeschaltet war. Aber dort sei er nicht zu finden gewesen. Und niemand hatte Bescheid gewusst. Nun konnte sie es ihm ja endlich sagen: »Karbe ist tot.«

»Was?«, sagte er. »Wie denn das?«

»Er hat sich umgebracht. Polizeimeister Pfeiffer hat ihn bei einem Kontrollgang gefunden. Er lag tot in der gefüllten Badewanne, wahrscheinlich schon seit zwei Tagen. Er hat den laufenden Fön ins Wasser geworfen.«

»Das muss ein schrecklicher Tod sein, wie eine Selbsthinrichtung auf dem elektrischen Stuhl.«

»Darüber wird viel geredet hier. Jeder sagt was anderes. Übrigens hat er vorher noch sein schriftliches Einverständnis damit erklärt, dass der Junge nicht mehr länger künstlich beatmet wird. Er war im Krankenhaus und hat das Papier unterschrieben. Anschließend ist er nach Hause gegangen und hat sich umgebracht.«

»Was sagen die Leute dazu?«

»Viele halten es für ein Schuldbekenntnis. Aber irgendwie sind die meisten still. Die Familie Sievert wird jetzt den Leichnam des Jungen zur Beerdigung bekommen. Und auch den Leichnam von Kerstin Karbe. Beide sollen dort im Familiengrab beigesetzt werden. Nur Karbe bleibt hier.«

Sie machte eine Pause. Dann fragte sie: »Sie werden also heute kommen?«

»Ja«, sagte er. »Ich bin schon unterwegs.«

»Das ist gut«, sagte sie. »Ihrem Stellvertreter wachsen die Dinge hier über den Kopf. Er hat große Angst vor dem heutigen Gottesdienst. Irgendwie muss er ja etwas zu den Ereignissen sagen.«

»Natürlich«, sagte er.

»Herr Eschweiler hat auch schon nach Ihnen gefragt. Wegen der Beerdigung von Karbe.«

»Sagen Sie ihm, ich komme. Und ich danke Ihnen, Frau Meschnik. Bis bald.«

Als das Gespräch beendet war, fühlte er sich vollkommen leer. Alles war, wie es war. Zu ändern war nichts. Plötzlich spürte er, dass er etwas essen musste, um nicht umzukippen. Die erbärmliche Unbelehrbarkeit des Lebens, dachte er. Gut, dass es sie gab.

9

KARBES BEERDIGUNG WAR im Mitteilungsblatt der Friedhofsverwaltung zwar angezeigt worden, fand aber zu einer frühen Vormittagsstunde ohne jede öffentliche Beteiligung statt. Verwandte hatte man bei der Durchsicht von Karbes Wohnung nicht ausfindig machen können, und die Gemeindemitglieder hatten sich ferngehalten, als scheuten sie jede Art von Nähe zu diesem Menschen, den keiner von ihnen gekannt hatte und der allen unheimlich war. Nach seinem Selbstmord hatte es wilde Spekulationen gegeben, die aber bald nach der Beerdigung wie ein Strohfeuer erloschen waren. Eschweilers Befürchtung und auch seine eigene, die Bestattung von Karbe auf dem allgemeinen Friedhof des Ortes würde Anstoß erregen und vielleicht sogar zu Übergriffen führen, hatte sich als gegenstandslos erwiesen. Zunächst hatte allerdings allein die Tatsache, dass ein schon bezahltes Grab vorhanden war, sie davon abgebracht, nach Alternativen zu suchen. Eschweiler hatte den Friedhofsdiener angewiesen, den unteren Teil des Tiefgrabes nicht auszuheben und den Kiefernsarg mit einfacher Dekoration kurz vor der Bestattung in der Trauerhalle bereitzustellen, falls gegen die Erwartung irgendwelche Trauergäste kamen. Aber es kam niemand. Auch Eschweiler, der erst zugesagt hatte zu kommen, ließ sich kurz vorher entschuldigen. So ging er allein den kurzen Weg zur Grabstelle hinter dem Rollwagen her, wartete dort in einigem Abstand, während die Friedhofsdiener den Sarg an Seilen in die Grube hinabließen und dann beiseitetraten und ihre Mützen abnahmen, was für ihn das Zeichen war, an die Grube heranzutreten, ein Gebet zu sprechen, eine Schaufel von der ausgehobenen Erde auf den Sarg zu werfen und sich abzuwenden und zu gehen. Hinter ihm hatten die Friedhofsdiener unverzüglich damit begonnen, das Grab zuzuschaufeln. Es war Routine, auch für ihn. Aber noch nie hatte er ein solches Gefühl von Endgültigkeit gehabt.

Danach herrschte Ruhe in der Gemeinde, ein Stillschweigen im Gleichmaß der Alltäglichkeiten: Hochzeiten, Taufen, Sterbefälle. Die regelmäßigen Gottesdienste in den zwei Kirchen, die zur Gemeinde gehörten. Die Sprechstunden, der Konfirmandenunterricht, der anschwellende Verwaltungskram und die Vorbereitung der nächsten Sitzung des Presbyteriums, an der zum ersten Mal zwei neue Mitglieder teilnahmen: das Veranstaltungskonzept für das kommende Jahr sollte besprochen werden. Leider gab es zwei weitere Kirchenaustritte, aber auch einen warmen Geldsegen von Hermann Sievert zur Sanierung des maroden Glockenstuhls und der Turmbedachung. Außerdem hatte er sich aufgerafft, den Aktenfriedhof im Dachgeschoss des Pfarrhauses zu sichten und das meiste zu vernichten. Er war noch nie so aktiv gewesen wie jetzt. Und manchmal, wenn er von der einen Tätigkeit zur nächsten wechselte, hatte er das Gefühl, dass er mit allem, was er tat, einen Schutzwall gegen eine ständig drohende Formlosigkeit und einen schleichenden Verfall zu errichten versuchte. Natürlich war das Unsinn, ein Hirngespinst, das er zurückweisen musste. Das war nicht immer einfach, weil er zu isoliert lebte in all seiner Geschäftigkeit. Doch daran war nichts zu ändern. Er wusste nicht, wie. Er dachte manchmal an seine fehlgeschlagene Reise nach Hamburg und schüttelte den Kopf über sich. In was für eine versponnene Idee hatte er sich da verwickelt, und wie lächerlich war seine Flucht gewesen. Er hatte danach noch zweimal angerufen. Aber da sie beide Male nicht zu erreichen war, hatte er es dabei belassen. Als er noch einmal in einen ihrer Briefe geschaut hatte, schien der Sinn ihrer Worte sich verflüchtigt zu haben, und er hatte das Briefbündel wie ein altes, schon vergessenes Andenken beiseitegelegt. Aber eines Tages lag unter der täglichen Dienstpost ein Brief aus Argentinien, und er erkannte ihre Schrift, die sich allerdings verändert hatte. Sie wankte, als fehle ihr der Halt. Mit einem bangen Vorgefühl nahm er den Brief aus dem Poststapel und ging damit in sein Zimmer.

Sie schrieb, dass sie nach seinem Verschwinden tagelang wie leblos gewesen sei und auch ihre Arbeit im Konsulat nicht tun konnte. Vorübergehend habe sie auch nichts mehr gegessen. Deshalb sei sie zu ihrem Mann nach Argentinien zurückgekehrt. Sie lebe jetzt im Gartenhaus, weil ihr Mann im Haupthaus mit einer jüngeren Frau lebe. Aber das mache ihr nichts. Sie sei umgeben von Blumen und höre viel Musik. Trotzdem sei sie noch wie betäubt. Sie wisse, dass sie versagt habe und ihm alles schuldig geblieben sei. Und sie bitte ihn, ihr zu verzeihen.

Auf ihre seltsam geschrumpfte Unterschrift folgte noch ein angehängter Text, der sich wie ein kurzes Aufblühen von Hoffnung las, aber gleich wieder schloss. »Wenn ich in meinem Garten sitze, denke ich manchmal, dass ich dich vielleicht küssen könnte, wenn du hier wärst. Aber ein Trost ist das nicht.«

Wie gelähmt saß er vor dem Brief, den er vor sich auf die Tischplatte gelegt hatte, als Frau Meschnik in der Korrespondenzmappe die übrige Post hereinbrachte. Zum Unterschreiben auch zwei Grußkarten an Gemeindemitglieder, die Geburtstag hatten.

»Ist was?«, fragte sie, weil er so zögerlich reagierte.

»Nein, nein«, sagte er. »Ich musste nur gerade an etwas denken. Aber es wäre schön, wenn ich eine Tasse Kaffee bekäme.«

Als sie gegangen war, unterschrieb er die beiden Grußkarten und blätterte die Tagespost durch, ohne sich etwas merken zu können. Erst als Frau Meschnik mit dem Kaffee hereinkam und dazu eine Untertasse mit den üblichen Besucherkeksen stellte, holte ihn das Wort »Besucherkeks« in die Gegenwart zurück.

Zwei Tage später kam ein Brief von Christoph. Er schrieb, dass er ihn gerne besuchen wolle, um über alles, was sich inzwischen getan habe, zu reden. Sein spurloses Verschwinden bei der Akademietagung sei zwar durchaus verständlich gewesen, habe aber leider ihren Kontakt unterbrochen. Sie hätten sich doch von Anfang an gut verstanden. Daran wolle er gerne wieder anknüpfen. Er schlug für seinen Besuch den Sonntagnachmittag der nächsten Woche vor. »Bitte gib mir gleich Bescheid, wenn es dir nicht passt.«

Er schrieb sofort zurück: »Sehr gute Idee! Der Sonntag passt mir. Ich freue mich darauf.«

Als Christoph an dem vereinbarten Tag frisch und unternehmerisch aus seinem Auto stieg, hatte er ihn bereits erwartet und kam ihm schon draußen entgegen. Sie umarmten sich und beschlossen, wegen des schönen Wetters erst einen Spaziergang zu machen. »Wie geht's dir?«, fragte Christoph. »Wie geht's in der Gemeinde? Du hattest doch große Schwierigkeiten.«

»Danke. Es läuft wieder rund. Seit dem Tod von Karbe ist wieder Friede eingekehrt. Und damit auch die Alltäglichkeiten. Viel Routinekram.«

»Na ja, das kennen wir ja alle. Die Zeit der religiösen Visionen und Leidenschaften ist lange vorbei. Jedenfalls bei uns. Immerhin, es gibt Neuigkeiten.«

Christoph begann zu erzählen, dass Pauly in die Politik gehe und als Kulturbeauftragter ins Innenministerium berufen worden war, auf einen ziemlich hohen Posten.

»Ja, und dein alter Freund Patrik Graefe wird sein Nachfolger. Das war vermutlich schon lange so geplant. Die Akademietagung war Paulys Abschiedsvorstellung, und Patriks Sprungbrett war sein Buch über die Zumutung des Glaubens. Ich weiß nicht, ob es neue Gedanken enthält. Aber damit hat er sich offenbar qualifiziert.«

»Das habe ich alles nicht mitbekommen in meiner idyllischen Einöde.«

»Es ist doch schön hier. Vor allem bei diesem klaren Herbstwetter. Hier hast du doch Auslauf.«

»Auslauf und Ablauf«, sagte er.

Es war ein etwas trüber Witz, aber Christoph nickte und lachte.

Danach gingen sie eine Weile schweigend nebeneinanderher. Dann sagte Christoph: »Ich hab übrigens auch eine persönliche Neuigkeit für dich. Ich heirate.«

»Was? Du heiratest!«, entfuhr es ihm. »Das ist ja ...« Er suchte nach einem Wort, um seinen Satz zu beenden und seinen Schock zu verbergen. Es war ein Schreck, als hätte sich der Boden unter ihm geöffnet. Doch dann fiel ihm das richtige Wort ein. »Unerwartet«, sagte er.

»Für mich kam es auch unerwartet. Es hat sich am Ende der Akademietagung angebahnt. Als ich dich suchte, weil du so plötzlich verschwunden warst, bin ich mit einer der jungen Pastorinnen ins Gespräch gekommen, und wir haben sofort Gefallen aneinander gefunden. Wir haben gleich verabredet, uns wieder zu treffen. Das hat sich dann rasch weiterentwickelt. Wir verstehen uns großartig.«

»Gratuliere«, sagte er.

»Das nehme ich gerne an von dir. Du bist ja sozusagen der Stifter unserer Beziehung gewesen. Ich hab dir übrigens als Andenken eins von den blauen

T-Shirts mitgebracht, die die Jungens von der Rap-Band zum Schluss versteigert haben. Ich hab's im Auto und kann es dir nachher geben. Denk bitte mit daran.«

»Nein danke. Das möchte ich nicht.«

»Ich fand den Spruch nicht unwitzig. Erinnerst du dich? ›Heaven is not a place. It's a feeling.‹ Das hab ich gedacht, als ich Helga kennenlernte.«

»Ich bin eben nicht in derselben Lage wie du.«

»Entschuldigung«, sagte Christoph betroffen.

»Wofür willst du dich entschuldigen? Du hast doch keine Schuld.«

»Ach, ich hab mich wie ein egomanischer Idiot benommen.«

»Das tun die meisten Verliebten, habe ich mir sagen lassen.«

»Entschuldigung.«

Das Gespräch war erloschen. Stumm gingen sie eine Weile nebeneinanderher. Schließlich sagte Christoph: »Ich wage ja gar nicht mehr zu sagen, worum ich dich bitten wollte.«

»Worum denn? Sag's doch.«

»Helga und ich – wir wünschen uns, dass du uns traust.«

Er spürte, wie eine schwarze Welle sich in ihm auftürmte und ihn zu überfluten drohte. Er konnte nur nicken, um deutlich zu machen, dass er die Frage verstanden hatte, während er stumm, mit gesenktem Kopf weiterging. Schließlich sagte er: »Ich weiß nicht, ob das eine gute Wahl ist. Ich bin kein Glücksbringer.«

»Unserer warst du«, sagte Christoph. Dann fügte er hinzu: »Es ist unser gemeinsamer Wunsch.«

»Gut, ich mach es«, sagte er. Und spürte eine gewisse Erleichterung.

Christoph bedankte sich überschwänglich. Und nun gingen sie unbeschwert weiter. »Was für ein schöner Herbsttag«, sagte Christoph.

Ja, es war ein schöner Herbsttag. Das Laub hatte sich bunt gefärbt, und einzelne Blätter lösten sich von den Zweigen und segelten zu Boden. Die Viehweiden rechts und links des Weges waren leer, und das Gras war fahl geworden. Sie blieben einen Augenblick stehen, um sich umzuschauen, gingen dann schweigend weiter. Der Himmel war strahlend blau.

Bibliographie: Dieter Wellershoff

Gottfried Benn – Phänotyp dieser Stunde, 1958/86

Der Gleichgültige. Versuche über Hemingway, Camus, Benn und Beckett, 1963/75

Ein schöner Tag. Roman, 1966/67/81

Die Schattengrenze. Roman, 1969/71/81

Literatur und Veränderung. Essays, 1969/71

Das Schreien der Katze im Sack. Hörspiele, 1970

Einladung an alle. Roman, 1972/86/88/93

Literatur und Lustprinzip. Essays, 1973/75

Doppelt belichtetes Seestück. Erzählungen und Gedichte, 1974

Die Auflösung des Kunstbegriffs. Essays, 1976

Die Schönheit des Schimpansen. Roman, 1977/2000

Glücksucher. Vier Drehbücher und begleitende Texte, 1979

Die Wahrheit der Literatur. Sieben Gespräche, 1980

Das Verschwinden im Bild. Essays, 1980

Die Sirene. Novelle, 1980/82/92/96

Der Sieger nimmt alles. Roman, 1983/86/95/2002

Die Arbeit des Lebens. Autobiographische Texte, 1985

Die Körper und die Träume. Erzählungen, 1986/93/96

Flüchtige Bekanntschaften. Vier Drehbücher und begleitende Texte, 1987

Wahrnehmung und Phantasie. Essays, 1988
Der Roman und die Erfahrbarkeit der Welt. Vorlesungen über den Roman, 1988/2005
Pan und die Engel. Ansichten von Köln, 1990/99
Blick auf einen fernen Berg. Über das Sterben, 1990/95
Das geordnete Chaos. Essays zur Literatur, 1992
Im Land des Alligators. Floridanische Notizen, Reisebericht, 1992
Zwischenreich. Gedichte, 1993
Tanz in Schwarz. Prosaminiaturen, 1993
Angesichts der Gegenwart. Texte zur Zeitgeschichte, 1993
Der Ernstfall. Innenansichten des Krieges, Autobiographischer Bericht, 1995/97
Inselleben. Zum Beispiel Juist, 1995
Zikadengeschrei. Novelle, 1995/99/2003
Das Schimmern der Schlangenhaut. Frankfurter Poetikvorlesungen, 1996
Das Kainsmal des Krieges. Texte zur Zeitgeschichte, 1998
Der Liebeswunsch. Roman, 2000, neun weitere Auflagen.
Der verstörte Eros. Zur Literatur des Begehrens. Literaturhistorischer Essay, 2001/04
Die Frage nach dem Sinn. Rede vor Abiturienten, 2003
Das normale Leben. Erzählungen, 2005/07
Der lange Weg zum Anfang, Zeitgeschichte, Lebensgeschichte, Literatur, 2007
Zwischenreich. Gedichte, erweiterte und veränderte Ausgabe, 2008
Der Himmel ist kein Ort. Roman, 2009

Werke, Bd. 1 bis 6, herausgegeben von Keith Bullivant und Manfred Durzak 1996. Die Edition wird fortgesetzt.